東野圭吾

王蘊潔——譯

# 解憂雜貨店

ナミヤ雑貨店の奇蹟

KEIGO HIGASHINO
東野圭吾
作品集——17

導讀——

# 這就是東野圭吾的本事

【部落客】小葉日本台

東野圭吾小說普及性之所以這麼高，幾乎等於暢銷書保證，一個不能不提的因素，即他的作品並非只有謎團，只是賣弄詭計；一個更重要的元素，即他過人的說故事能力，以及很有溫度的文字書寫；身為作家，強項一堆，難怪東野的創作總是多元又量產。

《解憂雜貨店》是東野圭吾二〇一二年的溫馨長篇，這間會幫人解憂的「浪矢雜貨店」，規則是只要在晚上把寫了煩惱的信丟進鐵捲門上的郵件投遞口，隔天就可以在店後方的牛奶箱裡拿到回信。嗯，這個題材初看之時是會聯想到辻村深月那部有通靈者幫人完成心願的《使者》，滿有異曲同工的味道，基本上，是屬於「穿越劇」這一款，東野老師寫這類故事算駕輕就熟了，如果讀者曾被他之前的《時生》、《秘密》感動療癒到，那本書就鐵定是你的菜。

前述特別提到東野圭吾是說故事高手，在本作更是展露無遺。「解憂」雜貨店不是神廟，不是拜拜求籤用的，服務項目比較像是人生諮詢、心理輔導，比如這樣的一個問題：「為參加奧運目標奮鬥的女孩，因為男友罹癌將不久人世，所以陷入徬徨困惑。男友一直是她努力的支柱，因此當下是要棄男友於不顧，忍痛追求兩人的夢想？還是陪男友走完人生最後一段路，但卻會讓他帶著遺憾而死？」

「浪矢雜貨店」該怎麼回覆少女的煩惱？如果是人生哲理一路談下去，會像張老師、像生命線，但這可是小說喔，讀者要的是故事性，有高潮起伏的趣味，有峰迴路轉的戲劇張力，顯然東野圭吾有他的好幾套，即便勵志成分有一些，但成為小說的架構布局及起承轉合，面面俱到很完整，更何況本書還是長篇咧！

好看的故事就是要有梗，梗要鋪得恰到好處。本作的幾個梗：以一九八〇年為關鍵轉折，回到過去、跨越時空三十年、對孤兒院的羈絆、帶懷舊、有救贖、有報恩、是宿命與曙光共存的希望……素材在此，再來就看拼盤如何吸引人了。

以上段少女為了拚不拚奧運而煩惱為例。因為有著「回到過去、跨越時空三十年」的伏筆，所以解惑者自是可以有如先知般的預言，給少女的回信裡多了更篤定的語氣「世界各地都在發生戰爭，也有很多國家根本沒辦法參加奧運，日本也不能置身事外。妳很快就會瞭解這一點。」為何？因為蘇聯入侵阿富汗，一九八〇年的莫斯科奧運，日本加入美國的抵制行列。同樣這個「先知」梗，到了另一個關於「迷茫的汪汪」故事中更猛，「浪矢雜貨店」不但建議汪汪去學理財知識，還會提示炒房玩股票切記在一九九〇年來到之前務必獲利了結，如何？是不是真的很神！

另，穿越劇＋懷舊風的混搭，難免也是賣點。「聽著披頭四默禱」這個故事用了相當比例的篇幅緬懷起 THE BEATLES。從〈A hard day's night〉、〈Mr. Moonlight〉到〈Don't let me down〉、〈I've got a feeling〉，從披頭四來日本公演、驚傳解散到約翰藍儂的遇刺身亡；對於紀錄片形式電影《Let it be》的不同時空解讀，對於《Sgt. Pepper's Lonely Hearts Club Band》專輯的心境與感傷；明明是在描述一段少年的苦澀與殘酷物語，不過就因為有了披頭四的音符和默禱，更加讓人動容，不勝唏噓。

本書看似幾段故事、幾個短篇的組合，但不管在人物之間還是境遇的串連，環環相扣，前後呼應。內心糾結的理由，被迫成長的勇氣，到頭來，原來，你的讚嘆，你的感動，這就是東野圭吾的本事。對了，東野圭吾不是推理作家嗎？那本書呢？沒什麼好疑問的，《解憂雜貨店》依舊可列推理類，或許可以這樣形容：一本無須謀殺，不用警探，甚至連惡人都沒有的推理小說。

目錄

# 第一章／回信放在牛奶箱

## 1

翔太建議不如去廢棄屋。他說，剛好有一棟適當的廢棄屋。

「適當的廢棄屋是怎麼回事？」敦也低頭看著個子不高，臉上還殘留著少年稚氣的翔太。

「適當就是適當啊，就是適合藏身的意思，是我之前勘察時偶然發現的，沒想到現在真的可以派上用場。」

「對不起，兩位，」幸平縮著高大的身體，依依不捨地注視著停在旁邊的老舊皇冠車，「我作夢都沒有想到，蓄電池會在這種地方報廢。」

敦也嘆著氣。

「事到如今，說這些話也沒用。」

「但到底是怎麼回事？來這裡的路上完全沒有任何問題，我們並沒有一直開車燈……」

「壽命到了吧，」翔太說得很乾脆，「你看一下車子的里程數，已經超過十萬公里了，原本就差不多快壽終正寢了，開到這裡就徹底完蛋了。所以我才說，既然要偷車，就要偷新車。」

幸平抱著雙臂，發出「嗯」的一聲，「因為新車都裝了防盜器。」

「算了，」敦也揮了揮手，「翔太，你說的廢棄屋在這附近嗎？」

翔太偏著頭思考著，「走快一點的話，大約二十分鐘吧。」

「好，那我們去看看。你帶路。」

「帶路當然沒問題，但這輛車子怎麼辦？丟在這裡沒問題嗎？」

敦也環顧四周。他們正站在住宅區內的月租停車場，因為剛好有空位，他們把皇冠車停在那裡，一旦租這個車位的車主發現，一定會馬上報警。

「當然不可能沒問題，但車子動不了，也沒辦法啊。你們沒有不戴手套亂摸吧？既然這樣，我們就不可能因為這輛車被查到。」

「只能聽天由命了。」

「所以我說了啊，目前只能這麼辦。」

「我只是確認一下，ＯＫ，那你們跟我走。」

翔太邁開輕快的腳步，敦也跟了上去。他右手提的行李袋很重。

幸平走到他旁邊。

「敦也，要不要去攔計程車？再走一小段路，就可以到大馬路，那裡應該可以攔到空車。」

敦也「哼」地冷笑一聲說：

「現在這種時間，有三個形跡可疑的男人在這種地方攔計程車，一定會被司機記住長相。到時候公布畫出我們長相特徵的通緝畫像，我們就死定了。」

「但是，司機會仔細看我們的長相嗎？」

「萬一遇到會仔細打量的司機怎麼辦？況且，萬一那個司機只要瞥一眼，就可以記住長相怎麼辦？」

幸平沉默不語，走了一小段路後，小聲地道歉：「對不起。」

「算了，閉嘴趕路吧。」

時間是凌晨兩點多，三個人走在位於高地的住宅區，周圍有很多外形設計很相似的房子，幾乎沒有一棟房子亮燈，但絕對不能大意。如果不小心大聲說話被人聽到，事後警方來查訪時，可能會有鄰居告訴警察「半夜聽到有可疑的男人經過的動靜」，敦也希望警方認為歹徒開車離開了案發現場，當然，前提必須是那輛皇冠車不會很快被人發現。

他們正走在和緩的坡道上，走了一會兒，坡度越來越陡，房子也越來越少。

「到底要走去哪裡？」幸平喘著氣問。

「就快到了。」翔太回答。

走了不久之後，翔太的確停下了腳步，旁邊有一棟房子。

那是一家店舖兼住家，但房子並不大。住家的部分是木造的日本建築，門面不到四公尺寬的店舖拉下了鐵捲門。鐵捲門上沒有寫任何字，只有一個信件的投遞口，旁邊有一棟看起來是倉庫兼停車場的小屋。

「這裡嗎？」敦也問。

「呃，」翔太打量著房子，偏著頭回答：「應該是這裡。」

「應該是什麼意思？難道不是這裡嗎？」

「不，我想就是這裡，只是和我上次來的時候感覺不太一樣，我記得之前看的時候感覺比較新。」

「你上次來的時候是白天，可能是這個緣故。」

「也許吧。」

敦也從行李袋裡拿出手電筒，照了照鐵捲門周圍。門上方有一塊看板，好不容易才能辨識「雜貨」這兩個字，前面還有店名，但看不清楚是什麼字。

「雜貨店？開在這種地方？會有人來嗎？」敦也忍不住說道。

「正因為沒有人來，所以才倒閉了吧？」翔太說得很有道理。

「原來如此，要從哪裡進去？」

「從後門走，那裡的鎖壞了，跟我來。」

翔太走進雜貨店和小屋之間的防火巷，敦也他們也跟在後方。防火巷大約一公尺寬。走進防火巷時抬頭看了看天空，圓月懸在正上方。

屋後的確有後門，門旁有一個小木箱子。「這是什麼？」幸平小聲嘀咕道。

「你不知道嗎？牛奶箱，送牛奶時就放在這裡。」敦也回答。

「是喔。」幸平露出欽佩的表情注視著牛奶箱。

後門打開，三個人走了進去。屋內雖然有灰塵的味道，但不至於不舒服。一坪大的水泥地上放了一個生鏽的洗衣機，恐怕已經壞了。

脫鞋處有一雙積滿灰塵的拖鞋，他們沒脫鞋子，跨過那雙拖鞋進了屋。

一進門就是廚房。地上鋪著地板，流理台和瓦斯爐並排放在窗邊，旁邊是一個雙門冰箱，房間中央放著桌椅。

幸平打開冰箱，掃興地說：「什麼都沒有。」

「當然不可能有啊，」翔太嘟著嘴說，「萬一有的話，你打算吃嗎？」

「我只是說說而已。」

隔壁是和室，放了衣櫃和神桌，角落堆著坐墊。和室內還有壁櫥，但他們無意打開檢查。

和室後方就是店面。敦也用手電筒照了照，貨架上還留著少許商品，都是一些文具、廚房用品和清潔用品。

「太幸運了，」正在檢查神桌抽屜的翔太叫了起來，「有蠟燭，這麼一來就有亮光了。」

他用打火機為幾根蠟燭點了火，放在好幾個地方，室內一下子亮了起來，敦也關掉了手電筒。

「太好了，」幸平盤腿坐在榻榻米上，「接下來只要等天亮就好。」

敦也拿出手機確認時間。凌晨兩點半剛過。

「啊，我找到這個。」翔太從神桌最下方的抽屜中，拿了一本像是雜誌的東西，似乎是過期的週刊雜誌。

「給我看看。」敦也伸出手。

他拍了拍灰塵，再度看著封面。封面上有一個面帶笑容的年輕女人。是藝人嗎？好像有點眼熟，他看了半天，終於想起是經常在連續劇中演媽媽的女演員，現在差不多六十多歲。

他把週刊雜誌翻到背面，確認了發行日期，上面印了大約四十年前的日期。他告訴其他兩個人時，他們都瞪大了眼睛。

「太猛了，不知道那時候發生了什麼事。」翔太問。

敦也打開雜誌，版面設計和目前的週刊雜誌沒有太大的差別。

「民眾湧入超市搶購衛生紙和洗碗精，造成一片混亂……我好像有聽說過。」

「我知道，」幸平說，「就是那個石油危機啦。」

敦也迅速瀏覽了目錄，最後看了彩頁，闔上了雜誌。沒有偶像照片和裸照。

「這裡的住戶不知道什麼時候搬走的，」敦也把週刊雜誌放回神桌的抽屜，環顧室內，「店裡還留下一點商品，冰箱和洗衣機也沒有搬走，感覺好像是匆忙搬家。」

「應該是跑路，八成錯不了。」翔太斷言，「因為沒有客人上門，所以債台高築，最後在某天晚上收拾行李連夜遁逃。我猜就是這樣。」

「可能吧。」

「肚子好餓喔，」幸平沒出息地說，「這附近不知道有沒有便利商店。」

「即使有，也不會讓你去，」敦也瞪著幸平，「在天亮之前，都要留在這裡。只要睡著的話，很快就天亮了。」

幸平縮起脖子，抱著膝蓋，「我肚子餓的時候睡不著。」

「這裡的榻榻米上都是灰塵，根本沒辦法躺下來，」翔太說，「至少該拿什麼東西墊一下。」

「等一下。」敦也說完，站了起來。他拿著手電筒，走去前方的店面。

他照著貨架，在店裡走來走去，希望能夠找到塑膠布之類的東西。

有捲成筒狀的紙，那是用來糊紙門的紙。只要把紙攤開，可以躺在上面。他正想伸手拿紙捲，背後傳來隱約的動靜。

敦也嚇了一跳，回頭一看，發現有什麼白色的東西掉在鐵捲門前的紙箱內。他用手電筒照了紙箱內，發現是一封信。

他全身的血液沸騰起來，有人把信從郵件投遞口投進來。三更半夜，郵差不可能來這種廢棄屋送信。也就是說，一定是有人發現敦也他們在這棟房子裡，所以來向他們通風報信。

敦也深呼吸後，打開郵件投遞口的蓋子，觀察外面的情況。他以為外面可能停滿了警車，沒想到一片漆黑，完全沒有任何動靜。

他稍稍鬆了一口氣，撿起那封信。信封上沒有寫任何字，他翻過來一看，發現用圓潤的筆跡寫著「月亮兔」幾個字。

他拿著信走回和室，給另外兩個人看，他們都露出害怕的表情。
「這是怎麼回事？會不會之前就留在那裡的？」翔太問。
「我親眼看到剛才丟進來的，絕對不會錯，而且，你看這個信封，不是還很新嗎？如果之前就有了，上面應該有很多灰塵。」
幸平把高大的身體縮成一團，「會不會是警察……？」
「我原本也以為是警察，但應該不是，如果是警察，不會做這種蠢事。」
「對啊，」翔太嘀咕，「警察怎麼會自稱是『月亮兔』。」
「那是誰啊？」幸平不安地轉動著眼珠子。
敦也注視著信封，拿在手上時，感覺份量很重。如果是信，應該是一封長信。送信的人到底想告訴他們什麼？
「不，不對，」他嘀咕道，「這不是給我們的信。」
另外兩個人同時看著敦也，似乎在問：「為什麼？」
「你們想一想，我們走進這個家才多久？如果只是在便條紙上寫幾行字也就罷了，要寫這麼長一封信，至少也要三十多分鐘。」
「對喔，被你這麼一說，好像也有道理，」翔太點點頭，「但裡面未必是信啊。」
「那倒是。」敦也再度低頭看著信封，信封黏得很牢，他下定決心，用雙手抓住信封的角落。
「你要幹嘛？」翔太問。

「打開看看，就知道裡面是什麼了。」

「但上面沒有寫是寄給我們的，」幸平說，「擅自拆別人的信不太好吧？」

「有什麼辦法，因為上面並沒有寫收信人的名字。」

敦也撕開信封，用戴著手套的手指伸進信封，把信紙抽了出來。打開一看，上面用藍色墨水寫了滿滿的字。第一行寫著：「這是我第一次諮商。」

「什麼意思啊？」敦也忍不住嘀咕道。

幸平和翔太在一旁探頭張望。

那的確是一封很奇妙的信。

這是我第一次諮商。我叫月亮兔，是女生，請原諒我因故無法公開真實姓名。

我是運動選手。不好意思，我也不方便公布我從事的運動項目。雖然我這麼說有點像在自誇，但我的表現很不錯，有機會代表國家參加明年舉行的奧運。所以，一旦我公開運動項目，很容易猜到我是誰，但我想諮商的事和我是奧運候選選手這件事也有關係，所以，敬請諒解我的任性。

我很愛我的男朋友，他最瞭解我，也最支持我，對我的幫助也最大，他發自內心地希望我去參加奧運，他說，只要我能參加奧運，他願意付出任何犧牲。事實上，他無論在物質上還是精神上，都給了我不計其數的支持。正因為他的無私奉獻，我才能夠努力到今天，才能夠撐過這些痛苦的訓練。我一直覺得自己站在奧運的舞台上是對他最大的報答。

但是，最近發生了一件對我們來說簡直就像是惡夢般的事。他突然病倒了，得知病名後，我覺得眼前一片漆黑。因為他罹患了癌症。

他幾乎沒有治癒的可能，醫院的醫生私下告訴我，他只剩下半年的生命，但我猜想他自己也已經察覺了。

他躺在病床上對我說，目前對我來說是很重要的時期，叫我不必在意他，專心投入訓練。事實上，最近的確有很多加強集訓和遠征海外比賽的行程，我很清楚，如果想代表國家參加奧運，眼下真的是關鍵時期。

但是，除了身為運動員的我以外，還有另一個我希望可以陪伴在他身旁。我想放棄訓練，陪在他身旁照顧他。事實上，我也曾經提議放棄參加奧運，但是，他當時露出悲傷的表情，至今回想起來，都忍不住落淚。他對我說，千萬不要有這種念頭，我去參加奧運，是他最大的夢想，不要奪走他的夢想。無論發生任何事，在我站在奧運的舞台上之前，他都不會死，要我向他保證，一定會努力訓練。

他向周圍人隱瞞了病情。我們打算在奧運結束後結婚，但並沒有告訴家人。

我度日如年，不知道該怎麼辦才好。即使在練習時，也無法專心投入，成績當然不可能理想。我忍不住想，既然這樣，不如乾脆放棄比賽，但是，想到他難過的表情，我遲遲無法下決心。

在我獨自煩惱時，剛好聽到了浪矢雜貨店的傳聞，心想搞不好可以向我提供什麼妙計。我抱著一線希望，寫了這封信。

同信附上了回郵的信封，請助我一臂之力。

月亮兔

## 2

三個人看完信，忍不住面面相覷。

「怎麼回事？」最先開口的是翔太，「為什麼會丟這封信進來？」

「因為她在煩惱啊，」幸平說，「信上不是寫了嗎？」

「這我當然知道，問題是為什麼找雜貨店諮商她的煩惱？而且是已經倒閉、根本沒人住的雜貨店。」

「你問我，我也不知道啊。」

「我不是問你，只是把內心的疑問說出來，問這到底是怎麼回事。」

敦也聽著另外兩個人的對話，看著信封內。信封內放了另一個摺起來的信封，收件人的地方用簽字筆寫了「月亮兔」幾個字。

「這是怎麼回事啊？」他終於開口問道，「看起來不像是精心設計的惡作劇，似乎是真心在請求指教，而且她也的確很煩惱。」

「是不是搞錯了，」翔太說，「搞不好哪裡有幫人開示的雜貨店，她一定是搞錯地方了。」

敦也拿起手電筒站了起來，「我去確認一下。」

他從後門走出去，繞到雜貨店前，用手電筒照向看板。

他定睛細看，油漆剝落，看不清楚，但在「雜貨店」前面，的確有片假名寫著「浪矢」這幾個字。

他回到屋內，把看到的情況告訴另外兩個人。

「所以果然是這家店，但正常人把信丟進這種廢棄屋，會期待有人回答嗎？」翔太偏著頭納悶。

「搞不好不是這家浪矢？」幸平開口說，「搞不好哪裡有一家真正的浪矢雜貨店，因為兩家店名相同，所以搞錯了。」

「不，不可能。看板上的文字幾乎快看不到了，如果不是事先知道叫這個名字，根本看不清楚。不過……」敦也拿出剛才那本週刊雜誌，「我好像在哪裡看過。」

「看過？」翔太問。

「我好像看過『浪矢』這兩個字，我記得好像是在這本週刊上看到的。」

敦也翻開週刊雜誌的目錄，快速地瀏覽，視線立刻停留在一個地方。

那是一篇名為「深受好評！消煩解憂的雜貨店。」

「就是這篇，只不過不是浪矢（namiya），而是煩惱（nayami）……」

他翻到那一頁，報導的內容如下。

有一家可以解決任何煩惱的雜貨店深受好評。那家店就是位在○○市的浪矢雜貨店。只要在晚上把寫了煩惱的信丟進鐵捲門上的郵件投遞口，隔天就可以在店後方的牛奶箱裡拿到回信。雜貨店老闆浪矢雄治先生（七十二歲）笑著說：

「一開始是我和附近的小孩子拌嘴，因為他們故意把浪矢（namiya）念成煩惱（nayami）。因為看板上寫著，接受顧客訂貨，意者請內洽，他們就說，爺爺，既然這樣，那我們可以找你解決煩惱嗎？我回答說，好啊，任何煩惱都沒有問題，沒想到他們真的來找我商量。因為原本只是開玩笑，所以起初來找我商量的都是一些亂七八糟的事。像是不想讀書，要怎麼讓成績單上都是五分；但我無論遇到什麼問題，都很認真地回答，久而久之，開始有一些嚴肅的內容。像是爸爸、媽媽整天吵架，他覺得很痛苦。後來，我請他們把要問的事寫在信上，丟進鐵捲門上的郵件投遞口，我會把回信放在後門的牛奶箱裡。這麼一來，即使對方不具名，我也可以回答。從某一段時間之後，大人也開始找我諮商。雖然我覺得我這種平凡的老頭子幫不上什麼大忙，但還是很努力思考，努力回答他們的問題。」

當問及哪方面的煩惱最多時，浪矢先生回答說，大多數都是戀愛的煩惱。

「不瞞你說，這是我最不擅長回答的問題。」浪矢先生說，這似乎成為了他的煩惱。

報導旁有一張小照片，照片上出現的正是這家店，一個矮小的老人站在店門前。

「這本週刊雜誌並不是剛好留下來，因為這本週刊上登了自己家裡的事，所以特地留下來。話說回來，真讓人驚訝——」敦也輕聲嘀咕道，「消煩解憂的浪矢雜貨店嗎？相隔了四十年，現在還有人上門諮商嗎？」

說完，他看著「月亮兔」寄來的信。

翔太拿起信紙。

「上面寫著，她是聽到傳聞，聽到關於浪矢雜貨店的傳聞。從信上寫的內容來看，似乎是最近才聽到的，所以，這代表這個傳聞還在流傳嗎？」

敦也抱著雙臂，「也許吧，雖然很難想像。」

「可能是從已經癡呆的老人口中聽到的，」幸平說，「那個老人不知道浪矢雜貨店現在已經變成這樣，把傳聞告訴了兔子小姐。」

「即使真的是這樣，兔子小姐看到這棟房子，應該會覺得奇怪。因為這裡明顯沒有住人。」

「那就是兔子小姐腦筋有問題，她太煩惱，腦筋變得不正常了。」

敦也搖著頭，「這不像是腦筋有問題的人寫的文章。」

「那是怎麼一回事？」

「所以我在想啊。」

「該不會……」翔太突然叫了起來，「還在持續？」

敦也看著翔太問：「持續什麼？」

「就是煩惱諮商啊，就在這裡。」

「這裡？什麼意思？」

「雖然現在這裡沒有住人，但可能持續進行消煩解憂的諮商。那個老頭目前住在別的地方，不時回來收信，然後，把回信放在後門的牛奶箱裡。這麼一來，就合情合理了。」

「雖然合情合理，但這代表那個老頭還活著，那他就超過一百一十歲了。」

「是不是有人代替他？」

「但這裡完全不像有人出入的樣子。」

「因為沒有進屋啊，只要打開鐵捲門就可以拿信了。」

翔太的話不無道理。三個人決定去店面確認，結果發現鐵捲門從內側焊住了，無法打開。

「他媽的，」翔太氣鼓鼓地說，「到底是怎麼回事啊？」

三個人回到和室，敦也再度看著「月亮兔子」寫來的信。

「怎麼辦？」翔太問敦也。

「不必放在心上，反正天亮之後，我們就離開了。」敦也把信放回信封，放在榻榻米上。

一陣沉默。外面傳來風聲，蠟燭的火光微微晃了一下。

「她不知道有什麼打算。」幸平幽幽地說。

「打算什麼？」敦也問。

「就是那個啊，」幸平說，「奧運啊，不知道她會不會放棄。」

「不知道。」敦也搖了搖頭。

「應該不可能吧，」回答的是翔太，「因為她男朋友希望她去參加奧運。」

「但是，她男朋友生病快死了，這種時候哪有心思訓練，當然應該陪在男朋友身邊啊。她男朋友心裡應該也是這麼想吧。」幸平難得用強烈的語氣反駁道。

「我不覺得，她男朋友想要看到她在奧運舞台上發光，所以正在和疾病搏鬥，至少希望可以活到那一天，但如果她放棄了奧運，她男朋友可能就失去了活下去的力量。」

「但她在信上寫了，無論做什麼事都無法專心投入，這樣下去，根本沒辦法去參加奧運比賽。她既見不到男朋友，又無法完成心願，不是賠了夫人又折兵嗎？」

「所以她必須拚命努力啊，現在根本沒時間煩惱。即使為了她男朋友，也要努力練習，無論如何，都要爭取參加奧運，這是她唯一的選擇。」

「是喔，」幸平皺起眉頭，「是嗎？我做不到。」

「又不是叫你去做，是叫這位兔子小姐去做。」

「不，我不會要求別人去做我自己也做不到的事，翔太，你自己呢？你做得到嗎？」

被幸平這麼一問，翔太答不上來，一臉不悅地轉頭看著敦也問：「敦也，那你呢？」

敦也輪流看著他們兩個人。

「你們幹嘛這麼認真討論？我們有必要考慮這種事嗎？」

「那這封信要怎麼辦？」幸平問。

「怎麼辦……沒怎麼辦啊。」

「但是，要寫回信啊，不能丟著不管吧。」

「什麼？」敦也看著幸平的圓臉，「你打算寫回信嗎？」

幸平點點頭。

「寫回信比較好吧？因為我們擅自把信拆開了。」

「你在說什麼啊，這裡本來就沒有人，她不應該把信丟來這裡，收不到回信是理所當然的。翔太，你也同意吧？」

翔太摸著下巴，「你這麼說也有道理。」

「對吧？不用管他啦，不要多管閒事。」

敦也走去店面，拿了幾綑糊紙門的紙回來，交給另外兩個人。

「給你們，用這個鋪著，睡在上面。」

翔太說了聲：「謝啦。」幸平說了：「謝謝。」接了過來。

敦也把紙鋪在榻榻米上，小心翼翼地躺了下來。他閉上眼睛準備睡一下，發現另外兩個人沒有動靜，張開眼睛，把頭抬了起來。

兩個人抱著紙，盤腿坐在榻榻米上。

「不能帶他去嗎？」幸平嘟囔著。

「帶誰？」翔太問。

「她男朋友啊，生病的那個。如果她去集訓或遠征時可以帶男朋友同行，就可以一直在一起，她也可以訓練和參加比賽。」

「不，這不行吧？他生病了啊，而且只剩下半年。」

「但不見得不能動彈啊，搞不好可以坐輪椅，這樣的話，就可以帶他同行了。」

「如果能夠做到的話，她就不會來諮商了。她男朋友應該臥床不起，不能動彈吧。」

「是嗎？」

「對啊，我想應該是這樣。」

「喂，」敦也開了口，「你們要討論這種無聊事到什麼時候？我不是說了，別管閒事嗎？」

另外兩個人窘迫地住了嘴，垂頭喪氣，但翔太立刻抬起頭。

「敦也，我能理解你說的話，但不能丟著不管。因為兔子小姐很煩惱啊，要設法幫助她才行啊。」

敦也冷笑了一聲坐了起來。

「設法幫助她？笑死人了，我們這種不入流的人能幫她什麼？既沒錢，又沒學歷，也沒有人脈，我們只配幹這種被人唾棄的闖空門勾當，就連闖空門也無法按計畫進行。好不容易偷了值錢的東西，逃跑用的車子卻故障了，所以才會跑來這種積滿灰塵的房子。我們連自己都顧不好，哪有什麼能力去為別人解憂？」

敦也一口氣說完，翔太縮著脖子，低下了頭。

「總之，趕快睡吧，天亮之後，就會有很多人出門上班，我們可以趁亂逃走。」

敦也說完，再度躺了下來。

翔太終於開始把紙門的紙鋪在地上，但他的動作很緩慢。

「我說啊，」幸平語帶遲疑地開了口，「要不要寫點什麼？」

「寫什麼？」翔太問。

「回信啊，不寫回信，總覺得有點過意不去……」

「你是白癡喔，」敦也說，「在意這種事有屁用啊。」

「但是，即使只是寫幾句話，應該總比不寫好得多。有時候不是會覺得有人願意聽自己說話，就很感恩嗎？心裡有煩惱的時候，如果無法向別人傾訴，就會很痛苦。即使無法給她什麼實用的建議，只要說能夠理解她的煩惱，請她加油，我相信她的心情就會輕鬆不少。」

「呿，」敦也不以為然地說：「隨便你啦，真是蠢到家了。」

幸平站了起來，「有沒有筆？」

「那裡好像有文具。」

翔太和幸平走去店裡，不一會兒，窸窸窣窣地走了回來。

「找到筆了嗎？」敦也問。

「嗯，簽字筆都寫不出來，但原子筆沒問題，而且還有信紙。」幸平一臉開心地回答，走去隔壁廚房，把信紙放在桌上，坐在椅子上。「寫什麼呢？」

「你剛才不是說了嗎？我瞭解妳的煩惱，請妳加油，這樣寫就好了啊。」敦也說。

「光寫這樣好像太冷淡了。」

敦也咂了一下嘴，「懶得理你了。」

「剛才說的那個把她男友一起帶去的建議怎麼樣？」翔太問。
「你剛才不是說，如果她可以這麼做，就不會來找人商量了嗎？」
「雖然我剛才這麼說，但你可以向她確認一下啊。」
幸平露出猶豫的表情看著敦也問：「你覺得呢？」
「不要問我。」敦也把頭轉到一旁。
幸平拿著原子筆，但在開始寫之前，又看向敦也。
「信的開頭是怎麼寫？」
「對啊，好像有固定的格式，拜啟和前略什麼的，」翔太說，「但應該不需要寫這些吧，這封信上也沒有寫，就當作寫電子郵件就好了。」
「喔，對喔，當作電子郵件就好。那我就寫，看了妳的電子郵件，不對，是看了妳的來信。看、了、妳、的、來、信……」
「不必念出來啦。」翔太提醒他。
幸平寫字的聲音也傳入敦也的耳朵。他寫字似乎很用力。
不一會兒，幸平說了聲「寫完了」，拿著信紙走了過來。
翔太接過來後說：「你的字真醜。」
敦也從旁邊探頭張望。幸平的字真的很醜，而且，都是平假名。

看了妳的來信，妳辛苦了。我很理解妳的煩惱，目前想到一個方法，妳出門集訓和比賽時，是不是可以帶妳男朋友同行呢？對不起，只能想到這種普通的方法。

「怎麼樣？」幸平問。

「不錯啊，對吧？」翔太回答後，又徵求敦也的同意。

「無所謂啦。」敦也回答。

幸平小心翼翼地把信紙摺好，放進信封內寫著「月亮兔」的信封裡，「我去放進牛奶箱。」說完，他從後門走了出去。

敦也嘆了一口氣。

「真搞不懂他在想什麼，現在哪有時間去理會陌生人的煩惱。連你也和他一起瞎起鬨，真搞不懂你們在幹什麼。」

「別這麼說嘛，偶爾也不錯啊。」

「什麼偶爾也不錯。」

「因為別人通常不會來向我們傾訴煩惱，也不會來找我們這種人商量，恐怕一輩子都不會有這種機會。這是第一次，也可能是最後一次，所以，有一次這樣的經驗也不錯。」

「哼，」敦也又冷笑了一聲，「這就叫作不自量力。」

幸平回來了。

「牛奶箱的蓋子好緊，差一點打不開，可能很久沒有用了。」

「那當然啊，現在哪有人送——」敦也還沒有把「牛奶」兩個字說出口，就住了口，

「喂，幸平，你的手套呢？」

「手套？在這裡啊。」他指著桌上。

「你什麼時候脫掉的？」

「寫信的時候。因為戴了手套不好寫字……」

「笨蛋，」敦也站了起來，「信紙上搞不好會留下指紋。」

「指紋？有什麼關係嗎？」

幸平一臉呆相，敦也很想對著他的圓臉狠狠甩兩巴掌。

「警察早晚會知道我們躲在這裡，如果那個叫『月亮兔』的女人沒有去牛奶箱拿回信怎麼辦？警方只要一查指紋就完蛋了。你應該曾經在開車違規時留過指紋吧？」

「啊……真的有。」

「呿，所以我叫你別多管閒事嘛。」敦也一把抓起手電筒，大步穿越廚房，從後門走了出去。

牛奶箱的蓋子蓋得很緊，的確像幸平說的，卡得很緊。敦也用力打開了。

他用手電筒照著牛奶箱，但裡面是空的。

他打開後門，對著裡面問：「喂，幸平，你放在哪裡？」

幸平一邊戴著手套，一邊走出來。

「什麼哪裡，就是那裡的牛奶箱啊。」

「裡面沒有啊。」

「啊？怎麼可能……？」

「是不是你以為放進去了，其實掉了？」敦也用手電筒照著地上。

「絕對不可能，我確確實實放進去了。」

「那信去了哪裡？」

幸平偏著頭納悶時，傳來一陣慌亂的腳步聲，翔太衝了出來。

「怎麼了？發生什麼事了？」敦也問。

「我聽到店鋪那裡有動靜，去看了一下，發現這個掉在郵件投遞口下方。」翔太臉色鐵青地遞上一封信。

敦也倒吸了一口氣。他關掉手電筒，躡手躡腳地走過房子旁的防火巷，躲在房子後方，偷偷看著店門前。

但是——

那裡沒有人影，也不像有人剛離開。

# 3

浪矢先生，謝謝您這麼快速回答。昨天晚上，把信投進府上的信箱後，今天一整天都在想，提出這麼傷腦筋的問題，是不是給您添麻煩了。接到回信後，終於鬆了一口氣。

浪矢先生，您的疑問很正常。如果可能，我也想帶他一起去遠征和集訓，但他目前的病情無法這麼做，必須在醫院好好接受治療，以免病情急速惡化。

也許你覺得我可以在他附近訓練，但他住的那家醫院附近沒有我可以訓練的場所和設備，只有訓練休息的日子，我才能長途跋涉去見他。

其次，我很快就要出發去下一次集訓了，今天我去見了他。他說，希望我可以有好成績。我對他點頭說好。我很想對他說，我不想去，我想陪在他身邊，但還是拚命忍住了。因為我知道我這麼說，他一定會很難過。

我很希望即使我們分開，也可以看到對方，我常夢想如果有像漫畫中那種視訊電話就好了，這是在逃避現實吧。

浪矢先生，謝謝您願意分擔我的煩惱。能夠寫信向您說出這些，心裡就輕鬆多了。

我知道必須自己找出解決的方法，但如果您想到什麼，請您寫信告訴我。如果您覺得無法給我任何建議，也請您告訴我，我絕對不會給您添麻煩的。

總之，我明天也會去看牛奶箱。

拜託您了。

月亮兔

翔太最後一個看完信，他抬起頭，眨了兩次眼睛，「這到底是怎麼回事？」

「不知道，」敦也說，「這封信是怎麼回事？」

「應該是回信吧，兔小姐的回信。」

聽到幸平的回答，敦也和翔太同時看著他的臉。

「為什麼會收到她的回信？」兩個人異口同聲地問。

「為什麼……？」幸平抓著頭。

敦也指著後門。

「你五分鐘前才把信放進牛奶箱。我馬上去看，信已經消失了，即使那個叫兔子的女人拿走了那封信，寫這些回信也需要時間，但是，第二封回信又馬上丟了進來，這也未免太詭異了吧？」

「我也知道很奇怪，但應該是兔子小姐寫的回信吧？因為她回答了我問她的問題。」

聽到幸平的回信，敦也無法反駁。他說的完全正確。

「借我看一下。」說著，他從翔太手上把信搶了過來，又重新看了一遍。如果沒看過幸平的回答，的確無法寫出這些內容。

「媽的，到底是怎麼回事？有人在整我們嗎？」翔太煩躁地說。

「沒錯，」敦也指著翔太的胸口說，「一定有人在搞鬼。」

敦也把信丟在一旁，打開旁邊的壁櫥，但裡面只有被褥和紙箱。

「敦也，你在幹什麼？」翔太問。

「我在看有沒有人躲在裡面。一定有人在幸平寫信之前，聽到我們的談話，先去寫了回信。不，搞不好有竊聽器，你們也在那裡找找看。」

「等一下，誰會做這種事？」

「我怎麼知道？搞不好哪裡有這種變態，喜歡惡整偷偷溜進這棟廢棄屋的人。」敦也用手電筒照著神桌內。

但是，翔太和幸平都沒有動彈。

「怎麼了？你們為什麼不找？」

敦也問。翔太偏著頭思考。

「不，我覺得應該不是這麼一回事，我不覺得有人會做這種事。」

「但事實就是有人這麼做啊，不然還能怎麼解釋？」

「是嗎？」翔太一副無法苟同的表情，「那牛奶箱裡的信不見了要怎麼解釋？」

「這是……一定有什麼機關，就像變魔術一樣，一定有什麼機關。」

「機關喔……」

幸平第二次看完信後抬起頭，「這個人有點奇怪喔。」

「哪裡奇怪？」敦也問。

「因為她在信上寫，很希望有視訊電話。她沒有手機嗎？還是她的手機沒有視訊功能？」

「醫院裡不能用手機吧？」翔太回答。

「但她還說，就像漫畫中的視訊電話，可見她不知道有些手機有視訊功能。」

「怎麼可能？現在哪有人不知道的。」

「不，我猜想是這樣。好，那我來告訴她。」幸平走向廚房的桌子。

「喂，怎樣？又要寫回信嗎？根本是有人在整我們啊。」敦也說。

「但現在還不知道。」

「絕對是在整我們。現在也在偷聽我們的談話，馬上去寫信了——不，等一下。」敦也突然靈機一動，「好，幸平，你寫回信。我想到了一個好主意。」

「為什麼突然改變？怎麼了？」翔太問。

「別問那麼多，馬上就知道了。」

不一會兒，幸平說「寫好了」，放下了原子筆。敦也站在他的身旁，低頭看著信紙。幸平的字還是一樣醜。

看了妳的第二封信，告訴妳一個好消息，手機有視訊功能，任何廠牌的手機都有這種功能，只要在醫院偷偷使用，就可以解決問題了。

「這樣沒問題吧？」幸平問。

「應該沒問題，」敦也回答，「反正寫什麼都無所謂，寫完趕快裝進信封。」

第二封信中也放了收件人是「月亮兔」的信封。幸平把自己寫的信摺好後，放進了信封。

「我和你一起去，翔太，你留在這裡。」敦也拿著手電筒走向後門。

來到屋外後，看著幸平把信放進了牛奶箱。

「好，幸平，你先躲起來，看著這個箱子。」

「好，那你呢？」
「我去前面，我要看看到底是誰來投信。」
他經過防火巷，躲在屋旁觀察著。沒有人影。
不一會兒，聽到身後有動靜。回頭一看，翔太走了過來。
「怎麼了？不是叫你等在房子裡嗎？」敦也問。
「有人來過嗎？」
「現在還沒有，所以我還等在這裡啊。」
翔太微微張著嘴，露出不知所措的表情。
「怎麼了？發生什麼事了？」
敦也問，翔太把信遞到他面前。「已經來了。」
「什麼來了？」
「就是啊，」翔太舔了舔嘴唇，繼續說：「第三封信來了。」

4

再度感謝您的回信，知道有人瞭解我的煩惱，我的心情也輕鬆了不少。
但是，浪矢先生，真的很抱歉，關於您這次的回答，我至今無法瞭解其中的意圖，應該說，我完全看不懂您的回答。

我猜想應該是我太才疏學淺、孤陋寡聞了，所以才無法理解您想要激勵我的玩笑話，我太羞愧了。

我母親經常對我說：「即使遇到不懂的事，也不能立刻開口問別人，要自己先好好查資料」，所以，我平時都盡可能自己查資料，但是，這一次我真的完全搞不懂。

我不知道手機是什麼。

因為您是用片假名寫的，我猜想是外來語，但怎麼查也查不到。如果是英文，我猜想應該是「catie」或是「katy❶」，但是查不到，可能不是英語吧？

因為不瞭解「手機」的意思，所以，您的寶貴意見對我來說，真的就是「對牛彈琴」、「對馬念經」，如果您願意指點，將會幫我很大的忙。

真的很抱歉，讓您在百忙之中為這種事費心。

月亮兔

三個人把「月亮兔」的三封信放在桌上，圍著信坐在椅子上。

「我們來整理一下，」翔太開了口，「幸平這次放進牛奶箱的信也消失了，幸平雖然躲在暗處觀察，但沒有人走近牛奶箱。敦也也監視店門前，也沒有人靠近鐵捲門，第三封信卻丟進來了。以上這些情況，有哪裡和事實不符合的嗎？」

「沒有。」敦也簡短地回答，幸平默默點頭。

「所以，」翔太豎起食指，「沒有人靠近這棟房子，但幸平的信不見了，又收到了兔子小姐的信。雖然我們仔細檢查了牛奶箱和鐵捲門，卻沒有發現任何機關。你們覺得這是怎麼回事？」

敦也把身體靠在椅背上，雙手抱在腦後。

「正因為不知道，所以才在煩惱啊。」

「幸平呢？」

幸平搖著圓臉，「不知道。」

「翔太，你知道什麼嗎？」

敦也問。翔太低頭看著三封信。

「你們不覺得奇怪嗎？她不知道什麼是手機，以為是外來語。」

「她在亂說吧。」

「是嗎？」

「對啊，現在哪有日本人不知道手機的。」

翔太指著第一封信。

「那這個呢？她在信上說，明年有奧運，但仔細想一下，明年的冬天和夏天都沒有奧運，倫敦奧運才剛結束。」

「啊！」敦也忍不住叫了起來，然後，他慌忙皺著眉頭，摸著人中掩飾自己的失態，

❶譯註：日文中的手機發音是「ke-i-ta-i」。

「是嗎？她要去參加比賽，這種事會搞錯嗎？更何況她也不知道視訊電話，你們不覺得有問題嗎？」

「應該她搞錯了吧。」

「是有問題……」

「還有，」翔太壓低了嗓門說，「另一件事很奇怪。我剛才在外面時發現了這件事。」

「什麼事？」

翔太露出猶豫的表情後開了口。

「敦也，你的手機現在幾點？」

「手機？」敦也從口袋裡拿出手機，確認了上面的時間，「凌晨三點四十分。」

「嗯，所以，我們來這裡已經一個多小時了。」

「對啊，怎麼了嗎？」

「嗯，你們跟我來。」翔太站了起來。

他們再度從後門來到屋外。翔太站在和隔壁倉庫之間的防火巷內，仰望著夜空。

「第一次經過這裡時，我發現月亮在正上方。」

「我也發現了，那又怎麼樣？」

翔太目不轉睛地看著敦也的臉。

「你不覺得奇怪嗎？已經過了一個多小時，月亮的位置幾乎沒有改變。」

敦也不知道翔太說的話是什麼意思，納悶了一下，但隨即理解了。他心臟激烈跳動，臉頰發燙，一股寒意貫穿背脊。

他拿出手機，手機上顯示凌晨三點四十二分。

「這是怎麼回事？為什麼月亮不動了？」

「可能目前剛好是月亮不太動的季節。」

「哪有這種季節？」翔太當下否定了幸平的意見。

敦也輪流看著自己的手機和夜空的月亮，完全搞不懂發生了什麼狀況。

「對了。」翔太開始操作電話，似乎正在打電話。

他的臉緊張起來，不停眨著的眼睛露出慌亂。

「怎麼了？你打電話給誰？」敦也問。

翔太不發一語地把手機遞了過來，似乎叫敦也自己聽。

敦也把電話放在耳邊，聽到一個女人的聲音。

「目前的、時間是、凌晨、兩點、三十六分。」

三個人回到屋內。

「手機並沒有壞，」翔太說，「這棟房子有問題。」

「你的意思是，有什麼會讓手機時鐘錯亂的東西嗎？」

聽到敦也的問題，翔太沒有點頭。

「我想，手機的時鐘並沒有錯亂，而是正常運作，但顯示的時間和實際時間有落差。」

敦也眉頭深鎖，「為什麼會這樣？」

「我猜想可能這棟房子內外被時間隔絕了，所以，時間的速度不一樣。即使在這裡過了很久，在外面只有一眨眼的工夫。」

「啊？你在說什麼啊？」

翔太再度看了一眼信後，才看著敦也。

「雖然沒有人靠近這棟房子，但幸平的信消失，兔子小姐的信送來這裡。照理說，不可能有這種事情發生。所以，會不會有人拿走了幸平的信，看了信之後，又把回信送來這裡，只是我們看不到那個人。」

「看不到？那個人是透明人嗎？」敦也問。

「啊，我知道了，是幽靈。啊？這裡有幽靈嗎？」幸平把身體縮成一團，向左右張望。

翔太緩緩搖頭。

「既不是透明人，也不是幽靈，那個人不是這個世界的人。」他指著三封信繼續說：「是以前的人。」

「以前？什麼意思？」敦也尖聲問道。

「我認為是這樣的。鐵捲門上的投遞口，還有牛奶箱都和過去連結，過去的某個人把信投在那個時代的浪矢雜貨店，現在這家店就會收到信。相反地，只要把回信放在牛奶箱裡，就等於放進了過去的牛奶箱。雖然我不知道怎麼做到的，也不知道為什麼會發生這種事，但只有這樣可以解釋得通。」

原來兔子小姐是以前的人。翔太總結道。

敦也沒有立刻說話，因為他不知道該說什麼，大腦拒絕思考。

「怎麼可能？」他終於擠出這句話，「怎麼可能有這種事？」

「我也不相信啊，但只有這樣才能解釋，如果你覺得不可能，那你來說說，有什麼解釋可以說明眼前的情況。」

被翔太這麼反問，敦也無言以對。當然，他無法合理解釋目前的情況。

「還不是因為你寫回信，把事情搞得這麼複雜。」他沒好氣地責怪幸平。

「對不起……」

「沒必要責怪幸平啊。如果真的像我解釋的那樣，那就太酷了，我們竟然可以和以前的人通信。」翔太的雙眼發亮。

敦也陷入了混亂，不知道該如何是好。

「走吧，」說完，他站了起來，「趕快離開這裡。」

另外兩個人驚訝地抬頭看著他，「為什麼？」翔太問。

「不是很可怕嗎？萬一捲入麻煩就糟了。快離開吧，還有很多地方可以藏身。在這裡等再久，實際的時間幾乎沒有走動，如果天一直不亮，躲在這裡也沒有意義。」

但是，另外兩個人不同意，都露出不悅的表情沉默不語。

「怎麼了？你們倒是說句話啊。」敦也大聲說道。

翔太抬起頭，他的眼神很認真。

「我想繼續留在這裡。」
「啊？為什麼？」
翔太偏著頭。
「我也搞不懂為什麼，只知道自己正在體會很驚人的經驗，這種機會千載難逢……不，恐怕這輩子都不會再遇到了，所以，我不想浪費這個機會。敦也，你先走沒有關係，但我還要繼續留在這裡。」
「留在這裡做什麼？」
翔太看著排在桌上的信。
「先寫回信，因為和過去的人交換書信太了不起了。」
「嗯，對啊，」幸平也點著頭，「而且，也要幫這位兔子小姐解決煩惱。」
敦也看著他們，稍稍後退，用力搖著頭。
「你們腦筋有問題，到底在想什麼啊？和以前的人交換書信有什麼好玩？別鬧了，別鬧了，萬一被捲入麻煩怎麼辦？我不想和這種事有任何牽扯。」
「所以我說了啊，你想走就走啊。」翔太的表情很溫和。
敦也用力吸了一口氣，他想要反駁，卻不知道該說什麼。
「隨你們的便，萬一有什麼事別找我。」
他走回和室，拿起行李袋，沒有回頭看另外兩個人，就從後門走了出去。他仰望天空，圓月仍然在剛才的位置，幾乎沒有移動。

他拿出手機。他想起手機內有電波鐘，自動校對了時間，液晶螢幕上立刻出現了時間，但和剛才聽到報時的時間只相差不到一分鐘。

敦也獨自走在沒什麼路燈的昏暗街頭。夜晚的空氣很冷，但他的臉頰很燙，所以並不在意。

怎麼可能有這種事？他忍不住想道。郵件投遞口和牛奶箱可以連結過去，那個叫「月亮兔」的女人從過去投信到現在？太荒謬了。雖然這種說法可以解釋所有的現象，但這種事不可能實際發生。一定有哪裡搞錯了，一定有人在惡搞。

即使翔太的假設成立，當然要避免和這種異常世界有任何牽扯。萬一發生了什麼狀況，也沒有人會幫忙，必須靠自己保護自己，之前一直都是這樣。和別人有過多的牽扯都不會有什麼好事，更何況對方是過去的人，對目前的自己毫無幫助。

走了一會兒，來到大馬路上，不時有車輛經過。他沿著這條路往前走，看到前方有一家便利商店。

他想起剛才幸平很沒出息地說「肚子餓了」時的聲音。如果在那棟房子裡不睡覺，恐怕會更餓吧。他們到底想幹什麼？還是說，因為時間幾乎停擺，所以也不會覺得餓？

這種時間走進便利商店，很可能會被店員記住長相，還會被監視錄影機拍到。不必理會那兩個人，他們會自己想辦法。

雖然敦也這麼想，但還是停下了腳步。便利商店內除了店員以外，並沒有其他人。
敦也吐了一口氣。我這個人真是太好了。他把行李袋藏在垃圾桶後方，推開了玻璃門。
他買了飯糰、甜麵包、寶特瓶飲料，走出了便利商店。店員是一名年輕男子，沒有看敦也一眼。雖然監視錄影機可能在錄影，但在這個時間買東西，不見得會引起警方的懷疑，搞不好反而覺得歹徒不可能這麼囂張而排除嫌疑。他這麼告訴自己。
他撿起藏好的行李袋，沿著來路走了回去。他打算把食物交給他們之後就離開。他不想在那棟詭異的房子裡多停留。
他來到廢棄屋，幸好沿途都沒有遇見任何人。
敦也再度打量著那棟房子，看著緊閉的鐵捲門上的信件投入口，忍不住想，如果現在把信投進去，不知道會寄到哪個時代的浪矢雜貨店。
他走過和倉庫之間的防火巷，繞到屋後，發現後門敞開著。他探著頭，走進屋內。
「啊，敦也，」幸平興奮地叫了起來，「你回來了！你走了一個多小時了，我以為你不回來了。」
「一個小時？」敦也看了一眼手機上的時間，「只有十五分鐘而已，而且，我不是要回來，只是給你們送吃的而已。」他把便利商店的塑膠袋放在桌上，「雖然我不知道你們要在這裡留到什麼時候。」
「哇噢。」幸平滿臉欣喜，立刻接過飯糰。
「你們在這裡，永遠等不到早上。」敦也對翔太說。

「我們想到一個好方法。」
「好方法。」
「剛才後門不是打開著嗎？」
「對啊。」
「只要把門打開，屋內和屋外的時間速度就一樣。我和幸平兩個人試了很多方法後，終於發現了。所以，和你之間的時間只差一個小時左右。」
「原來是這樣……」敦也看著後門，「到底是怎樣的機關，這棟房子是怎麼回事？」
「我也搞不懂是怎麼一回事，但這麼一來，你就沒必要離開了吧。即使在這裡，也可以等到天亮。」
「對啊，我們還是在一起比較好。」幸平也表示同意。
「但是你們還在繼續寫那些奇怪的信吧？」
「有什麼關係嘛，如果你不喜歡，不要參與就好。雖然我很希望你也可以提供一點意見。」
聽到翔太的話，敦也皺著眉頭，「提供意見？」
「你走了之後，我們寫了第三封回信，沒想到又收到她的信。總之，你先看一下信。」
敦也看著他們，兩個人都露出期待的眼神。
「我只看一下而已喔，」說完，他坐在椅子上，「所以，你們寫了怎樣的回信？」
「嗯，這裡有草稿。」翔太把一張信紙放在他面前。

翔太他們的第三封回信內容如下。這次由翔太負責寫信，字寫得很清楚，也用了不少漢字。

關於手機的事，請妳忘了吧，和妳目前的情況沒有關係。

希望妳可以再詳細介紹一下妳男朋友的情況。他有什麼專長？你們有共同的興趣嗎？最近有沒有一起去旅行過？有沒有看過電影？如果他喜歡音樂，喜歡最近哪一首暢銷曲子。

如果妳願意分享這些情況，我也比較方便提供意見，拜託了。

（因為換人寫信，所以字跡不同，請不必放在心上。）

浪矢雜貨店

「這是怎麼回事？為什麼要問這些事？」敦也甩著信紙問。

「因為我們想首先確定『月亮兔』是哪一個時代的人，如果連這個都不知道，根本在雞同鴨講。」

「那直接這麼寫不就好了嗎？問她目前生活在哪一個時代。」

聽到敦也的回答，翔太皺起眉頭。

「你倒是為對方設身處地想想看，她根本不瞭解我們的狀況，突然這麼問她，她不是會覺得和她通信的人腦筋有問題嗎？」

敦也吐著下唇，用指尖抓著臉頰。他無法反駁。「那她在回信裡寫什麼？」

翔太從桌上拿起信封，「反正你自己看吧。」

有什麼好故弄玄虛的？敦也心裡想道，從信封裡拿出信紙。

謝謝您一再回信。之後，我又繼續調查了手機的事，也問了周圍的人，但還是無從瞭解。雖然我很在意，但既然和我沒有關係，現在就暫時不去想這件事。如果您日後願意告訴我，我將會很感激。

您說得對，我似乎應該介紹一下我們的情況。

正如我在第一封信中所提到的，我是運動員，他以前也從事相同的運動項目，所以我們才會認識。他也曾經有機會參加奧運，但是除此以外，我和他真的是很普通的人。我們的共同興趣就是看電影，今年看了《超人》、《洛基 2》，還看了《異形》。他說很好看，但我不喜歡看那種電影。我們也很喜歡聽音樂，最近很喜歡GODAIGO樂團和南方之星樂團，您不覺得〈心愛的愛莉〉是一首名曲嗎？

在寫這些時，忍不住回想起他還很健康的那段日子，心情特別愉快。浪矢先生，這該不會正是你的目的吧？總之，我們的書信來往（這種說法似乎有點奇怪）的確激勵了我。如果可以，希望明天也可以收到您的回信。

月亮兔

「原來如此，」看完之後，敦也輕聲嘀咕道，「《異形》和〈心愛的愛莉〉，這麼一來，就可以大致抓出她是哪一個年代的人了。我猜想應該和我們父母的年紀差不多。」

翔太點點頭。

「我剛才用手機查了一下，啊，對了，在這棟房子裡，手機不通，但只要把後門打開就通了。先不管這些，我查了她信上提到的那三部電影上映的年份，全都是一九七九年。〈心愛的愛莉〉也是在一九七九年推出的。」

敦也聳了聳肩。

「很好，那就應該是一九七九年。」

「對，所以，兔子小姐要參加的是一九八〇年的奧運比賽。」

「是啊，有什麼問題嗎？」

翔太目不轉睛地看著敦也的眼睛，似乎要把他的心看穿。

「幹嘛？」敦也問，「我臉上有什麼東西嗎？」

「怎麼可能？你不知道嗎？幸平不知道也就罷了，沒想到你也不知道？」

「不知道什麼啦？」

翔太吸了一口氣之後才說：

「一九八〇年是在莫斯科舉辦奧運，日本加入抵制行動，沒有去參加比賽。」

敦也當然知道這件事，只是不知道發生在一九八〇年。

當時還是東西方的冷戰時代，一九七九年，蘇聯入侵阿富汗，美國首先聲明將發動杯葛，表達抗議立場，並呼籲西方各國響應。日本一直吵到最後一刻，最後還是決定仿效美國，採取抵制行動——這是翔太從網路上查到的內容概要。敦也第一次聽說這件事的詳細經過。

「既然這樣，問題不就解決了嗎？可以寫信給她說，日本明年不會參加奧運，所以現在忘了比賽的事，專心照顧男朋友就好。」

聽到敦也的回答，翔太把臉皺成一團。

「即使這麼寫，對方也不會相信。事實上，聽說在正式決定抵制之前，代表日本去參加比賽的選手都相信能夠去比賽。」

「那就告訴她，你是在未來……」說到這裡，敦也皺了皺眉頭，「對喔，不能說。」

「她一定以為我們在整她。」

敦也咂了一下舌，用拳頭敲著桌子。

「那個，」剛才始終沒有說話的幸平吞吞吐吐地說：「一定要寫理由嗎？」

敦也和翔太同時看著他。

「我覺得不寫真正的理由也沒關係吧，只要叫她不要再參加訓練，專心照顧男朋友就好，這樣不行嗎？」

敦也和翔太互看著，兩個人不約而同地點了點頭。

「沒錯，」翔太說，「這樣當然可以。她希望有人可以告訴她，她到底該怎麼做，是一種想要抓住救命稻草的心態，所以，不必告訴她真正的理由，只要明確告訴她，既然真心愛她男朋友，就要陪他到最後一刻，她男朋友內心也期望她這麼做。」

翔太拿起原子筆，在信紙上寫了起來。

「這樣可以嗎？」

他拿給敦也看的內容，和他剛才說的幾乎相同。

「很不錯啊。」

「好。」

翔太拿著信，從後門走了出去，然後把門關上。當他們豎起耳朵時，聽到牛奶箱蓋子打開的聲音，也聽到了關上時啪的聲音。

幾乎在下一秒，前方傳來啪沙一聲，有什麼東西掉落的聲音。

敦也走出店面，探頭看著鐵捲門前的紙箱，發現裡面有一封信。

非常感謝您的回信。

老實說，我並沒有料到您會給我這麼明確的回答，還以為您會寫得更模糊不清，更模稜兩可，最後還是必須由我自己做出決定，但是，您並沒有這麼不乾不脆，難怪「消煩解憂的浪矢雜貨店」會這麼受歡迎，這麼受到信賴。

「既然愛他，就應該陪在他身旁直到最後一刻。」

這句話深深地刺進了我的心。我認為說得太好了，根本不需要猶豫。

但是，我不認為他內心也期待我這麼做。

我今天和他通了電話，我打算聽從您的建議，告訴他我放棄爭取參加奧運的機會，但他似乎看透了我的心思，搶先一步對我說，既然有時間打電話給他，不如拿這些時間去練習。他說，雖然聽到我的聲音很高興，但他很擔心我在講電話的這些時間，就會被競爭對手超越。

我很不安。如果我放棄奧運，他會因為失望導致病情惡化。在沒有人能夠保證這種情況不會發生之前，我不敢開口告訴他。

是不是因為我很脆弱，才會有這種想法？

月亮兔

看完信之後，敦也仰頭看著滿是灰塵的天花板。

「莫名其妙，她到底想怎樣啊？既然不聽我們的建議，一開始就不要來諮商。」

翔太嘆著氣。

「不能怪她啦，她根本沒想到她諮商的對象是未來的人。」

「她說她今天和她男朋友通了電話，代表她並沒有和她男朋友生活在一起。」幸平看著信紙說，「真可憐。」

「她男朋友也真讓人火大，」敦也說，「他應該懂得體諒女人的心情，奧運說穿了就是豪華版的運動會嘛，只不過是運動比賽嘛，男朋友得了不治之症時，當然沒有心思運動啊。雖說他是病人，但也不能這麼任性，讓那個女人為難嘛。」
「她男朋友應該也很痛苦吧，因為他知道去參加奧運是那個女人的夢想，不願意她因為自己的關係而放棄。這不知道該說逞強還是故作大方，總之，他也很犧牲啦。」
「就因為這樣，才讓人火大啊。他陶醉在自己的這種所謂的犧牲中。」
「是嗎？」
「對啊，絕對是這樣。他自以為是悲劇的女主角……不對，是悲劇男主角。」
「那要怎麼寫回信？」翔太把信紙拿過來時問。
「就寫要先讓她男朋友清醒，明確告訴她男朋友，只不過是運動而已，不要用運動來綁住自己的女朋友。奧運和運動會沒什麼兩樣，不必為這種事執著。」
翔太拿著原子筆，皺著眉頭。
「這些話，她應該說不出口吧。」
「不管說不說得出口，不說就無法解決問題。」
「你別強人所難了，如果她做得到，就不會寫這種信了。」
敦也雙手抓著頭，「煩死了。」
「要不要由第三者去說呢？」幸平淡淡地說。
「第三者？誰啊？」翔太問，「她男朋友生病的事沒有告訴任何人。」
「問題就在這裡，連父母都不說，恐怕不太妥當吧？只要說了之後，大家都會理解她的心情。」

「就這麼辦，」敦也打了一個響指，「不管是女的父母或是男的父母都好，總之，要先告訴他們生病的事。這麼一來，就不會有人要求她去拚奧運了，翔太，你就這麼寫。」

「好。」翔太回答後，拿起原子筆寫了起來。

他寫的回信如下——

我能理解妳的徬徨，但是，請妳相信我，就當作是上當，按我說的去做吧。

恕我直言，妳男朋友錯了。

只不過是運動而已，雖說是奧運，但說穿了，只是大型運動會而已。妳男朋友的日子不多了，為了參加運動而浪費和男朋友相處的寶貴時間，未免太愚蠢了，必須讓妳男朋友瞭解這件事。

如果可以，我很想代替妳這麼告訴妳男朋友，但可惜做不到。

所以，不妨請妳或他的父母告訴他這些話。只要說出生病的事，大家都會向妳伸出援手。

不要再猶豫了，趕快忘了奧運，就這麼辦，我不會騙妳的，日後妳一定會慶幸聽了我的建議。

浪矢雜貨店

翔太出去把信放進牛奶箱後，從後門走了進來。

「這次再三叮嚀了，應該沒問題吧？」

「幸平，」敦也對著前門的方向問，「有收到信嗎？」

「還沒有。」幸平的聲音從店舖的方向傳來。

「還沒有？真奇怪，」翔太偏著頭，「之前都是馬上就收到回信，難道是因為後門沒關好嗎？」他從椅子上站了起來，似乎準備去確認。

這時，店舖的方向傳來「來了」的聲音，幸平拿著信走了過來。

好久沒寫信了，我是月亮兔。您給我寫了回信，但我隔了一個多月才再度提筆，真的很抱歉。

雖然我告訴自己要趕快寫信，但很快就開始集訓了。

其實，這也許只是藉口，真正的原因是我不知道該怎麼寫回信。

看到您在信中明確說，他的想法錯了，我有點驚訝。看到即使他已經罹患了不治之症，您仍然用毅然的態度斷言，他的想法錯了，不由得讓我肅然起敬。

您也在信中說，只不過是運動比賽、只不過是奧運……也許您說得對，不，我覺得您言之有理，搞不好我是在為很無聊的事煩惱。

我無法對我男朋友說這些話，我漸漸瞭解到，對其他人來說，這件事根本不重要，但畢竟是我和他曾經全力以赴、投入的運動。

我知道他生病的事早晚要告訴雙方的父母，只是目前還不是時候。因為他妹妹剛生完小孩，他父母還沉浸在抱孫子的喜悅中，他說，希望可以讓父母多享受一下幸福的時光。我非常瞭解他的這種心情。

這次集訓期間，我曾經多次打電話和他聯絡。當我告訴他，我很努力練習時，他很為我感到高興，我不認為那是裝出來的。

但是，我是不是真的應該忘記奧運的事，是不是應該拋開訓練，專心照顧他？這真的是為他好嗎？

越思考這個問題，越感到猶豫不決。

月亮兔

敦也很想大叫。他在看信時，就忍不住感到心浮氣躁。

「這個笨女人在幹嘛？已經叫她別練了，還去參加什麼集訓，萬一她去集訓時，她男朋友死了怎麼辦？」

「因為她男朋友督促她，所以她不能不去參加吧。」幸平用悠然的語氣說道。

「但集訓去了也沒用，什麼越思考這個問題，越感到猶豫不決。好心告訴她，她為什麼不聽嘛。」

「因為她考慮到她男朋友啊，」翔太說，「她不願意奪走她男朋友的夢想。」

「反正早晚會奪走，反正她最後還是沒辦法參加奧運。媽的，有什麼方法可以讓她瞭解這件事嗎？」敦也不耐煩地開始抖腳。

「就說她受傷了？」幸平說，「如果她因為受傷無法參加奧運，她男朋友只能放棄吧。」

「喔，這個方法不錯。」

敦也也表示贊同，但翔太反對。

「這個方法不行啦，最終還是奪走了她男朋友的夢想啊。正因為兔子小姐做不到，所以才會煩惱啊。」

敦也皺著眉頭。

「夢想、夢想，煩死人了，又不是只有奧運才是夢想。」

翔太突然張大眼睛，似乎想到了什麼。

「有了！只要讓她男朋友知道，並非只有奧運是夢想就好，讓他擁有其他的，可以取代奧運的夢想。比方說……」他想了一下說：「小孩子。」

「小孩子？」

「就是嬰兒啊。她可以假裝自己懷孕了，懷的當然是他的孩子，這麼一來，他就不得不放棄奧運了，但又可以擁有即將有後代的夢想，激勵他活下去。」

敦也在腦海中整理了這個點子，隨即拍著手。

「翔太，你真是天才，就這麼辦。這個主意太完美了。她不是說，她男朋友只剩半年的時間嗎？即使說謊，也不會被拆穿。」

「好。」翔太坐在桌前。

「這個方法應該沒問題。」敦也心想。雖然不知道她男朋友什麼時候得知自己生病，從之前的信看來，不像是發生了好幾個月的事，他們之前的生活都很正常，應該也有做愛。或許他們有避孕，但這種事隨便扯個謊就可以敷衍過去。

當他們把回信放進牛奶箱後，再度從郵件投遞口收到的信中，卻寫著以下的內容。

拜讀了您的回信，意想不到的點子讓我大感驚訝，同時也深感佩服，讓他擁有奧運以外的新夢想，的確是出色的方法。一旦得知我懷孕，他應該不至於要求我不惜墮胎，也去爭取參加奧運的機會，一定會希望我生下一個健康的嬰兒。

但是，這個方法有現實上的問題。首先是懷孕的時期。我和他最後一次性行為大約在三個多月前，現在才發現懷孕，會不會很不自然？如果他要求我出示證明，我該怎麼辦？

而且，如果他相信，應該會告訴他的父母。當然，我也會告訴我父母，親戚和朋友都會知道這件事。但是，我不能告訴他們，我在說謊騙他們，因為這麼一來，就必須解釋為什麼要說這種謊。

我不擅長演戲，也不喜歡說謊，我沒有自信可以在大家都以為我懷孕之後，繼續演下去。而且，肚子始終不會變大也很奇怪，所以，必須設法偽裝，我不認為有辦法瞞過大家。

還有另一個重要的問題。如果他的病情沒有惡化，很可能到了我虛構的預產期那一天，他仍然還活著。萬一到那一天小孩子仍然沒有出生，就會知道那是一場騙局，只要想像他在得知這一切時的失意，我就心痛不已。

雖然這個點子很出色，但因為以上的原因，我可能無法做到。

浪矢先生，真的很感謝您努力為我設想，您至今為止提供的建議，讓我感到很滿足，內心也充滿感謝。我瞭解到，這是必須由我自己解決的問題。您不必回這封信沒有關係，很抱歉占用了您這麼多時間。

月亮兔

「什麼意思啊！」敦也把信紙丟到一旁站了起來，「之前一直要別人幫她出主意，最後卻說什麼不必回信沒有關係，這是什麼意思嘛，這個女人到底願不願意聽別人的意見？她根本完全沒有聽嘛。」

「我覺得她說的話也很有道理，要一直假裝的確很辛苦。」幸平說。

「少囉嗦，她男朋友隨時都可能會死，在這種情況下，她哪有資格說這種話？只要有死的決心，任何事都可以做到。」敦也坐在廚房的桌子前。

「敦也，你要寫回信嗎？筆跡會不一樣啊。」翔太問。

「這種事情不重要啦，不好好訓她一頓，我嚥不下這口氣。」

「好，那你就教訓她一下，我照你說的寫。」翔太在敦也對面坐了下來。

月亮兔小姐：

妳是笨蛋嗎？不，妳真的是笨蛋。

既然已經告訴妳這麼好的方法了，妳為什麼不照做呢？

叫妳忘了奧運的事，要說幾次，妳才聽得懂呢？

即使妳以爭取參加奧運為目標拚命練習也沒有意義。

妳絕對無法去參加比賽，所以，趕快放棄，不要浪費時間。

妳根本沒必要猶豫，有時間猶豫，不如趕快去陪妳男朋友。

他會因為妳放棄奧運難過？

他會因為過度難過導致病情惡化？

開什麼玩笑，只不過是妳不參加奧運而已，有這麼了不起嗎？

世界各地都在發生戰爭，也有很多國家根本沒辦法參加奧運，日本也不能置身事外。妳很快就會瞭解這一點。

算了，沒關係，妳想怎麼做就怎麼做吧。妳可以按妳的想法去做，然後用力後悔吧。

最後，我再說一遍。妳是笨蛋。

浪矢雜貨店

## 6

翔太又點了新的蠟燭。或許是因為眼睛已經適應，只要點幾根蠟燭，就可以看清楚房間的每個角落。

「她沒有回信，」幸平小聲地說，「之前從來沒有隔那麼久，她是不是不想寫了？」

「應該不會寫了吧，」翔太嘆著氣說，「被罵得那麼慘，通常不是陷入沮喪就是惱羞成怒，無論是哪一種情況，都不會想寫回信。」

「什麼意思嘛，好像是我搞砸了一樣。」敦也瞪著翔太說。

「我哪有這麼說？我和你想的一樣，都覺得應該寫那些話罵醒她。既然我們寫了我們想要寫的，她不寫回信就隨她去啊。」

「……那就好。」敦也把頭轉到一旁。

「但是，不知道她後來到底怎麼樣了，」幸平說，「她會繼續練習嗎？搞不好順利獲選成為奧運選手，結果日本隊抵制奧運，她一定很受打擊。」

「果真那樣的話，也是她活該。誰教她不聽我們的話。」敦也氣鼓鼓地說。

「不知道她男朋友怎麼樣了，不知道可以活多久。在日本決定抵制的那一天，不知道他是不是還活著。」

聽到翔太的話，敦也閉口不語。尷尬的沉默籠罩了他們三個人。

「我們要這樣等到什麼時候？」幸平突然問道，「我是說後門，一直關著門，時間不是走得很慢嗎？」

「但一旦打開，就無法和過去連結，即使她投了信，也不能送到這裡。」翔太轉頭看著敦也，「你說怎麼辦？」

敦也咬著下唇，把指關節壓得劈啪作響，在壓完左手的五根手指後，看著幸平說：「幸平，你去把後門打開。」

「這樣好嗎？」翔太問。
「沒關係，忘了那個兔子女人，反正和我們沒有關係。幸平，快去打開。」
「嗯。」幸平正打算站起來。
砰、砰。這時，店門那裡傳來動靜。
三個人同時愣住了，面面相覷後，一起轉頭看向店門的方向。
敦也緩緩站起來走去店裡，翔太和幸平也跟在他身後。
這時，又傳來「砰、砰」的聲音。有人在敲鐵捲門，聽敲門的聲音，似乎在觀察屋內的情況。敦也停下腳步，屏住呼吸。
不一會兒，一封信從郵件投遞口丟了進來。

浪矢先生，您還住在這裡嗎？如果您已經不住在這裡，而是其他人撿到這封信，是否可以請拾獲者不要拆信，直接拿去燒掉？因為信裡沒寫什麼大不了的事，即使看了，也沒有任何幫助。
以下是寫給浪矢先生的信。
好久沒聯絡了，我是「月亮兔」，您還記得我嗎？去年年底時，我們曾經互通了幾次信。時間過得真快，一眨眼，半年過去了。不知道您身體還好嗎？
之前真的非常感謝您，我一輩子都不會忘記您設身處地為我解決煩惱，我可以感受到您的每一個回答都充滿真心。

我有兩件事要向您報告。

第一件事，相信您已經知道了，日本已經正式決定要抵制奧運。雖然之前就在某種程度上作好了心理準備，聽到這個消息，還是很受打擊。雖然我原本就無法參賽，但想到原本有機會參加奧運的朋友，就覺得很難過。

政治和運動……照理說應該是兩回事，但關係到國家之間的問題，事情就沒這麼簡單了。

第二件事，是關於我男朋友的事。

他很努力和疾病奮鬥，但在今年二月十五日，在醫院停止了呼吸。那天剛好我有空，所以立刻趕到醫院，緊緊握著他的手，陪伴他踏上另一段旅程。

直到最後一刻，他都夢想我可以參加奧運，不難想像，這是他生存的希望。

所以，在送他離開後，我再度投入訓練，雖然那時候距離選拔會剩下的時間已經不多了，但我還是全力以赴，賭上最後的機會。我認為這是對他最好的悼念。

至於結果，正如我在前面所提到的，因為我力有未逮，所以沒有獲選，但我已經盡力了，所以並沒有後悔。

即使我獲選，也無法去參加奧運。由此看來，我這一年的生活方式並沒有錯。

浪矢先生，多虧了您，我才會有這種想法。

我必須向您坦承，在第一次寫信給您時，心裡已經想要放棄奧運了。其中一部分原因，當然是因為我想陪伴在心愛的人身邊，照顧他到最後一刻，但其實不光是這樣而已。

當時，我陷入了瓶頸。

即使心裡再怎麼著急，也無法有理想的成績，每天都痛切感受到自己能力的極限。我為和對手之間的競爭感到疲憊，無法承受一心想要去奧運的壓力。我想要逃避。

就在那時候，發現他生病了。

我無法否認，當時覺得這麼一來，終於可以順理成章地逃避痛苦的競技生活了。我的男友罹患了不治之症而深受折磨，我當然應該專心照顧他，應該沒有人會指責我的決定，最重要的是，我可以用這個理由說服自己。

但是，他發現了我的軟弱，正因為這樣，才會一直對我說，無論發生任何事，都不能放棄奧運，叫我不要奪走他的夢想。他原本並不是這麼任性的人。

我真的不知道該怎麼辦才好。我想照顧他，想逃離奧運，但也想為他實現夢想。各種想法在我的腦海裡奔竄，自己都搞不清楚真正的想法了。

煩惱了很久之後，我寫了第一封信給您，但我在第一封信中並沒有說實話，隱瞞了內心想要逃避奧運這件事。

我想您一眼識破了我的狡猾。

在互通了幾次信之後，您在信中明確地對我說，「既然愛他，就應該陪他到最後」。當我看到這句話時受到很大的衝擊，好像被人用鐵錘重重地打了一下。因為，我的想法並沒有那麼純潔，而是更狡猾、更醜陋，也更卑鄙。

之後，您的建議也都堅持相同的立場。

「只不過是運動而已」

「奧運只是大型運動會」

「猶豫是在浪費時間，趕快去陪妳男朋友」

我感到不解，為什麼您可以說得這麼有自信，這麼斬釘截鐵。不久之後，我終於想通了，原來您在考驗我。

您叫我忘記奧運的事，如果我輕易聽從了您的建議，代表我對這件事的熱情也只有這種程度而已。既然這樣，不如趁早放棄訓練，專心照顧男友。但如果您多次叫我放棄，我仍然無法下決心，就代表我對奧運很執著。

當我瞭解到這一點時，突然發現了一件事。

原來我內心深處對奧運很執著。那是我自幼的夢想，無法輕易放棄。

有一天，我對我男友說：

「我比任何人更愛你，隨時都想和你在一起。如果我放棄比賽，就可以救你一命，我會毫不猶豫地放棄，但事實並不是這樣，所以，我不想放棄自己的夢想。正因為我一直在追求夢想，所以才活得像自己，你也才會喜歡我。我時時刻刻想著你，但請你讓我繼續追求夢想。」

他躺在病床上流著淚。他對我說，他一直在等我說這句話，看到我為他的事擔心，內心感到很不捨。他說，看到自己深愛的人放棄夢想，比死更痛苦。即使分隔兩地，我們的心也會永遠在一起，叫我不需要擔心。他希望我繼續追求夢想，不要留下任何遺憾。

那天之後，我毫不猶豫地投入訓練，因為我終於知道，所謂照顧，並不是整天陪在他身旁而已。

他就在這樣的日子中停止了呼吸。他在臨終時對我說：「謝謝妳帶給我的夢想」，以及他臉上的安詳表情，是對我最大的犒賞。雖然我無法參加奧運，但得到了比金牌更有價值的東西。

浪矢先生，真的很感謝您。如果沒有和您通信，我差一點就失去最重要的東西，可能會後悔一輩子。我對您深入的洞察能力深表敬意，也衷心地表達感謝。

或許您已經搬走了，我會祈禱您收到這封信。

月亮兔

翔太和幸平都說不出話。敦也猜想他們不知道該說什麼，因為他自己也一樣。

「月亮兔」最後的這封信完全出乎他們的意料。她並沒有放棄奧運，雖然她努力到最後一刻，但還是沒有獲選參加奧運，日本甚至沒有派選手參加奧運，然而，她沒有絲毫的後悔，她由衷地感到高興，覺得自己得到了比金牌更有價值的東西。

而且，她認為這一切都是浪矢雜貨店的功勞，因為看了敦也他們充滿憤怒和焦躁寫的信，相信自己選擇了正確的路，信中的這番話應該不是挖苦和諷刺，否則，不可能寫這麼長的信。

敦也忍不住想要笑。因為實在太滑稽了。他笑得前俯後仰，一開始只是發出輕微的聲音，最後終於捧腹大笑。

「你怎麼了？」翔太問。

「不是很好笑嗎？她真的是一個笨女人。我們是真的叫她忘記奧運，她卻往對自己有利的方向解釋。因為結果不錯，所以對我們表達感謝，還說對我們深入的洞察能力深表敬意呢，我們哪有這種東西。」

翔太的表情也放鬆下來，「有什麼關係嘛，反正結果不錯啊。」

「對啊，而且，我們也玩得很開心。」幸平說，「至今為止，我們從來沒有幫任何人消煩解憂過。雖然只是湊巧有了好結果，但既然她覺得諮商對她很有幫助，還是讓人覺得高興。敦也，你不這麼認為嗎？」

敦也皺起眉頭，摸了摸人中。

「當然不可能不高興啊。」

「對吧？我就知道。」

「但沒有像你那麼高興。這種事無所謂啦，差不多該把後門打開了，繼續關著門，時間都不走了。」敦也走向後門。

敦也握住門把，正打算打開時，翔太突然叫了一聲：「等一下。」

「怎麼了？」

翔太沒有回答，走向店鋪。

「他要幹嘛？」

敦也問幸平，但幸平偏著頭沒有回答。

翔太走了回來，臉上露出不悅的表情。

「你在幹什麼啊？」敦也問。
「又來了，」翔太說著，緩緩舉起右手，「好像是另外的人。」
他的手上拿著一個牛皮紙信封。

# 第二章／深夜的口琴

## 1

坐在接待訪客櫃檯前的，是一個看起來超過六十多歲的瘦男人。去年沒有見到他，可能是從公家單位退休後來這裡的。克郎有點不安地向他自我介紹：「我叫松岡。」那個男人果然問他：「請問是哪裡的松岡先生？」

「我是松岡克郎，今天來這裡慰問演奏。」

「慰問？」

「聖誕節的……」

「喔。」那個男人恍然大悟，「聽說有人要來演奏，我還以為是樂團，你是一個人吧？」

「是，對不起。」克郎脫口向他道歉。

「你等一下喔。」

男人不知道打電話去哪裡，和電話中的人聊了兩、三句話後，對克郎說：「請你在這裡等一下。」

不一會兒，一個戴著眼鏡的女人走了過來。克郎見過她，去年也是由她負責派對的事。對方似乎也記住了克郎的長相，笑著向他打招呼：「好久不見了。」

「今年也請多關照。」克郎說。

「也請你多關照。」女人說。

女人帶他去了休息室。休息室內放著簡單的茶几和沙發。

「表演時間大約四十分鐘，和去年一樣，流程和曲目都可以由你來決定嗎？」負責的女人問。

「沒問題。曲目以聖誕歌曲為主，另外還有幾首我自創的曲子。」

「是嗎？」女人露出不置可否的笑容，也許她在努力回想，去年的自創曲子是什麼。

距離演奏會還有一點時間，克郎繼續留在休息室。桌上有寶特瓶裝飲料，他倒在紙杯裡喝了起來。

繼去年之後，這是他第二次來「丸光園」孤兒院。這棟四層樓鋼筋水泥房子建在半山腰，除了起居室以外，還有食堂和浴室，幼兒到十八歲左右的青少年都在這裡過團體生活。克郎去過幾家孤兒院，這裡的規模算是中上。

克郎拿起吉他最後調音，稍微練習了一下發聲。沒問題，今天的狀況很不錯。

剛才的女人走了進來，說差不多該表演了。克郎又喝了一杯茶，才站了起來。

演奏會的會場在體育館。院童都端正地坐在排列整齊的鐵管椅上，大部分都是小學生，當克郎走進體育館時，他們用力拍著手。可能是指導員指示他們這麼做。

院方為克郎準備了麥克風、椅子和樂譜架，他向院童鞠了一躬後，坐在椅子上。

「大家午安。」

「午安。」院童一起回答。

「這是我第二次來這裡，去年也是聖誕夜來這裡。因為每次都是聖誕夜來這裡，所以有點像聖誕老公公，很可惜，我沒有禮物。」說到這裡，他笑了笑，「但是，和去年一樣，我要用歌曲當作禮物送給大家。」

首先，他彈唱了〈紅鼻子麋鹿魯道夫〉，院童都聽過這首歌，所以在中途一起唱了起來。

接著，他又唱了幾首大家耳熟能詳的聖誕歌曲，在唱歌停頓時，也穿插著和他們聊幾句。院童們都很高興，隨著音樂用手打拍子，氣氛還算不錯。

克郎在中途開始注意其中一個女孩。

她坐在第二排的角落，如果是小學生的話，應該已經讀高年級了。她的視線看向其他方向，完全沒有看克郎一眼。不知道是否對音樂沒有興趣，她的嘴巴完全沒有動。

她隱約帶著憂鬱的表情吸引了克郎，散發出一種不像是小孩子的女人味。克郎努力試圖讓她看向自己。

童謠可能太孩子氣，那個女孩不感興趣。於是，他唱了松任谷由實的〈聖誕老人是戀人〉。這是去年當紅的電影《帶我去滑雪》中的插曲，嚴格來說，在這裡唱這首歌違反了著作權法，但應該沒有人會去檢舉吧。

大部分小孩子都很高興，那個女孩卻仍然看著斜前方。

之後，克郎又演奏了幾首那個年紀的少女喜愛的樂曲，仍然沒有效果。她對音樂沒有興趣。他只能告訴自己放棄。

「接下來是最後一首樂曲。那是我每次在演奏會結束之前，必定會演奏的一首曲子，請大家欣賞。」

克郎放下吉他，拿出口琴，調整呼吸後，閉上眼睛，緩緩吹了起來。他已經演奏過幾千次，根本不需要看樂譜。

他花了三分半鐘演奏完這首曲子，體育館內鴉雀無聲。克郎在吹完口琴的前一刻張開眼睛，頓時愣了一下。

因為那個女孩專注地望著他，她的眼神很認真，克郎一把年紀了，忍不住心跳加速。

演奏會結束後，克郎在院童的掌聲中離開了體育館。負責活動的那個女人走了過來，對他說了聲：「辛苦了。」

克郎原本想打聽那名少女，但還是把話吞了下去。因為他不知道用什麼理由詢問。

沒想到，他意外地有機會和那名少女聊天。

演奏會結束後，院方在食堂內舉辦了餐會。克郎也受邀參加，正當他在用餐時，那名少女走了過來。

「剛才那首是什麼曲子？」她直視著克郎的眼睛問。

「哪一首……？」

「就是最後用口琴吹奏的那一首，我以前沒有聽過。」
克郎笑著點了點頭。
「那當然，因為那是我自創的。」
「自創？」
「我自己作的曲，妳喜歡嗎？」
少女用力點頭。
「我覺得這首曲子很棒，很想再聽一次。」
「是嗎？那妳等一下。」
克郎今天晚上要住在這裡。他去了為他安排的房間，拿了口琴回到食堂。
他把少女帶到走廊上，用口琴吹了那首曲子給她聽。她露出嚴肅的眼神聽得出神。
「沒有曲名嗎？」
「不，有啊，叫〈重生〉。」
「重生……」她小聲重複了一句，開始哼了起來。克郎聽了驚訝不已，因為她完美地重現了〈重生〉的旋律。
「妳這麼快就記住了？」
聽到他的問題，她第一次露出笑容，「因為我很擅長記歌曲。」
「但還是很厲害。」
克郎打量著少女的臉，腦海中浮現了「才華」這兩個字。

「松岡先生，你不當專業歌手嗎？」

「專業歌手嗎……不知道哩。」克郎偏著頭，努力掩飾著內心的起伏。

「我覺得這首曲子一定會紅。」

「是嗎？」

她點了點頭，「我很喜歡。」

克郎笑著說：「謝謝。」

就在這時，聽到有人叫「小芹」的名字。一名女職員從食堂內探出頭，「可不可以請妳叫小龍吃飯？」

「喔，好。」名叫小芹的少女向克郎鞠了一躬，走去食堂。

克郎也跟著走回食堂。小芹坐在一名年幼的少年身旁，試圖讓他自己拿湯匙。少年很瘦小，臉上沒有表情。

負責安排演奏會的女人剛好在旁邊，克郎很自然地向她打聽了小芹他們的事。她露出感慨的表情說：

「這對姊弟今年才來，好像受到父母的虐待，她弟弟小龍只和她說話。」

「是喔。」

克郎看著小芹照顧她弟弟的樣子，似乎隱約瞭解她拒絕聖誕歌曲的原因了。

餐會結束後，克郎回到自己的房間。他躺在床上，聽到窗外熱鬧的聲音，起身往樓下看，發現小孩子正在放煙火，似乎並不在意戶外的寒冷。

他也看到了小芹和小龍的身影，他們在遠處看著。
你不當專業歌手嗎？
好久沒有聽到這句話了。剛才也是這十年來，第一次用笑容敷衍這個問題。但是，當時和現在的心情完全不同。
「老爸，」他對著夜空嘀咕，「對不起，我甚至連敗仗都無法打——」
克郎回想起八年前的事。

2

七月初時，他接到祖母去世的消息。克郎正在做開店的準備，妹妹榮美子打電話到店裡。
他知道祖母身體不好，肝臟和腎臟都出了問題，隨時都可能撒手人寰，但克郎還是沒有回家。雖然他很掛念祖母，卻因為某種原因不想回去。
「明天是守靈夜，後天要舉行葬禮。哥哥，你什麼時候回來？」榮美子問。
克郎把拿著電話的手架在吧檯上，用另一隻手抓了抓頭。
「我要上班，要問一下老闆才知道。」
電話中傳來榮美子用力吸了一口氣的聲音。
「你不是只在店裡幫忙而已嗎？你不是說，之前店裡只有老闆一個人在張羅？還說休息一、兩天都不會有問題嗎？還說因為隨時可以休息，所以決定在這家店上班嗎？」

榮美子說得沒錯，她記憶力很好，也很精明，無法用三言兩語敷衍她。克郎沉默不語。

「你不回來會很傷腦筋，」榮美子尖聲說道，「爸爸身體不好，媽媽照顧奶奶也累壞了，而且，你從小是奶奶帶大的，應該回來參加葬禮。」

克郎嘆了一口氣，「好，我會想辦法。」

「盡可能早一點回來，最好是今天晚上。」

「不可能啦。」

「那明天早上，最晚在中午之前要回來。」

「我考慮看看。」

「要認真考慮，因為之前你都為所欲為。」

妳什麼態度啊——克郎想要抱怨，但妹妹已經掛了電話。

掛上電話後，他坐在高腳椅上，呆然地看著牆上的畫。畫中是沖繩的沙灘。老闆喜歡沖繩，所以，這家小酒吧內放了很多令人聯想到沖繩的小物品。

克郎的視線移向酒吧角落，那裡放了一張籐椅和一把木吉他，都是克郎專用的。當客人點歌時，他就會坐在籐椅上邊彈邊唱。雖然也有客人隨著他的吉他演奏唱歌，但大部分都是克郎自彈自唱。第一次聽他唱歌的客人都會驚訝，說他的歌喉聽起來像專業歌手，甚至不時有人建議他去當歌手。

不行啦，不行啦。雖然他嘴上謙虛地回答，但每次都在心裡嘀咕：「我早就在找機會當歌手了。」他也是為了這個目的，才決定從大學輟學。

他從中學開始對音樂產生了興趣。中學二年級時，他去同學家玩，看到同學家有一把吉他。同學說，那把吉他是他哥哥的，也教了他怎麼彈。這是他有生以來第一次碰吉他，一開始，他的手指不靈活，但練習幾次後，可以彈簡單樂曲的一小節。當時的喜悅難以用言語形容，他全身感受到上音樂課吹直笛時難以體會到的快樂。

幾天後，他鼓起勇氣向父母要求，他想要一把吉他。父親經營一家鮮魚店，過著和音樂完全無緣的生活。他瞪著眼睛大發雷霆，叫他不要去交那種壞朋友。父親的認知中，彈吉他的年輕人都是不良分子。

我一定會用功讀書，一定會考進本地最好的高中，如果考不進，就把吉他丟掉，以後再也不彈了──他一個勁地拜託，說出了他所有能夠想到的承諾。

在此之前，克郎從來沒有要求過任何東西，所以，父母也嚇了一跳。母親的態度先軟化了，最後，父親也不再堅持，但他們並沒有帶他去樂器行，而是去當舖，只願意幫他買流當的吉他。

「搞不好不久之後就要丟掉，沒必要買那麼貴的。」父親板著臉說。

即使是流當品，克郎也欣喜若狂。那天晚上睡覺時，他把新買的中古木吉他放在枕邊。

他參考去舊書店買的教材，幾乎每天都在練吉他。因為和父母之間有約定，所以，他很認真讀書，成績進步出色。因為這個緣故，即使假日克郎在二樓的房間彈吉他，父母也從來不罵他。之後，他順利考進了第一志願的高中。

高中有輕音樂社，他立刻申請加入，和輕音樂社的另外兩個朋友組了樂團，去很多地方演奏。起初只是彈其他樂團的曲子，後來開始彈自創曲，幾乎都是克郎寫的曲子，主唱也是他，另外兩名成員對他的作曲讚不絕口。

升上三年級後，那個樂團形同自然解散。原因很簡單，當然是因為要考大學了。雖然他們相互約定，考上大學後再重新組團，最後這件事也不了了之。因為其中一個人沒有考上大學，但那個人在一年後考上了大學，也沒有人提出重新組團的事。

克郎進入東京一所大學的經濟系。雖然他原本想走音樂的路，但知道父母一定會強烈反對，所以就放棄了。他從小就知道長大以後要繼承鮮魚店的家業，父母完全沒有想到他會選擇走其他的路，他自己也覺得差不多就是這樣了。

大學內有很多音樂社團，他加入了其中一個，但立刻感到失望不已。社團成員整天只想著玩，完全感受不到他們對音樂的熱情，當他對此抱怨時，立刻遭到了其他人的白眼。

「你在裝什麼酷啊，音樂這種東西，開心就好嘛。」

「對啊，幹嘛這麼認真，反正又不是要去當職業歌手。」

克郎面對這些指責沒有吭氣，只是再也不去社團了。因為他覺得和這些人爭辯也沒有用，彼此的目標相差了十萬八千里。

之後，他也沒有再加入其他社團，因為他覺得與其和一堆無心玩音樂的人在一起讓自己備感壓力，還不如一個人練習更輕鬆。

他從那時候開始參加歌唱比賽。這是他在高中後，第一次在觀眾面前唱歌。起初都是在預賽中就落選了，但經過多次挑戰，擠進前幾名的次數漸漸增加，認識了一些經常參加這類歌唱比賽的人，彼此也開始熟識。

他們對克郎造成了強烈的刺激，簡單地說，就是他們對音樂充滿熱情，即使犧牲一切，也想要提升自己的音樂素質。

自己也不能輸——每次聽到他們的音樂，都忍不住這麼想。

只要醒著的時候，他幾乎把所有的時間都投入了音樂。無論吃飯或是洗澡時，腦海中都想著新樂曲。漸漸地，他覺得去學校沒有意義，所以就不再去上課，因為無法修足學分，所以連續留級多次。

父母完全不知道獨自去東京的兒子目前的狀況，以為四年過後，兒子就會畢業回到老家。當克郎在二十一歲那年夏天打電話告訴他們，自己已經休學時，母親在電話中哭了起來。之後接過電話的父親對著電話大吼，問他到底發生了什麼事。

我要走音樂這條路，所以繼續讀大學並沒有意義。當他這麼告訴父親時，父親更大聲地對著電話咆哮。他覺得很吵，掛上了電話。父母當天晚上就趕到東京，父親的臉脹得通紅，母親一臉鐵青。

他們在三坪大的房間內一直聊到天快亮了。父母對他說，既然已經休學，不如立刻回老家繼承鮮魚店，克郎沒有點頭，他不願意退讓，因為一旦這麼做，就會後悔一輩子，所以，要繼續留在東京，直到完成目標。

父母整晚幾乎沒有闔眼，第二天一大早，就搭頭班車趕回去了。克郎在公寓的窗前目送他們的背影離開，覺得兩個人的背影都看起來很落寞，很矮小。克郎忍不住對著他們的背影合起雙手。

他就這樣過了三年。如果沒有休學，他早就大學畢業了，但克郎仍然一無所有，仍然以參加歌唱比賽為目標，每天持續練習。他在幾次比賽中得了名次，原以為只要持續參加比賽，就會有音樂人注意到他，但至今為止，從來沒有人來找過他。他曾經主動寄demo帶去唱片公司，但都石沉大海。

只有一次，一位經常來店裡的熟客，說要把他介紹給音樂評論家。克郎在那位評論家面前表演了自己創作的兩首曲子。因為他想成為創作型歌手，所以特地選了兩首很有自信的作品。

一頭白髮燙鬈的音樂評論家說：「不錯啊。」

「樂曲很清新，也唱得很好，很了不起。」

克郎難掩興奮，內心充滿期待，以為自己終於有機會成為歌手了。

那位居中牽線的客人代替克郎問：「有可能成為職業歌手嗎？」

克郎渾身緊張，不敢正視評論家。

「嗯，」評論家停頓了一下，發出了呻吟，「最好不要有這種想法。」

克郎抬起頭問：「為什麼？」

「唱歌像你這麼好的人太多了，如果聲音有特色就另當別論，但你並沒有。」

評論家說得直截了當，他無言以對。其實他早就知道了。

「那他寫的曲子怎麼樣？我覺得很不錯。」在場的老闆問。

「以外行人來說，的確很不錯，」評論家用沒有感情的聲音回答，「但是，很遺憾，只是這種程度而已，讓人聯想到現有的樂曲，也就是說，感受不到新意。」

評論家直言不諱，克郎因為懊惱和丟臉感到渾身發熱。

自己沒有才華嗎？想靠音樂餬口只是自己的一廂情願嗎？那天之後，他始終無法擺脫這些想法。

## 3

翌日中午過後，他走出公寓，只帶了一個運動袋和西裝袋。西裝袋裡裝了向老闆借的黑色西裝。因為不知道什麼時候可以回東京，所以原本想帶吉他回家，但擔心父母又要數落自己，最後只能放棄，但他把口琴塞進了運動袋。

他在東京車站搭上列車。車廂內沒什麼人，他獨自占據了四人座的座位，脫下鞋子，把腳放在對面的座位上。

從東京車站要轉車將近兩個小時，才能回到老家所在的城鎮。聽說有人每天搭電車到東京上班，克郎完全無法想像這種生活。

克郎對老闆說，祖母死了，老闆立刻同意他回家奔喪。

「機會難得，回去和父母好好談一談日後的打算。」老闆用訓誡的語氣對他說，克郎覺得老闆在暗示他，差不多該放棄音樂這條路了。
他眺望著車窗外的田園風景，茫然地想，看來自己不適合走這條路。回家之後，父母絕對又要囉嗦了。到底要作夢到什麼時候，社會沒這麼好混，趕快清醒，回家繼承家業，反正你現在也沒在做什麼像樣的工作——他不難想像父母要說什麼。
克郎輕輕搖著頭。他想要甩開這些憂鬱的事，打開運動包，從裡面拿出隨身聽和耳機。去年上市的這台隨身聽是跨時代的商品，可以隨時隨地聽音樂。
他按下播放鍵，閉上眼睛，旋律優美的電子音樂傳入耳中。演奏的是黃色魔術大樂團，據說在洛杉磯為「THE TUBE」樂團暖場時，贏得滿堂喝采，所有觀眾都起立為他們鼓掌。
這種人才是有才華吧——雖然他努力不去想這類事，但悲觀的想法還是浮上心頭。
終於到了離家最近的車站。走出車站大樓，熟悉的景象立刻映入眼簾。連結幹線道路的主要道路兩旁有很多小店，都是專做附近老主顧生意的店。這是他休學後第一次返家，但鎮上的氣氛完全沒有改變。克郎停下腳步，花店和蔬果店之間那家大約四公尺寬的商店鐵捲門拉下一半，鐵捲門上方的看板上寫著「魚松」兩個字，旁邊用小一號的字寫著「鮮魚、送貨上門」。
起初是祖父開了這家魚店。當初的店並不是開在這裡，空間也更寬敞，但那家店在戰爭中燒毀了，戰後在這裡重新開業。
克郎從鐵捲門下鑽了進去，店內很暗。他定睛細看，發現冷藏櫃裡沒有魚。這個季節，鮮魚無法保存超過一天，剩下的魚應該都放進冷凍庫了。牆上貼著「蒲燒鰻魚上市」的紙。

熟悉的魚腥味讓他有一種懷念的感覺。克郎走進店內，裡面是通向主屋的脫鞋處。主屋的拉門關著，但有光線從門縫洩了出來，裡面也有動靜。

他深呼吸後，說了聲：「我回來了」。說完之後，覺得似乎應該說「午安」才對。門立刻打開了，一身黑色洋裝的榮美子站在那裡。好久沒見到她，她看起來像大人了。她低頭看著克郎，重重地吐了一口氣。

「太好了，我還以為你不回來了呢。」

「為什麼？我不是說了會想辦法嗎？」克郎脫下鞋子走進屋內，瞥了一眼狹小的室內，「只有妳在家嗎？爸和媽呢？」

榮美子皺起眉頭。

「早就去會場了，我照理說也該去幫忙，但我想你回來時，萬一家裡沒人很傷腦筋，所以在這裡等你。」

克郎聳了聳肩，「是喔。」

「哥哥，你該不會打算穿這身衣服去守靈夜吧？」

克郎身上穿著T恤和牛仔褲。

「當然不可能啊，妳等我一下，我去換衣服。」

「動作快點。」

「我知道。」

他拿著行李上了樓。二樓有兩坪多和三坪大的和室，三坪大的那間是克郎讀高中時住的房間。

打開拉門，悶了很久的空氣迎面撲來。因為拉上了窗簾，房間內很暗，他打開了牆上的電燈開關，以前生活過的空間靜靜地出現在日光燈的白色燈光下。書桌上仍然裝著舊型的削鉛筆機，牆上的偶像海報也沒有掉，書架上放著參考書和吉他教材。

克郎曾經聽母親說，他剛去東京那陣子，榮美子曾經提出要住這個房間。他回答說，沒關係。當時，他已經打算走音樂這條路，無意再回老家。

但是，看到房間仍然保留著原來的樣子，代表父母仍然期待他回老家。想到這裡，心情不由得沉重起來。

他換上西裝，和榮美子一起走出家門。雖然已經七月了，幸好氣候還很涼爽。祖母的守靈夜會場就在鎮上的集會所。聽說那裡剛建好不久，走路大約十分鐘左右。一踏進住宅區，發現周圍的景象和以前大不相同，不禁有點驚訝。聽榮美子說，這裡增加了不少新的居民，克郎忍不住想，原來這種地方也會漸漸發生改變。

「哥哥，到底怎麼樣？」榮美子走在路上時問。

克郎雖然知道她在問什麼，但故意裝糊塗反問她：「什麼怎麼樣？」

「當然是問你對未來的打算啊，如果真的可以靠音樂走下去也不錯，問題是你有自信嗎？」

「當然有啊，如果沒有，怎麼可能堅持這麼久。」他在回答時，感受到內心的不安。那是欺騙自我的感覺。

「我還是沒有真實感，無法想像我們家的人有這方面的才華。雖然我去聽過你唱歌，也覺得你很會唱，但是，這和能不能當職業歌手是不同層次的問題。」

克郎皺起眉頭。

「妳根本是個大外行，卻說得好像很有那麼一回事，妳懂什麼啊？」

原以為榮美子會生氣，沒想到她很冷靜。

「對啊，我本來就是大外行，對音樂界一無所知，所以才會問你，到底有什麼打算。既然你這麼有自信，就展現一下更具體的規劃啊。比方說，有什麼計畫，之後要怎樣一步一步前進，什麼時候可以靠音樂養活自己。正因為完全不瞭解這些狀況，爸爸他們才會不安，我也一樣啊。」

雖然妹妹說的完全正確，但克郎用鼻子「哼」了一聲。

「如果凡事都可以這樣按部就班，這個世界上就不會有人吃苦了。在本地的女子大學畢業，打算進入本地信用金庫工作的人可能無法理解吧？」

他在暗指榮美子。她明年春天從大學畢業，早就已經找好了工作。原本以為這次她一定會發火，沒想到她只是重重地嘆了一口氣，用很受不了的口吻問：「哥哥，你有沒有想過爸媽老了以後該怎麼辦？」

克郎沉默不語。父母老了以後——這也是他不願意去想的一件事。

「爸爸上月又因為心臟病老毛病發作昏倒了。」

克郎停下腳步，看著榮美子的臉，「真的假的？」

「當然是真的啊，」榮美子注視著他，「幸好沒有太嚴重。奶奶病倒的時候發生這種事，真讓人急壞了。」

「我完全不知道。」

「好像是爸爸叫媽媽不要告訴你。」

「是喔……」

父親覺得不必聯絡自己這種不孝子嗎？因為他無法反駁，所以只能沉默。

兄妹兩人再度邁開步伐。走到集會所之前，榮美子沒有再開口說話。

## 4

集會所感覺像是比較大的平房住家，穿著喪服的男男女女匆忙地走進走出。

母親加奈子在接待處，和一個瘦瘦的男人說話。克郎緩緩走了過去。

加奈子發現了他，張大了嘴。他正想說：「我回來了」，但開口之前，看著母親身旁的男人一眼，頓時說不出話。

那是父親健夫。因為太瘦了，差一點沒認出來。

健夫仔細打量克郎後，張開抿緊的嘴。

「你怎麼回來了？誰通知你的？」父親說話的語氣很冷漠。

「榮美子告訴我的。」

「是喔，」健夫看了榮美子一眼後，把視線移回克郎身上，「你有空來這種地方嗎？」你不是說，在達到目標之前都不回來嗎？克郎知道父親省略了這句話。

「如果你叫我回東京，我可以現在就走。」

「克郎！」加奈子露出責備的表情。

健夫不耐煩地揮了揮手。

「我不是這個意思，我現在很忙，別說這些煩人的事。」說完，他快步離開了。

克郎凝視著父親背影，聽到加奈子說：「太好了，你回來了，我還以為你不回來呢。」

榮美子似乎是在加奈子的指示下打電話給克郎。

「因為榮美子囉嗦了半天。不過，爸爸好像瘦了，聽說他又昏倒了，沒問題嗎？」

聽到克郎這麼問，加奈子沮喪地垂下肩膀。

「雖然他自己還在逞強，但我覺得他的體力大不如前了，畢竟他已經六十多歲了。」

「有這麼大歲數了……」

健夫在三十六歲後才和加奈子結婚。克郎小時候經常聽他說，當時，他為了重建「魚松」花了很多心思，根本沒時間找老婆。

守靈夜在傍晚六點開始，將近六點時，親戚都紛紛現身。健夫有很多兄弟姊妹，光是這些親戚，就有二十個人左右。克郎已經有十年沒有見到他們了。

比健夫小三歲的叔叔一臉懷念地向克郎伸出手。

「喔，克郎，你看起來很不錯嘛。聽說你還在東京，都在忙些什麼？」

「呃，就忙東忙西啊。」

他覺得無法明確回答的自己很窩囊。

「忙東忙西是忙什麼？該不會故意延畢，留在東京玩吧？」

克郎愣了一下。原來父母並沒有告訴親戚他已經休學的事。加奈子就在附近，不可能沒有聽到他們的對話，但她看著其他的方向，並沒有說什麼。

克郎感到屈辱。原來健夫和加奈子認為兒子走音樂這條路，是難以向別人啟齒的事。但是，自己也一樣，因為自己也不敢說出口。他覺得不可以這樣下去。

他舔了舔嘴唇，正視著叔叔的臉，「我休學了。」

「啊？」叔叔露出不解的表情。

「我不讀了，早就向大學提出休學申請了。」他的眼角掃到加奈子渾身緊張，又接著說，「我打算走音樂這條路。」

「音樂？」叔叔的表情好像從來沒聽過這兩個字。

守靈夜開始了，所以就沒有繼續聊下去。叔叔一臉不解的表情，正在和其他親戚說話。可能在確認克郎說的話是真是假。

誦經之後，就是傳統的守靈夜。克郎也上了香。祖母在遺像中露出親切的笑容，克郎記得自己小時候，祖母很疼愛自己。如果她還活著，一定會支持自己。

守靈夜結束後，去了另一個房間。那裡準備了壽司和啤酒。環視室內，發現在場的都是親戚。或許因為去世的祖母年近九十歲，每個人臉上並沒有太多悲傷的表情。因為親戚之間好久沒有聚在一起了，現場反而充滿了祥和的氣氛。
這時，突然有人大吼一聲：「吵死了，別人家的事不用你們管。」克郎即使不用看，也聽出是健夫的聲音。
「這哪裡是別人家的事，在搬來現在的地方之前，是死去的爸爸的家。我也曾經住在那裡。」和父親發生爭執的，正是剛才那個叔叔。或許因為喝了酒的關係，兩個人的臉都脹紅了。
「爸爸建造的房子在戰爭中被燒掉了，我們目前住的地方是我造的，你沒資格說東道西的。」
「你在說什麼啊，正因為有『魚松』這塊招牌，所以你才能在那裡做生意，那塊招牌是爸爸傳給你的。這麼重要的店，你怎麼可以不和我們商量，說歇業就歇業呢？」
「誰說要歇業了，我還要繼續做下去。」
「以你的身體狀況，能夠做到什麼時候？連裝漁貨的箱子都搬不動了，原本讓獨生子去東京讀大學就有問題，開鮮魚店根本不需要什麼學問。」
「你說什麼？你看不起鮮魚店嗎？」健夫站了起來。
眼看著他們快打起來了，周圍的人慌忙開始勸架，健夫也坐了下來。
「……真是莫名其妙，不知道在想什麼？」雖然叔叔壓低了嗓門，但在喝酒時，仍然嘀嘀咕咕，「居然會同意兒子休學去當歌手。」
「不用你管，你少囉嗦。」健夫立刻頂了回去。

眼看著又快吵起來了，幾位姑姑立刻把叔叔帶去離得較遠的桌子。

雖然兄弟兩個人不再吵架，但並沒有化解尷尬的氣氛。「我差不多該走了。」一位親戚起身離開後，其他親戚也都陸續離開了。

「你們也可以回家了。」健夫對加奈子和克郎說，「我會看著香火。」

「真的沒問題嗎？不要太勉強了。」加奈子擔心地說。

「不要把我當病人。」健夫不悅地說。

克郎跟著加奈子和榮美子一起離開了集會所，走了幾步後，停了下來。

「對不起，妳們先走吧。」他對母親和妹妹說。

「怎麼了？忘了拿東西嗎？」加奈子問。

「不，不是……」他有點結巴。

「要和爸爸談話嗎？」榮美子問。

「嗯，」他點點頭，「我想，稍微聊一下比較好。」

「是嗎？好啊，媽媽，那我們走吧。」

但是，加奈子站在原地不動，低著頭想了一下後，抬頭看著克郎。

「你爸爸並沒有生你的氣，他覺得應該讓你自由發展。」

「……是嗎？」

「所以才會和叔叔吵架啊。」

「嗯……」

克郎也察覺了這一點。吵死了，別人家的事不用你們管——父親對叔叔說的這句話，是他在對外宣示，自己認同獨生子的自由發展。所以，克郎才打算聽健夫說出他內心真正的想法。

「爸爸也希望你能夠實現夢想，」加奈子說，「他覺得我們不能妨礙你，不能因為他生病的關係，迫使你放棄自己的夢想。你要和爸爸談一談當然沒問題，但不要忘記這一點。」

「嗯，我知道。」

克郎目送她們離開後，轉身走回集會所。

他在東京車站搭車時，完全沒有想到眼前這種情況。他以為父母會數落自己，親戚也會責備自己，沒想到父母挺身成為自己的擋箭牌。他不由得想起三年前，父母離開自己公寓時的情景。在說服兒子失敗之後，不知道他們如何轉換自己的心情。

集會所的燈幾乎都關了，只有最後方的窗戶還亮著燈光。

克郎沒有走去玄關，躡手躡腳地走向那個窗戶。玻璃窗內側有紙拉窗可以關起來，但如今打開了一條縫，可以看到裡面的情況。

那裡不是剛才守靈夜的房間，而是放了棺材的葬禮會場。前方的祭壇上燒著香，健夫坐在一整排鐵管椅的最前面。

克郎正納悶父親在幹什麼，健夫站了起來，從放在旁邊的皮包裡拿出了什麼東西，好像用白布包了起來。

健夫走向棺材，緩緩打開白布。白布裡的東西亮了一下。克郎立刻知道那是什麼。是刀子，是一把舊刀。關於這把刀的故事，克郎已經聽得耳朵都快長繭了。那是祖父當年開「魚松」時用的刀子。健夫決定繼承家業時，祖父把這把刀傳承給父親。健夫年輕時，就是用這把刀練習。

健夫在棺材上攤開，把刀放在上面。他抬頭看著遺像後，雙手合十開始祈禱。看到父親的身影，克郎感到痛苦不已。因為他似乎可以猜到健夫在心裡對祖母說什麼。

八成是在道歉，為從祖父手上繼承的店將在自己手上結束營業道歉，為無法將代代相傳的刀子交給兒子道歉。

克郎離開窗前。他沒有走向玄關，而是離開了集會所。

## 5

克郎對健夫深感抱歉。這是他第一次由衷地感到抱歉，也覺得必須感謝父親允許自己自由發展。

但是，這樣真的好嗎？

叔叔剛才也說了，父親的身體似乎真的很差，所以，不知道這家鮮魚店能夠開到什麼時候。即使暫時由加奈子張羅，但還必須同時照顧健夫，有可能不得不突然歇業。

果真如此的話該怎麼辦？

明年春天，榮美子就要去上班了。因為是本地的信用金庫，所以可以從家裡通勤，但是，光憑她一個人的收入，難以養活父母兩個人。

怎麼辦？自己要放棄音樂，繼承「魚松」嗎？

這是現實的路線，但這麼一來，多年的夢想怎麼辦？聽母親說，父親也不希望克郎因為他的關係放棄夢想。

克郎重重地嘆了一口氣，環視周圍後，停下了腳步。

他覺得周圍的環境很陌生。因為附近建了很多新房子的關係，所以不小心走錯路了。他快步在周圍跑了起來，終於找到了熟悉的路。小時候經常玩耍的空地就在這附近。那條路是緩和的上坡道。克郎緩緩走了起來，不一會兒，在右側看到了一棟熟悉的房子。那是他經常買文具的雜貨店。沒錯，又黑又舊的看板上寫著「浪矢雜貨店」幾個字。

關於這家店，除了來買東西以外，還有其他的回憶。雜貨店老闆的老爺爺會為大家消煩解憂。當然，現在回想起來，其實都是一些無足輕重的煩惱，類似可不可以教我在運動會上賽跑得第一名的方法，怎樣可以增加壓歲錢的金額，但浪矢爺爺總是很認真地回答，還記得他回答增加壓歲錢金額的方法是「修訂一條必須把壓歲錢放進透明紅包袋的法律，這麼一來，愛面子的大人就不好意思只包一點點壓歲錢了」。

不知道那個爺爺是否還健在。克郎充滿懷念地打量著那家店，生鏽的鐵捲門緊閉，二樓住家的部分也沒有燈光。

他走到隔壁倉庫旁。以前經常在倉庫的牆上塗鴉，但浪矢爺爺並沒有生氣，只說既然要畫，就畫得好一點。

很遺憾，現在找不到牆上的塗鴉了。那時至今已經過了十多年，可能因為風化消失了。

就在這時，他聽到店門的方向傳來腳踏車煞車的聲音。克郎躲在倉庫後方探出頭。一個年輕女子正從腳踏車上下來。

她停好腳踏車後，從斜背的皮包裡拿出什麼東西，投進了「浪矢雜貨店」鐵捲門上的投遞口。看到這一幕的瞬間，克郎忍不住「呃」地叫了一聲。

雖然他叫得並不大聲，但因為四周一片寂靜，所以聽起來格外響亮。年輕女子害怕地看著克郎，隨即慌忙想要騎上腳踏車。也許她以為克郎是變態。

「請等一下，妳搞錯了，妳搞錯了，我不是什麼可疑的人。」克郎揮著手衝了出去，「我並不是躲起來，只是在看這棟房子，覺得很懷念。」

年輕女子坐在腳踏車，正打算騎走，用充滿警戒的眼神看著他。她的一頭長髮綁在腦後，雖然只化了淡妝，但五官很端正。年紀可能和克郎差不多，或是比他小幾歲。不知道是否從事什麼運動，她在T恤袖子下露出的手臂很結實。

「你看到了嗎？」她問。她的聲音有點沙啞。克郎不知道她在問什麼，所以沒有答腔。

「你剛才沒看到我在幹什麼嗎？」她又問了一次，語氣中帶著責備。

「我好像看到妳把信投進去……」

聽到克郎的回答，她微微皺起眉頭，咬著下唇，把臉轉到一旁。然後，又再度轉頭看著他。
「拜託你，請你忘了剛才看到的事，也請你忘了我。」
「呃……」
「就這樣。」說完，她打算騎走。
「等一下，請妳告訴我一件事。」克郎立刻衝了出去，擋在腳踏車前，「妳剛才投了信，該不會是有事要諮商？」
她微微收起下巴，抬眼看著他問：「你是誰？」
「很瞭解這家雜貨店的人，小時候就找這裡的爺爺諮商煩惱……」
「你叫什麼名字？」
克郎皺起眉頭，「在問別人的名字之前，不是應該先報上自己的姓名嗎？」
她坐在腳踏車上嘆了一口氣。
「我的名字不能告訴你，而且，我剛才投的不是諮商信，而是感謝信。」
「感謝信？」
「我在半年多前諮商了一件事，得到了寶貴的建議，解決了我的問題，所以我來表達感謝。」
「諮商？這家『浪矢雜貨店』？那個爺爺還住在這裡嗎？」克郎輪流看著女人的臉和老舊的店舖。
她偏著頭。

「我不知道他有沒有住在這裡，去年我把諮商信投進去後，第二天在後門的牛奶箱裡看到了回信……」

沒錯。只要在晚上把寫了諮商問題的信投進鐵捲門上的投遞口，第二天早上，就會在牛奶箱裡看到答覆信。

「現在還可以諮商嗎？」

「這我就不知道了。我最後一次收到答覆信後，很久都沒有寫回信，所以，他可能收不到我剛才投的那封感謝信，但我在寫的時候，覺得即使他看不到也沒關係。」

她似乎得到了很寶貴的建議。

「呃，」她開了口，「我可以走了嗎？太晚回家，我家裡人會擔心。」

「喔……請便。」

克郎把路讓開了，她用力踩著踏板。腳踏車移動起來，一下子加快了速度，不到十秒，就從克郎的視野中消失了。

他再度打量著「浪矢雜貨店」，完全感受不到裡面有任何動靜。如果這棟房子會針對別人的諮商提出解答，可能有幽靈住在裡面。

克郎用鼻子吐了一口氣。哼，太荒謬了。怎麼可能有這種事？他輕輕搖了搖頭，轉身離開了。

回到家時，榮美子獨自在客廳。她說睡不著，所以在睡前喝點酒。矮桌上放著一瓶威士忌和杯子。她已經在不知不覺中變成大人了。母親加奈子似乎已經先去睡了。

「你和爸爸談過了嗎？」榮美子問。
「不，我後來沒有回去集會所，剛才去散步了一下。」
「散步？這麼晚了，在哪裡散步？」
「到處走走。對了，妳還記得『浪矢雜貨店』嗎？」
「浪矢？記得啊，就是那家開在很奇怪地方的店。」
「那裡還有住人嗎？」
「啊？」榮美子的聲音帶著問號，「應該沒有住人，前不久歇業之後，就一直是空房子。」
「是喔，果然是這樣。」
「怎麼了？那家店怎麼了？」
「不，沒事。」
榮美子一臉狐疑地撇著嘴角。
「對了，你到底有什麼打算？真的要放棄『魚松』嗎？」
「妳別這麼說嘛。」
「但事實就是這樣啊，如果你不繼承，這家店只能歇業。我是無所謂啦，但爸媽怎麼辦？你該不會連他們也放棄吧？」
「妳少煩我，我有在考慮啦。」
「考慮什麼？說來聽聽。」

「我不是叫妳少煩我嗎？」

他衝上樓梯，連身上的西裝也沒脫，就倒在床上。很多想法在腦海中竄來竄去，但可能剛才喝了點酒的關係，完全無法理出頭緒。

不一會兒，克郎緩緩站了起來。他坐在書桌前，打開抽屜，找到了報告紙，也剛好有原子筆。

他打開報告紙，寫下「前略　浪矢雜貨店收」幾個字。

## 6

第二天的葬禮也很順利，參加的成員幾乎和昨天沒有差別。親戚很早就到了，但不知道是否因為昨晚曾經發生那件事，每個人來到克郎面前時，都有點不自在，叔叔沒有過來。除了親戚以外，還有不少商店街和左鄰右舍來參加，都是克郎從小就認識的人。克郎也見到了他的老同學。因為對方穿了西裝，所以一下子沒認出來，但那個人絕對就是中學時的同班同學。他家開印章店，和「魚松」在同一條商店街上。

克郎想起以前不知道聽誰說過，那個同學的父親在他小時候死了，他向祖父學了刻印章的技術，高中畢業後，就在店裡幫忙。所以，他今天是代表印章店來參加葬禮。

老同學上完香，經過克郎他們面前時，恭敬地鞠了一躬。他的舉止看起來比克郎年長好幾歲。

葬禮結束後，就是出殯和火葬。之後，克郎一家人和親戚回到集會所，做了頭七的法事。最後，由健夫在所有親戚面前致詞，一切終於都結束了。

目送所有的親戚離開後，克郎他們也準備回家了。由於東西太多了，只能打開店裡那輛廂型車的後車門，把祭壇和花都塞進了車子，後車座一下子變得很擠。健夫坐在駕駛座上。

「克郎，你去坐副駕駛座。」加奈子說。

他搖搖頭，「媽，還是妳坐吧，我走路回家。」

加奈子露出不滿的表情，可能以為他不想坐在父親旁邊。

「我想去一個地方，很快就回去。」

「是喔……」

克郎不理會一臉無法釋懷的加奈子他們，快步走了起來。他擔心他們問他去哪裡。

他一邊走，一邊看著手錶。即將傍晚六點了。

昨天深夜，克郎溜出家門去了浪矢雜貨店。他的牛仔褲口袋裡放著牛皮紙信封，裡面的報告紙上洋洋灑灑地寫下了目前的煩惱。那封信當然是克郎自己寫的。

雖然他沒有留下姓名，但毫無隱瞞地寫下了目前的狀況，並詢問自己該怎麼辦。到底該追求夢想，還是放棄夢想，繼承家業——一言以蔽之，這就是他信中所有的內容。

但是，今天早上醒來之後，他立刻後悔不已，覺得自己幹了蠢事。那棟房子根本沒有住人，昨晚的女人可能有神經病。果真如此的話，問題就大了。因為他不想被別人看到那封信。

然而，他也抱著一絲期待，搞不好自己也可以像昨晚的女人一樣，得到很恰當的建議。

克郎帶著半信半疑的心情走在坡道上，很快就看到了浪矢雜貨店的老舊店舖。昨晚來的時候太暗了，所以看不清楚，現在才發現原本乳白色的牆壁全都變黑了。

店舖和隔壁倉庫之間有一條防火巷，沿著防火巷走到底，才能繞到屋後。他小心翼翼地走了進去，以免衣服碰到牆壁弄髒了。

屋後有一道後門，門旁的確有一個木製的牛奶箱。克郎吞了一口口水，拉開側面的蓋子。雖然蓋子有點緊，但還是打開了。

克郎探頭一看，發現裡面有一個牛皮紙信封。克郎伸手把信封拿了出來，答覆信似乎重複使用了克郎原本使用的信封，在收件人欄中用黑色原子筆寫著「致鮮魚店的藝術家」幾個字。

他發自內心地感到驚訝。果然還有人住在裡面？克郎站在後門前豎起耳朵，但是完全聽不到任何動靜。

難道回信者住在其他地方，每天晚上回來確認是否收到了諮商煩惱的信？這麼一來，就合情合理了，但是，那個人為什麼要這麼做？

克郎偏著頭納悶，轉身離開了。這種事根本不重要，搞不好浪矢雜貨店有浪矢雜貨店的隱情，但此刻他管不了那麼多，只在意回信的內容。

克郎拿著信封在附近轉了一圈，想找一個可以安靜的地方看信。

不一會兒，他發現了一個只有鞦韆、滑梯和沙坑的小公園，公園內沒有人影。克郎在角落的長椅上坐了下來，用力深呼吸後，拆開了信封。裡面有一張信紙，他按捺著劇烈的心跳看了起來。

致鮮魚店的藝術家：

得知了你的煩惱。

謝謝你和我分享了這麼奢侈的煩惱。

原來你是祖先代代相傳的鮮魚店獨生子，真讓人羨慕啊，即使你什麼都不用做，也可以繼承那家店。那家店應該有不少多年的老主顧，所以你也不必辛苦地招徠生意。

我想請教一下，在你周圍，沒有人因為找不到工作而煩惱嗎？

如果沒有這種人，還真是一個繁榮美好的世界啊。

再等三十年看看，你就會知道這個世界沒這麼好混，到時候，即使大學畢業，也未必能夠找到工作，有工作就要偷笑了。這樣的時代絕對會出現，我可以和你打賭。

但是，你不讀大學了嗎？你休學了嗎？讓父母付了學費，好不容易進了大學，如今你捨棄了這所學校。是喔喔喔？

然後，你投入了音樂的世界？想要當藝術家嗎？不惜放棄代代相傳的店，想靠一把吉他闖天下嗎？啊喲喲喲。

我已經不想給你任何建議了，只想對你說，想怎麼樣，就怎麼樣吧。天真的人，就應該讓他四處碰壁，話說回來，我也是在因緣際會之下，扛起了浪矢雜貨店這塊招牌，所以還是要回答一下。

聽我說，趕快放下吉他，繼承那家鮮魚店。你父親的身體不是不好嗎？你哪有工夫遊手好閒？你現在根本沒辦法靠音樂養活自己，只有那些有特殊才華的人才能做到這一點，你不是那塊料，不要再癡人說夢了，面對現實吧。

浪矢雜貨店

克郎看著信，拿著信的手漸漸發抖，當然是因為憤怒。

這是在搞什麼啊？他忍不住想。自己為什麼要被人指著鼻子痛罵一頓？

趕快放棄音樂，繼承家業——他猜到會聽到這樣的回答。從現實的角度思考，這麼做的確比較妥當，即使是這樣，也不必把話說得那麼難聽，損人也該有個限度吧。

早知道就不要去諮商了。克郎把信紙和信封揉成一團，塞進口袋，站了起來。他想找一個垃圾桶丟掉。

但是，他沒有找到垃圾桶，只能帶著信回家。父母和榮美子正在神桌前設置祭壇。

「你去了哪裡？這麼久才回來。」加奈子問。

「嗯，就在附近……」說完，他走上了樓梯。

回到自己的房間，換好衣服後，他把揉成一團的信紙和信封丟進了垃圾桶，但隨即改變了主意，把信撿了起來。他撫平信紙，又看了一次，但是無論看多少次，還是一肚子火。

雖然他想要無視這封答覆信，但又覺得嚥不下這口氣。寫這封信的人顯然有很大的誤會，看到祖先代代相傳的鮮魚店，該不會以為是規模很大的店？以為上門諮商的是有錢人家的公子哥兒？

信中叫自己面對現實，克郎覺得自己並沒有逃避現實，正因為面對現實，才會煩惱，但答覆者根本沒有瞭解到這一點。

克郎坐在桌前打開抽屜，拿出報告紙和原子筆。他花了一點時間，寫了以下這封信。

前略　致浪矢雜貨店：

感謝你的答覆信。因為沒料到會收到答覆信，所以很驚訝。

但是，看了信的內容後，我很失望。

恕我直言，你完全不瞭解我的煩惱，不用你提醒，我當然知道繼承家業比較穩當。只不過在目前的時間點，穩當並不等於高枕無憂。

你似乎有所誤解，我家開的是一家門面只有四公尺寬的小店，生意並不是太好，每天好不容易賺一點生活費而已。即使繼承了這家店，也不能保證未來就一帆風順。所以，我認為鼓起勇氣摸索其他的人生之路，也不失為一種方法。我在上一封信中也提到，目前我的父母都很支持我，如果我現在放棄夢想，會讓他們感到失望。

你還誤會了另一件事，我把音樂當成職業，希望可以靠唱歌、演奏和作曲養活自己，但是，你似乎認為我只是把音樂當成興趣，認為我在享受藝術的樂趣，所以才會說我把成為藝術家當成目標，關於這一點，我可以斷然否定。我的目標並不是那種不食人間煙火的藝術家，而是職業音樂家，是音樂人。

我也知道，只有具有特殊才華的人才能夠成功，但是，你憑什麼斷言我沒有才華呢？你沒有聽過我的歌吧？不要用成見妄下結論，任何事不是都要在挑戰後，才能知道結果嗎？

期待你的回信。

鮮魚店的音樂人

## 7

「你什麼時候回東京？」

葬禮的第二天，克郎正在吃午餐，頭上綁著毛巾的健夫從店裡走進來問道。「魚松」從今天開始營業，克郎從自己房間的窗戶看到健夫一大早就開著廂型車去進貨。

「還沒有決定。」克郎小聲地回答。

「你可以在這裡浪費時間嗎？你說的音樂之路，可以走得這麼輕鬆嗎？」

「我哪有浪費時間？我也有很多考量。」

「你考量什麼？」

「沒必要一一說出來吧？」

「三年前，你說得斬釘截鐵，既然這樣，就要帶著誓死的決心衝到底。」

「少煩我，不用你提醒我也知道啦。」克郎放下筷子站了起來，加奈子在廚房一臉擔心地看著他們。

傍晚時，克郎走出家門。當然是為了去浪矢雜貨店。昨天深夜，他把第二封信投進了鐵捲門的投遞口。

打開牛奶箱，發現和昨天一樣，放著克郎使用的信封。回信者果然每天都來檢查有沒有收到諮商的信嗎？

克郎和昨天一樣，在附近的公園看了回信。回信的內容如下。

致鮮魚店的音樂人：

不管是大店還是小店，店就是店。你不是因為那家店，才能讀到大學嗎？既然生意不好做，身為兒子的你，不是應該想辦法嗎？

你說你的父母支持你走音樂這條路。只要不是作奸犯科，無論兒女做什麼，正常的父母都會支持，但是，做兒女的可以把父母的好意當成擋箭牌嗎？

我並沒有叫你放棄音樂，你可以把音樂當成是興趣愛好。

恕我直言，你並沒有音樂的才華。這種事不需要聽你的歌也知道。

因為你努力了三年，都沒有任何成果，不是嗎？這就證明了你沒有才華。

你去看看那些當紅的歌手，每個人都沒有花太多時間就受到了矚目。身上有特殊光環時，一定有人會發現，但是，至今沒有人發現你，你就必須承認這一點。

你不喜歡別人稱你為藝術家嗎？代表你這方面的感覺已經落伍了。總之，聽我一句話，馬上去當鮮魚店的老闆吧。

浪矢雜貨店

克郎咬著嘴唇。和上次一樣，這次的回信內容也很過分，又把自己罵得狗血淋頭。奇怪的是，他並沒有感到太大的憤怒，對方寫得這麼徹底，反而讓他感到痛快。

克郎又看了一次信的內容，忍不住重重地嘆了一口氣。

說得沒錯。他不得不承認內心湧起了認同答覆信內容的想法。雖然對方言詞很沒禮貌，卻說到了重點。假如自己具備了特殊的光環，別人就會注意到自己——克郎很清楚這一點，但之前都不願面對這個事實，自我安慰說，只是運氣還沒有降臨到自己身上，其實只要有才華，根本不需要什麼運氣。

至今為止，從來沒有人對自己說過這些話。音樂這條路很險峻，不如趁早放棄——大家最多只是點到為止，因為他們不想對自己說的話負責，但是，這個回信者不一樣，發表的意見始終貫徹一致性。

他再度低頭看著信。

話說回來，這個人到底是何方神聖？居然可以這麼毫不留情，直言不諱。一般人都會用比較委婉的方式表達，但在這封答覆信中，完全感受不到任何細膩。有一件事很明確，寫回信的並不是克郎所熟悉的浪矢爺爺，那個爺爺用字遣詞溫和多了。

真希望見見這個人。克郎忍不住想道。書信往來無法傳達很多事，他希望和答覆者當面談談。

入夜之後，克郎再度溜出家門。他的牛仔褲口袋裡當然放了一封信，裡面是他寫的第三封信。他左思右想後，寫了以下的內容。

前略　致浪矢雜貨店：

謝謝你的第二封回信。

老實說，我很受打擊。因為我沒想到會被你罵得體無完膚。我以為自己多少有一點才華，夢想有朝一日，自己的才華能夠開花結果。

但是，你一語驚醒夢中人，我反而感到很暢快。

我打算重新檢視一下自己。回想起來，追求夢想這件事似乎有點變成在賭氣，似乎無法收場了。

說來慚愧，我還沒有下定決心，很希望再繼續追求音樂這條路。

於是，我終於發現了我真正的煩惱。

我想，我早就知道自己該怎麼做了，只是還無法下決心放棄夢想，現在仍然不知道該怎麼辦，這種感覺有點像是單戀的心情。明知道這場戀愛無法開花結果，但仍然無法忘記對方。

書信無法充分表達心情，所以，我有一個不情之請，不知道能不能面談呢？我也很想見識一下你是怎樣的人。

去哪裡可以見到你？只要你告訴我地點，天涯海角我都會去。

浪矢雜貨店像往常一樣佇立在昏暗中。克郎走近鐵捲門，撥開信件投遞口，把信封從牛仔褲口袋裡拿了出來，塞進去一半。

因為他覺得鐵捲門內似乎有人的動靜。

果真有人的話，應該會從裡面把信封拉進去。於是，他打算把信塞進去一半後，停在那裡觀察。

一看手錶，發現是深夜十一點多。

克郎把手伸進另一個口袋，拿出口琴，深呼吸後，對著鐵捲門內緩緩吹了起來。他希望裡面的人可以聽到他的口琴聲。

那是他創作的曲子中，自己最喜歡的一首。曲名叫〈重生〉，還沒有寫歌詞，因為他還沒想到適當的歌詞。去 Live house 表演時，總是用口琴演奏這首曲子，旋律很悠揚抒情。

他演奏完一段後，把口琴從嘴邊拿了下來，注視著放進投遞口的信封，但是，沒有人把信封拿進去。裡面似乎沒有人。可能回信人每天早晨來拿信。

克郎用指尖把信封塞了進去，隱約聽到那封信「啪答」的掉落聲音。

## 8

「克郎，快起來。」

克郎被人用力搖著身體，立刻醒了過來，立刻看到母親加奈子一臉鐵青的樣子。

克郎皺著眉頭，眨了眨眼睛。

「幹嘛啦？」他一邊問，一邊拿起放在枕邊的手錶。才七點多而已。

「出事了，你爸爸在市場昏倒了。」

「什麼？」他立刻坐了起來，一下子清醒了，「什麼時候？」

「剛才，市場的人打電話來，現在已經送去醫院了。」

克郎立刻跳下床，伸手拿起掛在椅背上的牛仔褲。

換好衣服後，他和加奈子、榮美子一起走出家門，在鐵捲門上貼了「今天臨時休息」的布告。

攔了計程車後，立刻趕到醫院。在魚市場當主管的中年男子在醫院等他們，他似乎認識加奈子。

「他在搬貨時，突然覺得不舒服，所以立刻叫了救護車……」男子向他們說明情況。

「是嗎？給你們添麻煩了，接下來就交給我們吧，你趕快回市場去忙吧。」加奈子向他道謝。

急救結束後，主治醫生要向家屬說明情況。克郎和榮美子也一起聽醫生的報告。

「總之，就是過勞對心臟造成了負擔，最近有什麼事讓他太疲勞嗎？」一頭白髮，看起來風度翩翩的醫生用平靜的語氣問。

加奈子告訴他，家中剛辦完喪事，醫生了然於心地點點頭。

「除了肉體疲勞以外，也許在精神上也持續緊張。他的心臟目前並不會有太大的變化，但還是要多小心，建議他可以定期來做檢查。」

「我會叫他這麼做的。」加奈子回答。

醫生說可以探病，他們立刻去了病房。健夫躺在急診病房的床上，看到克郎他們，露出尷尬的表情。

「一家人全都跑來這裡，未免也太誇張了，我又沒什麼大礙。」雖然他在逞強，但說話的聲音沒什麼精神。

「還是不應該這麼早就開店，多休息兩、三天比較好。」

聽到加奈子這麼說，健夫面有難色地搖搖頭。

「這怎麼行呢？我沒問題。如果我們不開門營業，客人會很不方便，有人期待買我們店裡的魚。」

「但如果累壞了身體，不是賠了夫人又折兵嗎？」

「我不是說了嗎？我的身體沒有大礙。」

「爸，你不要太勉強了，」克郎說，「如果你非要開店，我可以幫忙啊。」

其他三個人全都看著克郎的臉，每個人的眼中都帶著驚訝之色。

短暫的沉默後，健夫不以為然地說：「你在說什麼啊？你連魚都不會殺，能做什麼？」

「那可不見得，你忘了嗎？讀高中之前，我每年夏天都在店裡幫忙。」

「那只是玩票性質。」

「但是──」克郎沒有說下去。因為健夫從毛毯下伸出手，制止兒子繼續說下去。

「你的音樂怎麼辦？」

「我在想，是不是該放棄……」

「你說什麼？」健夫的嘴都歪了，「你要逃避嗎？」

「不是，只是覺得我繼承鮮魚店比較好。」

健夫咂了一下嘴。

「三年前，你說得那麼斬釘截鐵，結果就是這樣嗎？老實說，我無意讓你繼承鮮魚店。」

克郎驚訝地看著父親的臉，「老公。」加奈子也擔心地叫著他。

「如果你無論如何都想繼承鮮魚店，當然就另當別論，但你現在不是這樣。以你目前的心情，即使繼承了鮮魚店，也不可能把生意做得有聲有色。幾年之後，你又會想，早知道就應該走音樂那條路。」

「不可能。」

「當然可能，我很清楚。到時候你就會找很多藉口，說是因為爸爸病倒了，在無可奈何之下繼承了這家店，為這個家犧牲了自己的夢想，全都怪罪別人，自己不負任何責任。」

「老公，你話說得太重了。」

「妳閉嘴。怎麼樣？沒話可說了吧？如果你有意見就說啊。」

克郎抿著嘴，瞪著健夫，「為家庭著想錯了嗎？」

健夫用鼻子「哼」了一聲：

「等你有成就之後，才有資格說這種話。你走音樂這條路，有什麼成就嗎？還沒有吧？既然你當初無視父母的勸阻，想要投入一件事，就應該留下一點成就。如果做不到，以為自己經營鮮魚店應該沒問題，簡直太瞧不起人了。」

健夫一口氣說完後，露出痛苦的表情按著胸口。「老公。」加奈子叫著他，「你還好嗎？榮美子，快去叫醫生。」

「不用擔心，沒什麼大礙。喂，克郎，你給我聽好了，」健夫躺在病床上，露出嚴肅的眼神，「我和『魚松』都不至於脆弱到需要你來幫忙，所以，你不必想太多，再搏命努力一次，再去東京打一仗。即使到時候打了敗仗也無所謂，一定要留下自己的足跡。在做到這一點之前別回來，聽到了嗎？」

克郎無言以對，只能保持沉默，「聽到了沒有？」健夫用強烈的語氣確認。

「聽到了。」克郎小聲地回答。

「一言為定喔，這是男人和男人之間的約定。」

克郎聽了父親的話，深深地點頭。

從醫院回到家後，克郎立刻開始收拾行李。除了帶回來的物品以外，還整理了留在家裡的東西。這些年從未整理過，所以順便大掃除一下。

「書桌和床丟掉吧，如果書架用不到，也丟掉好了。」在休息兼吃午餐時，克郎對加奈子說，「那個房間我用不到了。」

「那可以給我用嗎？」榮美子立刻問。

「喔，好啊。」

「太好了。」榮美子輕輕拍著手。

「克郎，爸爸雖然說了那些話，但你隨時都可以回來。」

聽到母親這番話，克郎苦笑著對她說：

「妳不是也聽到了嗎？他說是男人和男人之間的約定。」

「但是……」加奈子說到這裡，沒有繼續說下去。

克郎到傍晚時才收拾好房間。加奈子去醫院把健夫接了回來，健夫看起來比早上氣色好多了。

晚餐吃了壽喜燒。加奈子買了上等牛肉。榮美子像小孩子般興奮不已，因為醫生囑咐健夫兩、三天內不能抽菸、喝酒，所以他不能喝啤酒，為此嘆著氣。對克郎來說，這是葬禮之後，一家人第一次共享天倫之樂的晚餐。

吃完晚餐後，克郎立刻準備出門。他要回東京。雖然加奈子叫他明天再走，但健夫勸阻了她，說讓兒子自己決定。

「那我走了。」克郎雙手提著行李，去向雙親和榮美子道別。

「好好加油。」加奈子說。健夫沒有吭氣。

走出家門後，克郎沒有直接走去車站，而是去了一個地方。他打算最後再去一次浪矢雜貨店。因為牛奶箱裡也許有昨天那封信的答覆信。

走去一看，發現果然有回信。克郎放進口袋後，再度打量著已經變成廢棄屋的雜貨店。積滿灰塵的看板似乎在向克郎訴說什麼。

走去車站，搭上列車後，他才看了那封回信。

致鮮魚店的音樂人：

看了你第三封信。

雖然無法透露詳情，但恕我無法和你當面談，而且，還是不見面比較好。見了面之後，你恐怕會很失望，對自己找這種人諮商感到厭惡。所以，這件事就別提了。

是嗎？你終於決定要放棄成為音樂人了嗎？

但我猜想這只是你目前的想法，你還是會努力成為音樂人，也許在看這封信時，你已經改變了心意。

不好意思，我也無法判斷這樣的決定到底是好是壞。

但是，我想告訴你一件事。

你在音樂這條路上的努力絕對不會白費。

有人會因為你的樂曲得到救贖，你創作的音樂一定會流傳下來。

至於你問我為什麼可以如此斷言，我也不知道該怎麼回答，總之，千萬不要懷疑這件事。

請你務必要相信這件事到最後，直到最後的最後，都要相信這件事。

這是我唯一能夠對你說的話。

浪矢雜貨店

看完之後，克郎忍不住偏著頭。

這封回信是怎麼回事？完全看不到之前的無禮字眼。

最不可思議的是，答覆者竟然知道克郎會再度下決心走音樂這條路，也許因為他可以看透人心，所以才能夠成為「為人消煩解憂的浪矢雜貨店」。

直到最後的最後，都要相信這件事。

這句話是什麼意思？難道我的夢想可以實現嗎？回信者憑什麼如此斷言？

克郎把信放回信封，收進了行李袋。總之，這封信帶給他勇氣。

9

經過唱片行時，發現藍色封套的ＣＤ堆積如山。克郎拿起其中一張，充分感受著喜悅。封套上印著「重生」的字眼，旁邊寫著「松岡克郎」的名字。

終於有這麼一天了，終於等到這一天了。

這條音樂之路很漫長。克郎下定決心，再度返回東京後，比之前更努力投入音樂。他挑戰了所有歌唱比賽，也去參加選秀會，持續寄錄音帶到唱片公司，也曾經無數次在街頭表演。

但是，仍然沒有人來挖掘他。

時間過得很快，他漸漸不知道自己在幹什麼。

差不多在這個時候，一位來聽他現場演唱的客人問他願不願意去孤兒院舉行慰問演奏。

雖然他覺得此舉對他成名沒有幫助，但還是答應了。

他去了一個只有不到二十名院童的孤兒院。他有點不知所措地演奏著樂曲，那些院童也有點不知所措。

不一會兒，其中一名院童開始鼓掌，其他院童也跟著鼓掌。克郎也越來越投入，越來越開心。

他好久沒有發自內心地唱得這麼開心了。

那天之後，他開始去日本各地的孤兒院表演。他會唱超過一千首小孩子愛聽的歌曲，雖然他始終沒有機會出道當歌手。

克郎忍不住偏著頭。沒有出道？那這些ＣＤ是怎麼回事？這不是代表自己已經憑自己最喜歡的歌曲出道了嗎？

他想要哼唱〈重生〉，但不知道為什麼，他想不起歌詞。這是自己的歌，怎麼會想不起歌詞？怎麼可能有這種荒唐的事？

到底是怎樣的歌詞？克郎打開CD盒，拿出封套想要看歌詞，但手指不聽使喚，無法打開摺起的封套。店內傳來的聲音震耳欲聾。這是什麼？這是什麼音樂？

下一剎那，克郎張開了眼睛，一下子想不起自己在哪裡。陌生的天花板、牆壁和窗簾，當視線移到窗簾時，才終於想起自己在丸光園。

鈴聲大作，聽起來像是慘叫聲，同時聽到有人叫：「失火了，不要慌張。」

克郎跳了起來，拿起旅行袋和夾克，穿上鞋子。幸好他沒有脫衣服睡覺。吉他怎麼辦？算了。他一秒鐘就做出了結論。

衝出房間時，他愣住了。走廊上充滿煙霧。

男職員用手帕捂著嘴向他招手，「跟我來，從這裡逃出去。」

他跟著男職員，兩步併作一步地跳下樓梯。

但是，來到下一層樓時，他停下了腳步。因為他發現小芹站在走廊上。

「妳在這裡幹什麼？趕快逃啊。」克郎大叫著。

小芹雙眼通紅，淚水濕了她的臉頰。

「我弟弟……小龍不見了。」

「什麼？他去了哪裡？」

「不知道，可能是屋頂。他每次睡不著就會去那裡。」

「屋頂……」

他遲疑了一下，但很快就做出了決定。他把行李交給小芹，「妳幫我拿，趕快逃出去。」

「啊？」她張大眼睛，克郎不理會她，衝上了樓梯。

煙霧的濃度在短時間內增加，眼淚不停地流。不僅看不清楚前方，連呼吸也有困難。最可怕的是，完全看不到火。到底哪裡燒了起來？

繼續往前走可能太危險了，要不要逃？正當他閃過這個念頭時，不知道哪裡傳來小孩子的哭聲。

「喂，你在哪裡？」他叫了起來。煙頓時嗆進喉嚨，他用力咳嗽著往前走。

有什麼東西倒塌了，同時，煙霧變少了。他看到一名少年蹲在樓梯上方，正是小芹的弟弟。

克郎把少年扛在肩上，打算走下樓梯。就在這時，隨著一聲巨響，天花板掉了下來，轉眼之間，四周陷入一片火海。

少年哭喊著，克郎陷入了混亂。

但是，他不能停下腳步。只有衝下樓梯，才能救他們。

克郎扛著少年在火海中奔跑，他完全不知道自己走在哪裡，只知道巨大的火團不斷襲來，全身疼痛，無法呼吸。

紅色的火光和黑暗同時包圍了他們。

他似乎聽到有人叫自己，但他無法回答，因為身體完全無法動彈。不，他甚至不知道自己的身體是否還在。

意識漸漸遠離，自己似乎睡著了。

一封信的內容，隱約浮現在腦海。

有人會因為你的樂曲得到救贖，你創作的音樂一定會流傳下來。

至於你問我為什麼可以如此斷言，我也不知道該怎麼回答，總之，千萬不要懷疑這件事。

請你務必要相信這件事到最後，直到最後的最後，都要相信這件事。

喔，我懂了，現在是最後的時刻，我只要現在仍然相信就好嗎？

老爸，這樣算不算留下了足跡？雖然我打了一場敗仗。

## 10

體育館內人山人海，前一刻還陷入瘋狂的歡呼聲中，剛才的三首安可曲，讓歌迷的熱情充分燃燒。

但是，最後的壓軸歌曲不一樣。追隨她多年的歌迷都知道這件事，所以，當她拿起麥克風時，數萬人立刻安靜下來。

「最後，要為大家獻上那首歌。」稀世的天才女歌手說，「這首歌是當年我踏入歌壇的作品，但這首歌具有更深遠的意義。我弟弟是我在這個世界上唯一的親人，這首歌的作曲者是我弟弟的救命恩人，他用自己的生命救了我弟弟。如果沒有遇見他，就不會有今天的我。所以，我會一輩子唱這首歌，這是我唯一能夠報答他的事。接下來，請大家一起欣賞。」

〈重生〉的前奏響起。

# 第三章／在CIVIC車上等到天亮

## 1

走出剪票口看了一眼手錶，發現時針和分針指向八點半剛過。他覺得不對勁，環顧左右，發現列車時間表上方的時鐘顯示已經八點四十五分了。浪矢貴之撇著嘴角，咂了一聲。這只老爺錶又亂走了。

他考上大學時，父親送他的這只手錶最近經常走走停停。用了二十年的錶，壽命恐怕也差不多了，改天去買一只石英錶吧。以前一只水晶振動式的劃時代手錶貴得離譜，差不多可以買一輛轎車，最近價格越來越便宜了。

離開車站，走在商店街上，他驚訝地發現雖然時間已經不早了，還有商店沒有打烊。從外面看，每家店的生意似乎都很好。聽說自從附近建了新市鎮後，有很多新的居民遷入，車站前商店街的生意也越來越好。

沒想到這種鄉下地方不起眼的商店街生意也這麼好。貴之有點意外，但看到從小長大的地區漸漸恢復活力，也暗自感到高興，甚至很希望自家的雜貨店也可以開在這條商店街上。

他從商店街轉進一條岔路，走了一陣子，來到一片住宅區。這一帶不斷建造新房子，所以每次來這一帶，周圍的景色都不一樣。聽說這裡的居民有不少人每天搭車到東京上班。即使搭特急電車，恐怕也要兩個小時。自己絕對沒辦法過那種生活。貴之忍不住想。他目前在東京租屋而居，雖然空間不大，但也有兩房一廳，和妻子、十歲的兒子一起住在那裡。

他也知道，自己雖然不可能每天從這裡搭車去上班，但是下次搬家時，恐怕不得不搬到較遠的地方。人生不如意事十常八九，通勤時間增加這點小困難應該不足掛齒。

穿越住宅區後，在T字路口右轉，又繼續走了一段。這是一段和緩的上坡道。來到這裡之後，即使閉著眼睛也可以走回家裡。他的身體知道該走多少步，也知道馬路的彎度。因為他在高中畢業之前，每天都走這條路。

不一會兒，右前方出現了一棟小房子。雖然亮著路燈，但看板太陳舊了，看不清上面的字。鐵捲門已經拉了下來。

他在店門前停下腳步，再度仰頭看著看板。浪矢雜貨店——走近時，勉強可以分辨這幾個字。

房子和隔壁的倉庫之間有一條寬一公尺左右的防火巷。貴之沿著防火巷繞到店的後方。讀小學時，他都把腳踏車停在這裡。

店的後方有一道後門，門旁裝了一個牛奶箱。十年前左右，牛奶公司每天會上門送牛奶。母親去世之後不久，家裡不再訂牛奶了，但仍然保留了牛奶箱。

牛奶箱旁有一個按鈕。以前只要一按，門鈴就會響，但現在已經壞了。

貴之拉著門把，門立刻打開了。他已經習以為常了。

「晚上好。」他用低沉的聲音打了一聲招呼，但屋內沒有人回應，他自顧自走了進去，脫下鞋子進了屋。一進屋就是廚房，沿著廚房往內走，就是和室。繼續往前走，就來到店鋪。

雄治穿著日式長褲和毛衣，跪坐在和室的矮桌前，緩緩抬頭看著貴之。他的老花眼鏡已經滑到鼻尖了。

「怎麼是你？」

「什麼怎麼是我？你門沒有鎖，不是叮嚀你好幾次，要記得鎖好門嗎？」

「別擔心，有人進來時，我會知道。」

「我進來時你根本不知道，你沒聽到我的聲音吧？」

「我有聽到聲音，但正在想事情，所以懶得回答。」

「又在強詞奪理了，」貴之把帶來的小紙袋放在矮桌上，盤腿坐了下來，「這是你喜歡吃的木村屋紅豆麵包。」

「喔，」雄治眼睛亮了起來，「每次都讓你破費。」

「小事一樁。」

雄治「嘿喲」一聲站了起來，拿起紙袋，打開旁邊神桌的門，把裝了紅豆麵包的袋子放在神桌前，站在原地搖了兩次鈴，又放回了原位。雖然他很瘦小，但即使年近八十，身體還挺得很直。

「你吃過晚餐了嗎？」

「下班後吃了蕎麥麵。今晚我要住在這裡。」

「這樣喔，你有告訴芙美子嗎？」

「有啊，她也很擔心你。你身體怎麼樣？」

「託你的福，我很好，根本不必特地回來看我。」

「我都已經回來了，還說這種話。」

「我是說，你不必為我擔心。對了，我剛才泡了澡，水還沒有放掉，應該還很熱，你隨時可以去泡澡。」

雄治在說話時，視線始終看著矮桌。矮桌上放著信紙，旁邊有一個信封，信封上寫著「浪矢雜貨店收」。

「這是今天晚上送來的嗎？」貴之問。

「不，是昨天深夜送來的，我早上才發現。」

「那不是應該今天早上就寫回信嗎？」

浪矢雜貨店會在隔天早上把解答煩惱的答覆信放在牛奶箱內——這是雄治訂下的規矩，因此，他每天都凌晨五點半起床。

「不，這位諮商者很體貼，說因為是半夜才送信，所以可以晚一天答覆。」

「是喔。」

真是莫名其妙。貴之忍不住想道。為什麼雜貨店的老闆要替別人消煩解憂?他當然知道這件事的來龍去脈,因為週刊雜誌也曾經上門採訪過父親。之後,上門諮商的信件增加了不少。雖然也有認真諮商的人,但大部分都是小孩子搗蛋,有不少一看就知道是惡作劇,甚至有人在一個晚上投了三十封寫了煩惱的信,一看就知道是出自同一個人之手,內容全都是胡說八道。但是,雄治都一一回覆,當時,貴之忍不住對雄治說:「別理這種人,一看就知道是惡作劇,理會這種人未免太愚蠢了。」

但是,年邁的父親並不以為意,甚至語帶同情地說:「你什麼都不懂。」

「我不懂什麼?」貴之生氣地問,雄治一臉事不關己的表情說:

「不管是搗蛋還是惡作劇,寫信給『浪矢雜貨店』的人,和真正為了煩惱而上門的人一樣,他們內心有破洞,重要的東西正從那個破洞漸漸流失。最好的證明,就是他們一定會來看牛奶箱,會來拿回信。他們很想知道浪矢爺爺收到自己的信後會怎麼回答。你想想,即使是亂編的煩惱,要想三十個煩惱也很辛苦。對方費了這麼大的工夫,絕對不可能不想知道答案。所以,我會努力想答案後,寫回信給他,絕對不能無視別人的心聲。」

雄治針對這三十封看似出自同一人之手的煩惱諮商信一一認真回信,在早上之前,把回信放進了牛奶箱。八點的時候,當雜貨店拉開鐵捲門開始營業時,所有的回信都拿走了。之後,沒有再發生過類似的惡作劇;有一天晚上,收到了一張只寫了「對不起,謝謝你」這句話的信,筆跡和那三十封信很相似。貴之不會忘記父親一臉得意地出示那張紙時的表情。

貴之覺得，這件事或許已經成為父親生命的意義。大約十年前，貴之的母親罹患心臟病離開人世時，雄治一蹶不振。兩個兒女都已經長大成人，離家生活了，對一個即將邁入古稀之年的老人來說，孤單度日的生活太痛苦，足以奪走他活下去的動力。

貴之有一個比他大兩歲的姊姊賴子，她和公婆同住，無法照顧父親，所以，只能由貴之擔起照顧父親的責任。但那時候他剛結婚不久，住在公司宿舍，居住空間不夠大，沒辦法把雄治接去同住。

雄治可能瞭解一對兒女的難處，所以即使身體不好，仍然沒有說雜貨店要歇業。貴之也因為父親的忍耐暫時逃避這件事。

有一天，貴之接到姊姊賴子一通意外的電話。

「我嚇了一跳，爸爸一下子變得很有精神，搞不好比媽媽去世之前更有精神。以日前的情況，暫時可以放心了。你最好也回去看一下，一定會很驚訝。」

難得回家探視父親的姊姊聲音中帶著喜悅，她又用興奮的語氣問：「你知道爸爸為什麼這麼有精神嗎？」貴之回答說不知道，姊姊說：「我想也是，你不可能知道。我聽了之後，也驚訝連連。」然後才終於說出了事情的原委。原來父親開始為人消煩解憂。

貴之聽了之後，也搞不清楚是怎麼回事，只覺得「什麼意思啊？」於是，立刻在週末回了老家。回到家時，他難以相信自己看到的景象。浪矢雜貨店前聚集了很多人，大部分都是小孩子，其中也有大人的身影。每個人都看著雜貨店的牆壁。牆上貼了很多紙，他們看著紙笑了起來。

貴之走了過去，在一群小孩子身後看著牆壁，發現上面貼著信紙和報告紙，也有便條紙。他看了紙上寫的內容，其中一張寫了以下的問題。

我有事要問。我不想讀書，也不想偷看作弊，但想要考試時考一百分。請問該怎麼辦？

那張紙上顯然是小孩子寫的字。下面貼著針對這個問題的回答，那是雄治的字，貴之一眼就認出了熟悉的字跡。

可以拜託老師，請老師出一張關於你的考卷。因為所有題目都是關於你的問題，你寫什麼答案，什麼就是正確答案。

什麼跟什麼啊，這是哪門子的消煩擔憂，根本是腦筋急轉彎嘛。

他也看了其他的煩惱內容，都是一些異想天開的內容，什麼希望聖誕老人來家裡，但家裡沒煙囪怎麼辦？或是地球變成猩球時，要由誰來教猩猩的語言？但是，雄治認真回答每一個問題，也因此受到了好評。旁邊放了一個開了投遞口的箱子，上面貼了一張紙——

煩惱諮商箱　歡迎諮商任何煩惱　浪矢雜貨店

「這算是一種遊戲吧，因為附近那些小鬼挑戰，我不得不硬著頭皮應戰，沒想到意外受到好評，甚至有人千里迢迢跑來看，我也不知道到底哪一點吸引人。只是最近那些小鬼提出的煩惱都不好對付，我也要絞盡腦汁回答，真是累死我了。」

雄治面帶苦笑說話的神情充滿活力，和母親剛去世時判若兩人。貴之發現姊姊所言不假。

諮商煩惱成為雄治新的人生意義，起初只是遊戲而已，漸漸開始有人真心討教。雄治認為諮商箱放在顯眼處似乎不太妥當，於是改變了方式，採取了目前用鐵捲門上的郵件投遞口和牛奶箱搭配的方式，但是，收到有趣的煩惱時，還是會像以前一樣貼在牆上供大家瀏覽。

雄治跪坐在矮桌前，雙臂抱在胸前，吐著下唇，皺著眉頭。雖然面前攤著信紙，但他沒有拿起筆。

「你想了很久了，」貴之說，「遇到難題了嗎？」

雄治緩緩點頭。

「是一個女人來諮商，這種問題最讓我傷腦筋了。」

雄治解釋說，這次是關於戀愛的問題。雄治當年是相親結婚，在結婚之前，和母親之間並不太瞭解。貴之覺得有人來找那個時代的人諮商戀愛問題，未免太缺乏常識了。

「隨便回答一下就好了。」

「這怎麼行？怎麼可以隨便亂寫？」雄治的聲音中帶著不滿。

貴之聳了聳肩，站了起來。「家裡有啤酒吧？我要喝。」

雄治沒有回答，貴之打開冰箱。家裡的冰箱是舊式兩門冰箱，兩年前，姊姊家買新冰箱時，把原本的舊冰箱送來家裡。之前家裡用的單門冰箱是昭和三十五年（一九六〇年）買的，那時候，貴之還是大學生。

冰箱裡冰了兩瓶啤酒。雄治喜歡小酌，冰箱裡隨時都有啤酒。以前他對甜食不感興趣，六十歲後，才開始喜歡吃木村屋的紅豆麵包。

貴之拿了一瓶啤酒，打開瓶蓋，又從碗櫃裡拿了兩個杯子，回到矮桌前。

「爸爸，你也喝吧？」

「不，我現在不喝。」

「是嗎？真難得。」

「我不是說過很多次，在寫完回信之前，我都不喝酒嗎？」

「是喔。」貴之點著頭，把啤酒倒進自己的杯子。

陷入沉思的雄治，緩緩把頭轉向貴之。

「父親有老婆和孩子。」他突然開口說道。

「啊？」貴之問，「你在說什麼？」

雄治拿起放在一旁的信封說：

「這次的諮商者，是一個女人，父親有妻兒。」

貴之還是聽不懂，喝了一口啤酒後，把杯子放了下來。

「是啊，我的父親也有妻兒，雖然妻子死了，但兒子還活著，就是我。」

雄治皺著眉頭，煩躁地搖了搖頭。

「我不是說我，也不是這個意思。我說的父親不是諮商者的父親，而是小孩子的父親。」

「小孩？誰的小孩？」

「啊呀，」雄治不耐煩地搖著手，「就是諮商者肚子裡的嘛。」

「啊？」貴之發出這個聲音後，終於恍然大悟。

「原來是這樣。諮商者懷孕了，那個男人有妻兒。」

「對啊，我剛才不就說了嗎？」

「你的表達方式有問題。你只說是父親，大家都會以為是諮商者的父親。」

「這就叫貿然斷定。」

「是嗎？」貴之偏著頭，伸手拿起酒杯。

「所以，你覺得呢？」雄治問。

「覺得什麼？」

「你到底有沒有在聽啊，男方有妻兒，她懷了這個男人的孩子，你覺得該怎麼辦？」

貴之終於瞭解了諮商的內容。他喝了一口啤酒，重重地吐了一口氣。

「時下的年輕女人真不檢點，而且腦筋不清楚。愛上有老婆的男人，不可能有好結果。不知道她在想什麼？」

雄治皺著眉頭，敲著矮桌。

「不必說教，快回答該怎麼辦。」

「那還用問嗎？當然是把孩子拿掉，還能怎麼回答。」

雄治「哼」了一聲，抓著耳朵，「我問錯人了。」

「幹嘛？什麼意思嘛。」

雄治失望地撇著嘴角，拍著諮商者的來信說：

「當然是把孩子拿掉，還能怎麼回答——就連你也這麼說。這名諮商者當然知道這個道理，但正因為知道，所以才在煩惱，難道你不懂嗎？」
父親的話一針見血，貴之無言以對。父親說得沒錯。
「你聽我說，」雄治說，「她在信上也提到，她知道必須拿掉孩子，因為對方不可能負責，靠她一個人養孩子，日後一定會很辛苦。她很冷靜地認清了現實，即使如此，仍然無法放棄想要生下這個孩子的念頭，不願意拿掉孩子，你知道為什麼嗎？」
「我不知道，你知道嗎？」
「我是看了信之後才知道，因為對她來說，這是最後的機會。」
「最後？」
「一旦錯過這個機會，可能這輩子再也無法生孩子了。她以前曾經結過婚，因為試了很久都無法懷孕，所以去醫院檢查，醫生說她是不容易懷孕的體質，甚至教她不要對生孩子抱希望。她也是因為這個原因，導致第一段婚姻的失敗。」
「原來她有不孕症……」
「總之，因為有這些因素，對她來說，可能是最後的機會。聽到這裡，你應該也知道，不能簡單地回答，當然要把孩子拿掉吧。」
貴之喝完杯子裡的啤酒，伸手拿起酒瓶。
「雖然我知道你說的意思，但還是不應該生下來。不然一定會很辛苦，這樣小孩子太可憐了。」

「所以她在信裡說，她已經作好了心理準備。」

「雖然話是這麼說，」貴之在杯子裡倒了啤酒後抬起頭，「但這不是諮商吧？既然她已經作好了心理準備，那就生下來啊。不管你怎麼回答，都無法改變她吧？」

雄治點點頭，「也許吧。」

「也許……」

「我諮商多年，終於瞭解到一件事。通常諮商者心裡已經有了答案，找人諮商的目的，只是為了確認這個答案是正確的。所以，有些諮商者在看了我的回信後，會再寫信給我，可能是我的回答和他原本想的不一樣。」

貴之喝著啤酒，皺起了眉頭，「你居然和這類麻煩事打交道這麼多年。」

「這也是在幫助別人，正因為是麻煩事，做起來才有意義。」

「你真的很古怪，但既然這樣，你根本沒必要思考啊。她想要生下來，就請她加油，生一個健康的寶寶。」

雄治看著兒子的臉，垂著嘴角，慢吞吞地搖著頭。

「你果然什麼都不懂。從她的信中的確可以感受到她想要生下孩子的想法，但重要的是，她的心情和意志是兩碼事。也許她很想生下這個孩子，但也知道現實不允許她生下來，寫這封信給我的目的，是想要堅定自己的決心。果真如此的話，我教她生下來，會造成反效果，會讓她更加痛苦。」

貴之用指尖壓著太陽穴。他感到頭痛。

「如果是我，就會回信說，妳想怎麼樣就怎麼樣。」

「不必擔心，沒有人想聽你的回答。總之，必須從信中瞭解諮商者的心理。」

真辛苦啊。貴之事不關己地想道。但是，對雄治來說，思考如何回答是他的樂趣。正因為這個原因，貴之才覺得難以啟齒。他今晚回到老家，並不光是為了探視年邁的父親。

「爸爸，可以打斷你一下嗎？我也有事要和你談。」

「談什麼？你也看到了，我現在很忙。」

「不會占用你太多時間。而且，你說很忙，根本只是在沉思而已。想一些其他事，搞不好可以想出好主意。」

不知道是否覺得貴之說得有道理，雄治板著臉看著兒子，「什麼事？」

貴之坐直了身體。

「我聽姊姊說，店裡的生意很差。」

雄治立刻皺著眉頭，「賴子真是多話。」

「她是你女兒，當然會擔心啊，所以才通知我。」

賴子以前在會計事務所工作。因為有當時的工作經驗，所以，都由她負責為浪矢雜貨店報稅，前一陣子她報完今年的稅，打電話給貴之。

「家裡雜貨店的生意太清淡了，不光是赤字，而是大赤字，不管誰去報稅都一樣，根本不需要節稅，即使照實申報，也不用付一毛錢稅金。」

貴之忍不住問：「有這麼離譜嗎？」賴子回答說：「如果爸爸自己去申報，稅捐處的人搞不好會要求他順便去申請低收入戶補助。」

貴之看著父親。

「是不是該把這家店收起來？附近的客人現在都去商店街買東西。在那個車站造好之前，因為這附近剛好有公車站，所以生意還不錯，現在恐怕很難繼續撐下去，不如趁早放棄。」

雄治一臉沮喪地摸著下巴。

「把店收起來，我要怎麼辦？」

貴之停頓了一下說：「你可以去我那裡住。」

雄治挑了一下眉毛，「你說什麼？」

貴之巡視室內，看到牆上的裂痕。

「把這個雜貨店收起來之後，就沒必要繼續住在這麼不方便的地方，搬去和我們住吧。我已經和芙美子談過了。」

雄治「哼」了一聲說：「你家那麼小。」

「不，其實我準備搬家，我們覺得差不多該買房子了。」

戴著老花眼鏡的雄治瞪大了眼睛，「你？要買房子？」

「有什麼好奇怪的，我也快四十歲了，目前正在找房子，所以正在考慮你該怎麼辦。」

雄治把頭轉到一旁，輕輕搖著手，「不必考慮我。」

「為什麼？」

「我可以照顧自己，不會去打擾你們。」

「話是這麼說，但沒辦法的事就是沒辦法啊，你又沒有收入，要怎麼生活？」

「不用你操心，我不是說了，我自己會想辦法。」

「想什麼辦法——」

「那你就別管了，」雄治大聲說道，「你明天還要上班吧？那就要早起，少囉嗦了，趕快去洗澡睡覺。我很忙，還有事要做。」

「有什麼事？不就是要寫這個嗎？」貴之用下巴指了指信紙。

雄治默默看著信紙，似乎不想再理會他。

貴之嘆著氣站了起來，「我去洗澡。」

雄治沒有回答。

浪矢家的浴室很小，貴之雙手抱膝，縮手縮腳地泡在老舊的不鏽鋼浴池內，看著浴室窗外。浴室旁有一棵很大的松樹，可以稍微看到松樹的樹枝。那是他從小熟悉的景象。

雄治應該不是捨不得雜貨店，而是不願意割捨為人諮商煩惱。一旦關了雜貨店，離開這裡，就不會有人再上門找他諮商。貴之也認為如此，那些諮商者覺得好玩，才會帶著輕鬆的心情找父親討論。

這麼快就奪走父親的樂趣未免太殘酷了，貴之心想。

第二天清晨，發條式的古董鬧鐘在六點就把他叫醒了。他在二樓的房間換衣服時，聽到窗戶下面有動靜。他輕輕打開窗戶往下看，看到一個人影從牛奶箱前離開。一個長髮的女人穿著白色衣服，但沒看到她的臉。

貴之走出房間，來到一樓。雄治已經起床了，正在廚房用鍋子燒熱水。

「早安。」他向父親打招呼。

「喔，起來啦。」雄治看了一眼牆上的時鐘，「要吃早餐嗎？」

「不用了，我馬上要出門。那個怎麼樣了？就是諮商的事。」

雄治停下正準備抓柴魚片的手，板著臉看著貴之說：

「寫好了啊，一直寫到深夜。」

「你是怎麼回答的？」

「不能告訴你。」

「為什麼？」

「那還用問嗎？這是規矩，因為事關別人的隱私。」

「是喔。」貴之抓了抓頭，他沒想到雄治竟然知道「隱私」這個字眼。

「有一個女人打開了牛奶箱。」

「什麼？你看到了嗎？」雄治露出責備的表情。

「剛好看到，從二樓的窗戶瞥到的。」

「她應該沒看到你吧？」

「應該沒問題，因為只是一眨眼的工夫。」

雄治吐出下唇，搖了搖頭。

「不能偷窺諮商者長什麼樣子，這也是規矩。一旦對方覺得被人看到了，就不會再上門諮商了。」

「又不是我故意要看的，只是剛好看到。」

「真是的，難得回來一趟就沒好事。」雄治嘟囔著，開始用柴魚片熬高湯。

「真對不起啊。」貴之小聲說完，走進了廁所。然後去盥洗室洗臉、刷牙，漱洗完畢。

雄治正在廚房做煎蛋。不知道是否一個人生活了很久的關係，他下廚的動作很俐落。

「總之，目前暫時還不急，」貴之對著父親的背影說道，「不需要馬上搬去和我們住。」

雄治沒有說話，似乎覺得沒必要回答。

「好吧，那我就走了。」

「喔。」雄治低聲回答，但仍然沒有轉身。

貴之從後門走了出去，打開牛奶箱，裡面是空的。

不知道爸爸是怎麼回答的——他有點在意，不，他相當在意。

## 2

貴之在新宿上班。這家專門販售、租賃辦公事務機的公司，位在靖國大道旁這棟大樓的五樓，顧客以中小企業為主，年輕的董事長經常說：「接下來是個電的時代。」所謂「個電」，就是個人電腦的簡稱，董事長認為，很快就將進入每個辦公室都有一台電腦的時代。雖然讀文科的貴之搞不懂電腦這種東西有什麼用途，聽董事長說，電腦的用途無限廣泛。

「所以，你們也要從現在開始學電腦。」這句話是董事長最近的口頭禪。

貴之正在看一本名叫《個人電腦入門》的書時，接到姊姊賴子打來的電話。他完全看不懂書上在寫什麼，正打算把書丟到一旁。

「對不起，打電話到你公司。」賴子語帶歉意地說。

「沒關係，有什麼事嗎？又是爸爸的事嗎？」這是他能夠想到姊姊打電話給他的唯一理由。

果然不出所料。

「對啊，昨天我回家看他，發現他的雜貨店沒有營業，你有聽說什麼嗎？」

「沒有啊，我什麼都沒有聽說。他怎麼了？」

「我問他怎麼了，他說沒什麼，只是偶爾想要休息一下。」

「可能就是這樣吧。」

「才不是這樣，我離開的時候問了鄰居，說最近浪矢雜貨店的情況怎麼樣？結果鄰居告訴我，一個星期前就開始沒有營業了。」

貴之皺著眉頭，「這就奇怪了。」

「是不是很奇怪？而且，爸爸的氣色很差，好像瘦了很多。」

「是不是生病了？」

「可能吧……」

姊姊說的情況的確讓人擔心，對雄治來說，為他人消煩解憂是他目前最重要的事，雜貨店繼續營業，他才能持續為他人諮商。

前年的時候，貴之回去說服父親把雜貨店收起來，回想父親當時的態度，很難想像如果他沒有生病，不可能不開雜貨店。

「知道了，我今天下班後回去看看。」

「不好意思，那就麻煩你了。你回去的話，他或許願意對你說真話。」

貴之並不這麼認為，但還是回答說：「好，我去問一下。」然後掛上了電話。

到了下班時間，他離開公司，準備回老家。中途找了公用電話打電話回家，向妻子芙美子說明情況後，她也很擔心。

今年元旦時，他帶芙美子和兒子回老家過年，之後就沒有見過父親雄治。當時，雄治精神很好，這半年來，發生了什麼事嗎？

他在晚上九點多時回到浪矢雜貨店。貴之停下腳步，打量著雜貨店。鐵捲門已經拉下，這件事本身並不足為奇，但他覺得整家店似乎已經沒有生氣了。

他繞到後門，轉動門把，發現父親竟然難得鎖了門。貴之拿出鑰匙，想起已經好幾年沒有用鑰匙開門了。

打開門，走進屋內，廚房沒有開燈。他走了進去，發現雄治鋪著被子躺在和室。雄治似乎聽到了動靜，轉身看著他，「怎麼了？」

「你還問我怎麼了？姊姊很擔心你，打電話給我，說你沒有開店，而且已經一個星期了。」

「賴子嗎？她還真是多管閒事。」

「怎麼是多管閒事呢？到底發生了什麼事？你身體不舒服嗎？」

「沒什麼大礙。」

言下之意，身體的確不舒服。

「哪裡不舒服？」

「我不是說了嗎？沒什麼大礙，既沒有哪裡痛，也沒有特別不舒服。」

「那到底是怎麼了？為什麼雜貨店沒有開？你告訴我啊。」

雄治沒有說話。貴之以為父親還在逞強，但看到他的臉，立刻恍然大悟。雄治眉頭深鎖，嘴唇抿緊，一臉痛苦的表情。

「爸爸，你……」

「貴之，」雄治開了口，「有房間嗎？」

「你在問什麼？」

「你住的地方，東京的家裡。」

「喔。」貴之點了點頭。去年他在三鷹買了獨棟的房子，雖然是中古屋，但在搬進去之前重新裝修過，雄治也曾經去他的新家參觀過。

「是不是沒有空房間了？」

貴之知道雄治在問什麼，同時也感到意外。

「有啊，」貴之說，「我準備了你的房間，是一樓的和室。你上次來的時候，不是給你看了嗎？雖然房間不大，但光線很好。」

雄治重重地嘆了一口氣，抓著眉毛上方。

「芙美子呢？她真的答應嗎？好不容易買了房子，一家人終於可以開開心心地過日子了，如果我這個老頭子突然搬去同住，她不會覺得很困擾嗎？」

「這一點你不用擔心，當初買的時候，就是以此為前提挑房子的。」

「……是嗎？」

「你終於決定搬來我家了嗎？我那裡隨時都沒有問題。」

雄治露出嚴肅的表情說：「好，那我就去打擾你們吧。」

貴之突然感到一陣揪心。這一天終於來了。但是，他努力不讓這種想法寫在臉上。

「不必有什麼顧慮，但到底怎麼了？你之前不是說，要一直持續下去嗎？是不是身體不舒服？」

「不是，你不必擔心，該怎麼說……」雄治說到這裡，停頓了一下後才繼續說：「就是該見好就收了。」

貴之點了點頭，「是嗎？」既然父親這麼說，他也就沒什麼好說的了。

一個星期後，雄治離開了浪矢雜貨店。他們沒有請搬家公司，而是自己開車搬家。只帶了最低限度的生活必需品，其他東西都留在店裡。因為還沒有決定要怎麼處理那棟房子，即使想要賣，也沒有人想買，所以就決定暫時不處理房子的事。

搬家的路上，從租來貨車的收音機內傳來南方之星的〈心愛的愛莉〉這首歌。那是今年三月新推出的歌曲，一推出立刻受到好評。

妻子芙美子和兒子都很歡迎新來的同居人。貴之心裡當然很清楚，姑且不論兒子，芙美子內心覺得公公同住很麻煩，但是，她很聰明，也很賢慧，所以貴之當年才會娶她。

雄治也很適應新的生活。他平時在自己的房間內看書、看電視，有時候出門散步，每天能夠看到孫子讓他由衷地感到高興。

但是，這種日子並沒有持續太久。

同住後沒多久，雄治突然病倒了。他在半夜很不舒服，叫了救護車把他送去醫院。雄治一直說肚子很痛，由於之前沒有發生過這種情況，貴之不知所措。

第二天，醫生向他說明了情況，說需要做進一步檢查才能知道確切結果，但八成是肝癌。

而且，恐怕已經是末期了。戴著眼鏡的醫生用冷靜的語氣說道。貴之向他確認，是否已經無藥可救了。醫生仍然保持剛才的冷靜語氣說，因為手術沒有意義，所以最好有這種心理準備。

雄治並不在場，當時，他打了麻醉劑，正在熟睡中。

貴之拜託醫生，不要告訴病人真實情況，並請醫生想一個適當的病名。

姊姊賴子得知父親的病情後放聲大哭，不停地自責，覺得應該更早帶父親去醫院檢查。聽到姊姊這麼說，貴之也很難過。雖然他發現父親沒有精神，但沒想到病情這麼嚴重。

雄治開始了和疾病奮鬥的生活。不知道是不是該慶幸，他幾乎沒有再感到疼痛。雖然每次去探視他，他都越來越瘦，貴之看了於心不忍，但雄治在病床上看起來比較有精神。

雄治在醫院差不多住了一個月左右的某一天，貴之下班後去看他，他難得坐在病床上，看著窗外的風景。他住的是雙人病房，另一張床空著。

「你看起來精神很不錯嘛。」貴之說。

雄治抬頭看著兒子，輕輕笑了一聲。

「可能已經壞到谷底了，偶爾也會有狀況不錯的日子。」

「那就好。這是紅豆麵包。」貴之把紙袋放在旁邊的櫃子上。

雄治看了紙袋一眼，再度看著貴之。

「我有事要拜託你。」

「什麼事？」

「嗯。」雄治應了一聲後，垂下了眼睛，他吞吞吐吐地提出的要求完全出乎貴之的意料。

他說，想要回雜貨店。

「回去幹什麼？以你目前的身體狀況，還能繼續做生意嗎？」

聽到貴之的問題，雄治搖了搖頭。

「店裡並沒有什麼商品，怎麼可能開店做生意？不談生意的事，我只是想回那個家。」

「回去幹什麼？」
雄治閉口不語，似乎在猶豫該不該說。
「你用常理想一下，以你目前的身體狀況，根本沒辦法一個人生活。必須有人陪著你，照顧你，目前根本找不到人手照顧你啊。」
雄治皺著眉頭，搖了搖頭。
「不用別人陪我，我一個人沒有關係。」
「那怎麼行？我怎麼可能把病人一個人丟在家裡，你別鬧了。」
雄治露出懇求的眼神看著他，「只要一個晚上就好。」
「一個晚上？」
「對，一個晚上，只要一個晚上就好。我想一個人留在那個家裡。」
「什麼意思？這是怎麼一回事？」
「和你說了也沒用，你應該無法理解。不，別人也無法理解，一定會覺得很荒唐，不當一回事。」
「不說說看怎麼知道？」
「不，」雄治搖著頭，「不可能，你不會相信的。」
「啊？不相信？不相信什麼？」
雄治沒有回答他的問題，「貴之，你聽我說，」雄治用嚴肅的語氣說，「醫院的醫生是不是對你說，我隨時都可以出院？是不是對你說，反正已經無藥可救了，讓病人做他想做的事？」

這次輪到貴之沉默了。因為雄治沒有說錯，醫生已經宣布，目前已經無藥可救，病人隨時可能會離開人世。

「貴之，拜託你了。」雄治雙手合十，放在眼前。

貴之皺著眉頭說：「爸，你別這樣。」

「時間不多了，你什麼都別說，也什麼都別問，就讓我做我想做的事。」

年邁的父親說的話重重地堆積在貴之的內心，雖然他完全搞不清楚狀況，但想要完成父親的心願。

貴之嘆著氣說，「什麼時候？」

「越快越好，今晚怎麼樣？」

「今晚？」貴之忍不住張大眼睛，「為什麼這麼著急……？」

「我不是說了嗎？時間不多了。」

「但是，要怎麼向大家說明？」

「沒必要，不要告訴賴子他們，只要對醫院方面說，我要回家一趟就好。我們從這裡直接去店裡。」

「爸爸，你到底怎麼了？告訴我是怎麼回事。」

雄治把頭轉到一旁，「聽了我說的話，你一定會說不行。」

「我不會，我向你保證。我會帶你去店裡，所以，你要告訴我實話。」

雄治緩緩把臉轉向貴之，「真的嗎？你會相信我說的話？」
「真的，我相信。這是男人之間的約定。」
「好，」雄治點了點頭，「那我就告訴你。」

## 3

坐在副駕駛座上的雄治沿途幾乎沒有說話，但似乎也沒有睡著。離開醫院大約三個小時，當熟悉的景象出現在眼前時，他充滿懷念地看著窗外。

貴之只告訴妻子芙美子今晚帶雄治離開醫院的事。雄治是病人，不可能搭電車，所以必須自行開車，而且，今晚很可能無法回家。

浪矢雜貨店出現在前方。貴之把去年剛買的CIVIC緩緩停在店門前，拉起手煞車後，看了一眼手錶。晚上十一點剛過。

「到囉。」

貴之拔下鑰匙，準備下車。雄治的手伸了過來，按住他的大腿。

「到這裡就好，你回去吧。」

「不，但是……」

「我不是說了很多次嗎？我一個人回家就好，不希望有其他人。」

貴之垂下眼睛。如果相信父親說的那些奇妙的話，他可以理解父親的心情，

「對不起，」雄治說：「你送我回家，我卻說這種任性的話。」

「不，那倒是沒關係，」貴之摸了摸人中，「那天亮之後，我會來看你。天亮之前，我會找一個地方打發時間。」

「你要在車上睡覺嗎？那怎麼行？這樣對身體不好。」

貴之咂著嘴。

「你自己是重病病人，有資格說我嗎？你倒是站在我的立場想一想，怎麼可能把生病的父親丟在形同廢棄屋的家裡，自己一個人回家？反正我明天早上必須來接你，不如等在車上比較輕鬆。」

雄治撇著嘴，臉上的皺紋更深了。「對不起。」

「你一個人在家真的沒問題嗎？不要等我明天早上來看你時，你一個人倒在漆黑的屋子裡。」

「嗯，不用擔心，我沒有申請斷電，所以屋子裡不會一片漆黑。」雄治說完，打開副駕駛座旁的門下了車。他的動作很無力。

「喔，對了，」雄治轉頭看著貴之，「差一點忘了重要的事，我要把這個交給你。」

他拿出一封信。

「這是什麼？」

「本來打算當成遺囑的，但剛才已經把一切毫無隱瞞地告訴了你，所以，現在交給你也完全沒有問題，也許這樣更好。等我走進家門後你再看，看了之後，你要發誓會按照我的希望去做，否則，之後的事就失去了意義。」

貴之接過信封，信封的正面和背面都沒有寫任何事，但裡面似乎裝了信紙。

「那就拜託了。」雄治下了車，拿著醫院帶來的枴杖走向家中。

貴之沒有叫父親。因為他不知道該說什麼。雄治沒有回頭看兒子，消失在店舖和倉庫之間的防火巷內。

貴之茫然地望著父親的背影遠去，猛然回過神後，打開手上的信封。裡面果然放了信紙，信紙上寫了奇妙的內容。

貴之：

當你看到這封信時，我應該已經不在人世了。雖然很難過，但這也是無可奈何的事。況且，我已經無法感到難過了。

我寫這封信給你，只有一個原因，那就是有一件事，我無論如何都要拜託你，無論發生任何事，你都必須答應。

簡單地說，我要拜託你的事就是要你通知一件事，當我死後三十三年時，希望你用某種方法昭告大眾。昭告的內容如下：

「〇月〇日（這個日期當然就是我的忌日）凌晨零點零分到黎明之間，浪矢雜貨店的諮商窗口復活。在此拜託曾經到雜貨店諮商，並收到答覆信的朋友，請問當時的答覆，對你的人生有什麼意義？有沒有幫助？還是完全沒有幫助？很希望能夠瞭解各位坦率的意見，請各位像當年一樣，把信投進店舖鐵捲門的投遞口。拜託各位了。」

你一定覺得我拜託你的事很莫名其妙，但對我來說，這件事很重要。雖然你可能覺得很荒唐，但希望你能夠完成我的心願。

父字

貴之看了兩次，獨自苦笑起來。

如果自己事先沒有聽父親說明任何事，拿到這麼奇怪的遺囑，不知道會怎麼做？答案很明確，一定會無視這份遺囑。八成會認為父親在臨終腦筋不清楚，然後就忘了這件事。即使收到遺囑當時會有點在意，恐怕很快就會忘記。即使沒有馬上忘記，三十多年後，恐怕不會留下任何記憶的碎片。

但是，如今他聽了雄治那番奇妙的話之後，他完全無意無視這份遺囑。因為這也同時是雄治很大的煩惱。

雄治告訴他這件事時，拿出一份剪報遞給貴之，叫他看一下。

那是三個月前的報紙，報導了住在鄰町的女人死亡的消息。報導中提到，有好幾名民眾目擊一輛小型車從碼頭衝入海中。警方和消防隊接獲通報後，立刻趕往現場救助，駕駛座上的女人已經沒有生命跡象，但車上一名年約一歲的嬰兒在車子落海後摔出車外，浮在海面上，被人發現後救起，竟然安然無恙，簡直就是奇蹟。開車的是一名二十九歲的女子，名叫川邊綠，沒有結婚。那輛車是她向朋友借的，說她的小孩子生病了，要帶去醫院。聽鄰居說，她沒有外出工作，生活很困苦，已經積欠好幾個月的房租，房東請她月底搬走。

由於現場並未發現任何煞車痕跡，警方研判死者帶著嬰兒自殺的可能性相當高，正展開進一步搜索——報導最後這麼總結道。

「這篇報導怎麼了？」貴之問。雄治痛苦地瞇起眼睛回答說：

「就是上次那個女人。上次不是有一個女人寫信來諮商，說她懷孕了，但對方的男人有妻兒嗎？我猜想八成就是那個女人。出事地點就在鄰町，嬰兒差不多一歲也剛好符合。」

「怎麼可能？」貴之說，「只是巧合而已吧。」

但是，雄治搖著頭。

「諮商者都用假名，她當時用的假名是『綠河』。川邊綠……綠河，這也是巧合嗎？我不這麼認為。」

貴之無言以對，如果是巧合，的確太巧了。

「況且，」雄治繼續說道：「她是不是當時諮商的女人這件事並不重要，重要的是，我當時的答覆是否正確。不，不光是那時候，至今為止，我回信中的無數回答，對那些諮商者來說，到底有什麼意義，這件事才重要。我每次都絞盡腦汁思考後回答，我可以明確地說，我在答覆時從來沒有敷衍了事，但是，我不知道這些回答對諮商者來說是否有幫助，也許他們按照我的回答去做，反而為他們帶來極大的不幸。當我發現這件事時，我就坐立難安，無法再輕鬆地為別人提供諮商了，所以，我才會關了雜貨店。」

「原來是這樣。」貴之恍然大悟，他一直搞不懂之前堅持不願收掉雜貨店的雄治，為什麼突然改變心意。

「即使搬去你家後，這件事也始終揮之不去。想到我的回答可能破壞了別人的人生，晚上也睡不著覺。當我病倒時，我忍不住想，這是上天給我的懲罰。」

貴之對他說，他想太多了。無論回答的內容如何，最後還是諮商者自己做出決定。即使最終發生了不幸的結果，他也不必為此感到自責。

但是，雄治無法釋懷，每天都在病床上想這件事，也是從那個時候開始作奇怪的夢，出現在夢中的正是浪矢雜貨店。

「深夜時，有人把信投進了鐵捲門上的郵件投遞口。我在某個地方看著這一幕，但我不知道是在哪裡，好像在天空中，又好像就在附近，總之，我看到了這一幕。但是，這是以後……幾十年以後的事。至於你問我為什麼會這麼想，我也說不清楚，總之，就是這麼一回事。」

雄治說，他幾乎每天都作這個夢。於是，雄治終於發現，那並不是夢，而是在預知未來會發生的事。

「是以前曾經寫信找我諮商，並收到我回信的人，把信投入鐵捲門內，告訴我他們的人生發生了怎樣的變化。」

雄治說，他要去收那些信。

「你要怎麼收未來的信？」貴之問。

「只要我去店裡，就可以收到他們投進來的信。雖然聽起來很不可思議，但我有這種感覺，所以無論如何都要去店裡。」

雄治說話時的口齒很清楚，不像在胡言亂語。

貴之無法相信，但他和父親約定，自己會相信他說的話，所以只能答應他的要求。

## 4

貴之在狹小的CIVIC內醒來時，天空才矇矇亮。他打開車內的燈，確認了時間，還差幾分鐘就是清晨五點了。

車子停在公園旁，他把倒下的椅背扶直，將脖子前後左右扭動之後下了車。

去了公園的廁所，洗了把臉。這是他小時候經常玩耍的公園，走出廁所後，他在公園內走了一圈，發現公園很小，不禁納悶當年在這麼小的公園怎麼打棒球的。

回到車上，發動了引擎，打開車前燈，緩緩駛了出去。從這裡到家裡才短短幾百公尺而已。

天空漸漸亮了。來到浪矢雜貨店前時，已經可以看清看板上的字。

貴之走下車，繞到屋後。後門緊閉，還鎖上了。雖然他有鑰匙，但還是決定敲門。

敲門後，等了大約十幾秒，門內傳來隱約的動靜。

開鎖的聲音響起後，門打開了，雄治探出頭，臉上的表情很平靜。

「我想應該差不多了。」貴之說，他的聲音有點沙啞。

「嗯，進來吧。」

貴之走了進去，把後門關上了，頓時覺得空氣和剛才不一樣了，好像和外面的世界隔絕了。

他脫下鞋子進了屋，雖然這裡好幾個月都沒有人住，但室內幾乎沒有什麼損傷，灰塵也沒有想像中那麼厚。

「沒想到這麼乾淨，這一陣子——」他把後半句「空氣根本沒有流通」吞了下去。因為他看到了廚房的桌子。

桌子上排列著信封，總共有十幾封，都是很新的信封，幾乎每個信封上都寫著「浪矢雜貨店收」。

「這是……昨晚收到的嗎？」

雄治點點頭，坐在椅子上，巡視那些信封後，抬頭看著貴之。

「完全符合我的預料，當我坐在這裡之後，這些信就一封一封從投遞口投了進來，好像在等我回家。」

貴之搖了搖頭。

「你走進家門後，我把車子停在店門前，但沒有人靠近，應該說，根本沒有人經過。」

「是嗎？但真的收到了這些信，」雄治微微攤開雙手，「這些都是來自未來的回答。」

貴之拉開椅子，在雄治對面坐了下來，「難以置信……」

「你不相信我說的話嗎？」

「不，對啦。」

雄治苦笑著。

「原來你內心覺得怎麼可能有這種事，但是，看到這些，你有什麼感想？還是說，你認為這些都是我事先準備的？」

「我不會這麼說，而且我也知道你沒有那個時間。」

「要準備這些信封和信紙可不是一件容易的事，我要聲明，完全沒有我們店裡的商品。」

「我知道，我以前都沒有看過這些信封。」

貴之有點混亂，怎麼會有這種好像天方夜譚的事？他甚至懷疑被巧妙的魔術騙了，但是，別人沒理由設下這樣的圈套，欺騙一個將死的老人，到底有什麼樂趣？

來自未來的信——也許認為發生了這種奇蹟比較妥當。果真如此的話，真的太神奇了。照理說，眼前的狀況應該令人興奮，但貴之很冷靜。雖然有點混亂，但他沒想到自己會這麼冷靜。

「你都看了嗎？」貴之問。

「嗯。」雄治拿起一封信，從裡面拿出信紙，遞到貴之面前，「你看看。」

「可以嗎？」

「應該沒問題。」

貴之接過信紙，攤開了信。他驚叫了一聲，因為那不是手寫的。白色的紙上列印了文字。他向雄治提起這件事，雄治點點頭。

「有超過一半的信都是列印的，未來似乎每個人都有可以輕鬆列印文字的機器。」

光憑這一點，也可以證明這些都是來自未來的信。貴之深呼吸後，看了信的內容。

致浪矢雜貨店：

浪矢雜貨店真的復活了嗎？雖然公告上寫了只限一晚，到底是怎麼一回事？我煩惱了很久，不知道該怎麼辦，最後覺得「即使被騙也無所謂」，所以寫了這封信。

大約四十年前，我問了以下的問題。

有什麼方法可以不用讀書，就可以考一百分？

浪矢先生，當時我還是小學生，所以問的問題也很愚蠢，但您的答覆很了不起。可以拜託老師，請老師出一張關於你的考卷。因為所有題目都是關於你，你寫的答案就是正確答案，所以就可以考一百分。

當年，我看了這個答覆，覺得根本在騙人。因為我想知道的是國文和數學考一百分的方法。

但是，您的答覆留在我的記憶中。即使上了中學，上了高中，每次考試時，都會想起這個答覆，可見真的令我印象深刻。可能是因為即使是小孩子搗蛋發問的問題，您也認真對待這件事本身令我感到很高興。

但是，直到我在學校教學生後，才知道這個回答有多了不起。沒錯，我當了老師。

在我執教鞭後不久，就遇到了瓶頸。班上的學生無法向我敞開心房，也很不聽從我的教導，學生之間的關係也不太好，無論想要做什麼，都無法順利推動。學生無法團結一致，除了各自的小圈圈以外，對其他同學漠不關心。

我試了很多方法，讓全班同學有機會一起做運動、玩遊戲，或是舉辦討論會，但都失敗了，學生都無法樂在其中。

不久之後，有一個學生對我說，不想要做這些事，只想考試時能考一百分。

這句話點醒了夢中人，我想起了重要的事。

我相信您應該已經猜到了，我讓學生做了一次筆記測驗，名稱就是「朋友測驗」，隨意挑選班上的一位同學，出題討論關於那個學生的各種問題。除了生日、住家地址、有沒有兄弟姊妹、家長的職業以外，還包括興趣、專長、喜歡的明星等問題，測驗結束後，由當事人說出答案，再由同學各自評分。

剛開始的時候，學生有點不知所措，但考了兩、三次之後，終於開始積極投入。想要考高分，只有一個秘訣，就是充分瞭解班上的其他同學，結果，班上同學之間的感情越來越好，和之前完全不一樣。

對還是菜鳥老師的我來說，這是一次寶貴的經驗，讓我有自信可以繼續走教師這條路，事實上，我也一直持續到今天。

這一切都是拜浪矢雜貨店所賜。雖然我很想表達感謝，卻苦於找不到感謝的方法，我很高興有這次的機會。

一百分小鬼敬上

＊這封信會由浪矢先生的家人收到嗎？希望可以供在浪矢先生的神桌前。拜託了。

貴之一抬起頭，雄治立刻問他：「怎麼樣？」

「這不是很好嗎？」貴之回答，「我記得這個問題，說想要知道不讀書，也可以考一百分的方法，沒想到當時那個小孩會寫信給你。」

「我也很驚訝，而且還很感謝我。我只是用腦筋急轉彎的方式回答了他有點惡作劇的問題而已。」

「但他一直沒有忘記。」

「好像是這樣。而且，他不僅沒有忘記，還經過自己的咀嚼，運用在自己的人生中。雖然他向我表達感謝，但其實沒有這個必要，因為他是靠自己的力量獲得成功。」

「但是他很高興，你沒有無視他開玩笑寫的問題，而是認真回答，所以他才會一直牢記在心裡。」

「那並不是什麼了不起的事，」雄治看著其他信封，「其他的信也幾乎都是感謝我的答覆，雖然很感激，但看了之後，我發現我的答覆之所以能夠對他們有幫助，是因為他們自己本身就擁有正確的心態。如果他們沒有想要認真生活、努力生活的態度，無論別人回答什麼，恐怕都幫不了他們。」

貴之點點頭，他也有同感。

「知道這一點不是很好嗎？這代表你所做的一切並沒有錯。」

「是啊，」雄治用指尖抓了抓臉頰後，拿起一封信，「我還想讓你看另一封信。」
「給我看？為什麼？」
「你看了就知道了。」
貴之接過信封，從裡面拿出信紙。那是一封手寫的信，整齊的字寫滿了信紙。

致浪矢雜貨店：
我從網路上得知浪矢雜貨店只限今晚復活的消息，立刻再也坐不住了，於是拿起了筆。我只是聽說過浪矢雜貨店，當初寫信給浪矢先生諮商煩惱的另有其人，在說出寫信的人是誰之前，請允許我先說明一下自己的身世。
我從小在孤兒院長大。我完全不記得自己幾歲進了孤兒院，從有記憶開始，就和其他小朋友一起生活在孤兒院，所以也並不覺得是什麼特別的事。
上學之後，才開始產生了疑問，為什麼我沒有父母？為什麼我沒有家？
有一天，我最信賴的一位女職員告訴我被送到孤兒院的經過。她對我說，在我一歲的時候，我母親在車禍中喪生，以及我原本就沒有父親的事，還說等我長大之後，再告訴我詳細的情況。
到底是怎麼回事？我為什麼沒有父親？時間在我的不解中漸漸流逝。
當我升上國中時，社會課的作業要求我們調查自己出生當時周圍所發生的事。我去圖書館借了報紙的縮印版，剛好發現了那篇報導。

一輛小客車墜入海中，駕駛該車的川邊綠死亡。車上有一名一歲的嬰兒，因為沒有煞車痕跡，警方研判是駕駛人帶著嬰兒一起自殺。

我知道母親的名字，也知道以前住在哪裡，所以我確信報紙上寫的正是我母親和我的事。我很受打擊。不光是因為母親不是意外身亡，而是自殺這件事，更因為她想帶著我一起自殺，也就是說，母親並不希望我活下來，這件事對我造成強烈的衝擊。

走出圖書館後，我沒有回孤兒院。要問我去了哪裡，我也無法回答。因為我根本不記得了。當時，我滿腦子只想到我早就該死了，根本不應該活在世上。照理說，這個世界上最愛我的母親差一點殺了我，我這種人活在世上，到底有什麼價值。

第三天，我被帶到警局，因為我被人發現倒在百貨公司頂樓的小型遊樂園角落，至於為什麼會去那裡，我完全不知道，只記得曾經想過，從高處跳下去，應該不會有太大的痛苦。

我被送去醫院。因為我不僅身體虛弱，手腕上還有無數割痕。從我緊緊抱在胸前的皮包中，發現了沾滿血跡的美工刀。

那一陣子，我不願和任何人說話，甚至見到別人，都會令我感到極大的痛苦。我食不下嚥，一天比一天瘦。

這時，有一個人來醫院探視我。那是我在孤兒院內最要好的手帕交。我們同年，她有一個有身心障礙的弟弟。因為遭到父母的虐待，姊弟兩人一起被送來孤兒院。她唱歌很好聽，我也喜歡音樂，所以我們成為好朋友。

我和她之間可以正常聊天。閒聊了幾句之後，她突然對我說，今天來找我，是要告訴我一件重要的事。

她說，孤兒院的人把我的身世都告訴了她，她想和我談談這件事。我猜想應該是孤兒院的人拜託她的，因為除了她以外，我不和任何人說話。

我全都知道了，所以不想聽。我這麼回答她。她用力搖著頭對我說，我知道的只是其中的一小部分，對真相一無所知。

她問我，知不知道我媽媽去世時的體重。我回答說，我怎麼可能知道？她告訴我，只有三十公斤。我正想回答說，那又怎麼樣？但隨即反問她，三十公斤？才三十公斤嗎？

她點了點頭，告訴我以下的事。

找到川邊綠的屍體時，發現她整個人瘦骨嶙峋。警察去她的住處調查後，發現家中除了奶粉以外，沒有其他食物，冰箱裡也只有一個放了斷奶食品的碗而已。

聽川邊綠的朋友說，她沒有工作，存款也見了底。因為好幾個月沒付房租，所以房東要求她月底搬走。光是從這些情況，似乎可以判斷她因為走投無路，所以帶著女兒一起自殺。

但是，有一件事令人不解，那就是嬰兒。為什麼嬰兒能夠奇蹟似地生還？

我的朋友告訴我，那個嬰兒會活下來根本不是什麼奇蹟，但是，在說這件事之前，她要我看一樣東西。說著，她拿出一封信。

她說，這封信是在我媽媽的住處找到的，和我的臍帶放在一起，孤兒院一直為我保管。孤兒院的幾名職員商量後，決定等到適當的時機交給我。

那封信裝在信封裡，信封上寫著「綠河收」。

我略帶遲疑地打開了信，信上的字跡很漂亮。起初我以為那是我媽媽寫的，但看了內容之後，才知道並不是。那封信是別人寫給我媽媽的，「綠河」應該是我媽媽。

信的內容是向我媽媽提出的建議，我媽媽似乎找了這個人商量。從信的內容來看，媽媽為懷了有婦之夫的孩子，到底該生下來，還是該拿掉這件事感到煩惱。

得知了自己出生的秘密，我受到了新的打擊。想到自己是不道德行為的產物，就更為自己感到可悲。

我當著朋友的面，表達了對媽媽的憤怒。為什麼要生下我？早知道就不該生下我，只要不生我，她就不會那麼辛苦了，也不必帶著我一起自殺了。

我朋友說，並不是我想的那樣，叫我再仔細看那封信。

寫信的人在信末對我媽媽說，最重要的是，能不能讓生下來的孩子得到幸福。即使父母雙全，也未必代表孩子一定能夠幸福。如果無法做到為了孩子的幸福，願意付出一切代價的心理準備，即使有丈夫在身邊，也最好不要生下孩子。

「妳媽媽有充分的心理準備，能夠讓妳幸福，所以才會生下妳。」我朋友這麼對我說。「妳媽媽一直珍藏著這封信，就是最好的證明。」

所以，妳媽媽不可能帶著妳去自殺。我朋友這麼對我說。

她告訴我，車子墜入海中時，駕駛座那一側的車窗開到最大。事發當天，從早上就開始下雨，所以川邊綠不可能開車的時候打開窗戶，唯一的可能，就是墜海之後才打開的。

也就是說，那並不是帶著孩子去自殺，而是意外身亡。川邊綠因為飢餓，在開車時，因為營養失調導致貧血。她向朋友借車，應該真的如她所說，是要帶孩子去醫院。

但因為發生了貧血，導致短暫昏迷，墜入海中後，才終於清醒過來。她在混亂中打開了窗戶，第一件事就是把嬰兒送出車外，祈禱女兒能夠得救。

川邊綠的屍體被發現時，發現她身上還繫著安全帶。可能是因為貧血的關係，導致她意識不清。

當時，嬰兒的體重超過十公斤，可見川邊綠讓嬰兒攝取了足夠的營養。

我朋友說完這些後，問我有什麼感想，問我是不是仍然覺得自己不該被生下來。

我搞不清楚自己的想法。因為從來沒有見過媽媽，所以即使恨她，那種感情也很抽象。即使想要轉換成感謝的心情，也不知道該怎麼辦。於是，我只能說，沒有任何感想。

車子墜入大海是自作自受；她會窮到自己營養失調，才是最大的問題；身為父母，救自己的兒女是理所當然；因為太笨了，自己才無法順利逃脫。

聽到我說的這些話，我朋友打了我一巴掌。她對我說，不希望我這樣看待一個人的生命。說完，她哭了起來，問我是不是忘了三年前的火災。聽到她這麼問，我才如夢初醒。

三年前，孤兒院發生了一場火災。那天是聖誕夜，我嚇壞了。

我朋友的弟弟沒有及時逃出來，差一點葬身火窟，因為有人相救，她弟弟才撿回一條命。那個人是來聖誕派對演出的業餘音樂人，我記得那個看起來很溫柔的人。當大家都往外逃時，他聽了我朋友的拜託，轉身上樓去找她弟弟。最後，她弟弟得救了，那個人全身燒傷，送去醫院後死了。

我朋友哭著說，她和她弟弟會一輩子感謝那個人，也要一輩子補償。希望我也能夠體會生命的寶貴。

我終於瞭解為什麼孤兒院的職員會派她來找我。因為她最能讓我知道該怎麼看我媽媽。孤兒院職員的這個決定完全正確，我被她感化，也一起哭了起來，終於能夠坦誠地對著完全沒有任何記憶的媽媽表達感謝。

那天之後，我再也沒有覺得自己不該來到這個世界。雖然一路走來並不是一帆風順，但我覺得那是因為我活著，才會感受到這些痛楚，所以克服了重重困難。

於是，我很想知道當年是誰寫信給我媽，信末寫著「浪矢雜貨店」。我很納悶，這個人是誰？雜貨店又是怎麼一回事？

直到最近，我才從網路上得知有一個爺爺喜歡為人消煩解憂。因為有人在部落格上寫下對往事的回憶，我看到之後，繼續在網路上搜尋還有沒有其他相關資料時，看到了這次的公告。

浪矢雜貨店。

我由衷地感謝您給我媽媽的建議，我一直希望有機會表達這件事。萬分感謝。如今的我對自己充滿自信，很慶幸自己來到這個世界。

綠河的女兒敬上

P.S. 目前我是我那位朋友的經紀人。她發揮了在音樂方面的才華，成為日本具代表性的歌手。她也在用自己的方式報恩。

5

貴之仔細地把厚厚一疊信紙重新摺好，放回了信封。

「太好了，你當年的建議沒有錯。」

雄治搖著頭否認。

「我剛才也說了，重要的是當事人的心態。雖然我之前很煩惱自己的回答是否造成了他人的不幸，但回想起來，實在太滑稽了。我這個平凡的老頭子何德何能，我的回答怎麼可能具有影響別人人生的力量，真的是太不自量力了啊。」雖然他嘴上這麼說，但仍然忍不住露出喜悅的表情。

「這些信都是你的寶貝，要好好珍藏。」

貴之說，雄治露出沉思的表情，「關於這件事，我要拜託你。」

「什麼事？」

「希望你為我保管這些信。」

「我嗎？為什麼？」

「你應該也知道，我來日不多了。如果把這些信留在身邊，萬一被別人發現就糟了。因為這些信上所寫的都是未來的事。」

貴之發出呻吟。父親說得有理，雖然他完全沒有真實感。

「要保管到什麼時候？」

「嗯。」這次輪到雄治發出呻吟，「到我死的時候吧。」

「好，那就放進棺材，到時候就可以一起燒成灰了。」

「好主意，」雄治拍著大腿說，「就這麼辦。」

貴之點點頭，再度看著信。他實在無法相信這些都是來自未來的信。

「爸爸，」他問：「網路是什麼？」

「對啊，」雄治伸出食指，「我也完全搞不懂，剛才正在想這件事。其他好幾封信都提到這個字眼，說是在網路上看到公告，還有人提到手機。」

「手機？那是什麼？」

「我也不知道，可能有點像未來的報紙之類的東西吧？」雄治說著，瞇起眼睛看著貴之，「你看了剛才的信吧？你似乎信守了對我的承諾，在我死後第三十三個忌日當天發布了公告。」

「在網路或是手機上嗎？」

「八成是吧。」

「是喔，」貴之皺著眉頭，「怎麼會這樣？心裡有點毛毛的。」

「不必擔心，到了未來，你自然就知道了。我們走吧。」

就在這時，店舖那裡傳來動靜。啪答。好像有什麼東西掉落。貴之和雄治互看了一眼。

「又來了吧？」雄治說。

「信嗎？」

「嗯，」雄治點點頭，「你去看看。」

「好。」貴之說完，走去店鋪。店鋪內沒有整理，貨架上還放著商品。

鐵捲門前放了一個紙箱，貴之探頭一看，裡面有一張摺起的紙，似乎是信紙。他撿起之後，回到和室。「是這個。」

雄治攤開信紙，立刻露出訝異的神情。

「怎麼了？」貴之問。

雄治抿著嘴唇，把攤開的信紙推到貴之面前。

「啊！」貴之忍不住驚叫了起來，因為信紙上沒有寫任何字。

「這是什麼意思？」

「不知道。」

「惡作劇嗎？」

「也許吧，但是——」雄治看著信紙，「我覺得不太像。」

「那是怎麼回事？」

雄治把信紙放在桌上，抱起了雙臂。

「也許這個人還沒有得到結論，可能還在猶豫，還沒有找到答案。」

「所以就把空白的信紙投進來……」

雄治看著貴之說：

「對不起，你去外面等我。」

貴之眨了眨眼睛，「你要幹什麼？」

「那還用問嗎？當然是寫回信。」

「寫回信給這個人？但是，上面什麼都沒寫，你要怎麼回答？」

「我接下來會思考。」

「接下來思考……」

「不會太久的，你先出去。」

雄治的態度很堅定，貴之只好退讓。「好，那你盡可能快一點。」

「好。」雄治看著信紙回答，似乎已經聽不到別人說話了。

貴之來到屋外，發現天色並沒有太亮。他覺得很奇怪，因為剛才在家裡坐了很久。回到 CIVIC 上，他轉動著脖子，發現天空很快亮了起來。於是他知道，可能是屋內和屋外的時間流動方式不一樣。

他決定不向姊姊賴子和妻子芙美子面前提起這件事，因為即使說了，她們恐怕也不會相信。

他接二連三地打著呵欠等了很久，發現家裡的方向傳來動靜，雄治從狹小的防火巷走了出來。他拄著柺杖，緩緩走了過來。貴之下車上前迎接。

「寫好了嗎？」

「嗯。」

「你怎麼處理回信？」

「當然放進了牛奶箱裡。」

「這樣可以嗎？可以送到對方手上嗎？」

「嗯，我覺得應該可以。」

貴之偏著頭納悶，覺得父親好像變成另一種生物。

上車之後，貴之問：「你在那張白紙上寫了什麼？」

雄治搖搖頭，「不能告訴你，我上次不是就說過了嗎？」

貴之聳了聳肩，發動了引擎，正當他要駛離時，雄治說：「等一下。」貴之慌忙踩了煞車。

坐在副駕駛座上的雄治看著店舖出了神。數十年來，他以這家店維生，一定很不捨，而且，對他來說，那裡已經不光是做生意的地方而已了。

「好，」雄治低聲嘀咕道，「可以了，走吧。」

「可以了嗎？」

「對，一切都結束了。」雄治說完，在副駕駛座上閉起眼睛。

貴之把 CIVIC 開了出去。

## 6

因為太髒了，「浪矢雜貨店」幾個字看不太清楚，有點美中不足，但他還是按下了快門。然後，又改變取景角度，連續拍了幾張。他不擅長拍照，完全不知道拍得是否成功，但這不重要，因為這些照片並不是要給別人看的。

貴之站在馬路對面，眺望著眼前的老房子，不由得想起一年前，和雄治一起在這裡度過的夜晚。

回想起來，仍然覺得很不真實，他經常懷疑那是不是一場夢。收到來自未來的信，這種事真的可能發生嗎？他從來沒有和雄治談過那天晚上發生的事。

但是，他的確把當時收到的信放進了雄治的棺材中。賴子他們問他是什麼信的時候，他一時答不上來。

說到奇怪，雄治的死也很奇怪。雖然醫生說他隨時可能離開人世，但他沒有感到疼痛，他的生命之火持續微弱燃燒，就像一直拉不斷的納豆絲般，連醫生也感到驚訝不已。他幾乎不吃什麼東西，整天躺在床上，就這樣拖了一年，好像時間在雄治的身體上流動得特別緩慢。

「請問……」貴之怔怔地陷入了往事的回憶，有一個聲音把他拉回了現實，他慌忙轉頭，一個身材高瘦，穿著運動裝的年輕女人推著腳踏車站在他面前，腳踏車的後車座上綑著運動袋。

「是，」貴之回答，「有什麼事嗎？」

女人猶豫了一下問，「請問你是浪矢先生的家人嗎？」

貴之的嘴角露出笑容。

「我是他兒子，這是我父親的店。」

她驚訝地張著嘴，眨了眨眼睛，「原來是這樣。」

「妳知道這家雜貨店嗎？」

「對，喔，但是我並不是來買東西。」她帶著歉意聳了聳肩。

貴之點了點頭，立刻了然於心，「妳是來諮商煩惱的嗎？」

「對，」她回答說，「我得到了非常寶貴的意見。」

「是嗎？太好了，請問是什麼時候的事？」

「去年十一月。」

「十一月？」

「這家店不會再營業嗎？」她看著雜貨店問。

「……對，因為我父親去世了。」

她倒吸了一口氣，難過地垂下眉尾。

「是嗎？什麼時候？」

「上個月。」

「啊……請節哀。」

「謝謝，」貴之點了點頭，看著她的運動袋問：「妳在練什麼運動項目嗎？」

「對，擊劍……」

「擊劍？」貴之瞪大了眼睛。他有點意外。

「大家都對這項運動很陌生，」她露出微笑，騎上腳踏車，「不好意思，打擾你了，我先走了。」

「謝謝妳。」

貴之目送著女人騎著腳踏車遠去。擊劍。的確是很陌生的運動項目，只有奧運時，會在電視上看到而已，而且，只能在奧運集錦中看到。今年日本抵制莫斯科奧運，所以連奧運集錦也沒看到。

她說是去年十一月來諮商，恐怕搞錯了。因為那時候雄治已經住院了。

他突然想到一件事，過了馬路，走進店旁的防火巷，繞到屋後，打開牛奶箱的蓋子。牛奶箱內是空的。雄治那天晚上在白紙上寫的回信，不知道是否順利送到了未來？

## 7

二〇一二年九月——

浪矢駿吾坐在電腦前舉棋不定。還是別冒險吧。萬一做什麼壞事引起風波就麻煩了。因為這是家裡的電腦，網路警察只要一查就查到了，而且，聽說網路犯罪的罪責特別重。

但是，轉念一想，又覺得貴之拜託他的並不是什麼壞事。因為貴之到臨死之前，腦筋都很清楚，交代他這件事時，口齒也很清晰。

貴之是駿吾的祖父，去年年底罹患胃癌去世了。聽說貴之的父親也是因癌死亡，搞不好是家族遺傳。

貴之在住院前，把駿吾叫去自己的房間，突然說有事要拜託他，而且要求他不可以告訴別人。

「什麼事？」駿吾問。他無法戰勝自己的好奇心。

「駿吾，你好像對電腦很在行。」貴之問。

「嗯，算是很在行吧。」駿吾回答。他在中學參加了數學社，經常用電腦。

貴之拿出一張紙。

「明年九月，你把這上面寫的內容公布在網路上。」

駿吾接過紙，看了上面的內容，發現內容很奇怪。

「這是什麼？怎麼回事？」

貴之搖搖頭。

「你不必想太多，總之，我希望讓很多人知道這上面寫的內容。你應該有辦法做到吧？」

「應該可以……」

「我很希望自己去做，因為當初是這麼約定的。」

「約定？和誰？」

「我父親，就是你的曾祖父。」

「爺爺的爸爸……」

「但我要去住院了，不知道能活到什麼時候，所以想拜託你這件事。」

駿吾不知道該怎麼回答。他從父母的談話中得知，貴之已經活不久了。

「好。」駿吾答應了，貴之心滿意足地頻頻點頭。

不久之後，貴之就去世了。駿吾參加了守靈夜和葬禮，覺得躺在棺材裡的祖父似乎在對他說：「交給你囉。」

之後，他始終記得和貴之之間的約定，不知道該怎麼辦，很快就到了約定的九月。

駿吾看著手上的紙。那是貴之交給他的，紙上寫著以下的內容。

九月十三日凌晨零點零分到黎明之間，浪矢雜貨店的諮商窗口復活。在此拜託曾經到雜貨店諮商，並得到回信的朋友，請問當時的回答對你的人生有什麼意義？有沒有幫助？還是完全沒有幫助？很希望能夠瞭解各位坦率的意見，請各位像當年一樣，把信投進店舖鐵捲門的投遞口。拜託各位了。

除了那張紙以外，貴之還交給他另一樣東西。那是「浪矢雜貨店」的照片。駿吾沒有去過，但聽說雜貨店至今仍然在那裡。

駿吾曾經聽貴之說過，浪矢家以前開雜貨店，但並不瞭解詳細的情況。

諮商窗口是什麼？復活又是什麼意思？

還是算了吧，萬一造成不堪設想的後果就麻煩了。

駿吾正想關掉筆電，眼角瞥到一樣東西。

那是他放在書桌角落的手錶。那是他最喜歡的爺爺——貴之的遺物，他特地拿來留作紀念。這只手錶每天慢五分鐘，聽說是貴之考進大學時，他父親送給他的。

駿吾看著電腦，自己的臉映在黑色的液晶螢幕上，和爺爺的臉重疊在一起。

必須遵守男人之間的約定——駿吾打開了電腦。

# 第四章／聽著披頭四默禱

## 1

走出車站，走在商店林立的街上，和久浩介察覺到內心有一種幸災樂禍的情緒在內心擴散。我沒有猜錯，果然不出所料，這裡也很冷清。一九七〇年代，這裡出現了很多外來人口，車站前的商店街一度繁榮。四十年的歲月過去了，時代在變化，地方城鎮到處可以看到拉下鐵門的商店，這個城鎮沒有理由可以倖免。

他對照著記憶中的景象，緩緩走在街上。他對這個城鎮的記憶很模糊，但實際走在街上，勾起了很多回憶，連他自己也不禁感到驚訝。

這個城鎮當然也不是完全沒變。商店街上已經看不到以前母親經常買魚的那家鮮魚店，記得那家店名好像叫「魚松」。曬得黝黑的老闆總是很有精神地對著商店街的路人大聲吆喝：太太，今天的牡蠣很棒喔，不買就虧大了，記得買給老公補一補──

那家鮮魚店到底發生了什麼事？聽說老闆有一個可以繼承家業的兒子，但記憶很模糊，可能和其他店家搞錯了。

沿著商店街走了一陣子，感覺好像差不多了，便轉進了右側那條路。他不知道是否能夠順利走到目的地。

浩介沿著昏暗的街道往前走。雖然有路燈，但並不是每一盞路燈都亮著。自從去年那場地震後，日本全國都提倡省電，路燈也只維持能夠看到腳下路面的亮度。

浩介覺得和他小時候相比，這一帶的住宅變得很密集。他隱約記得讀小學時，這個城鎮推動了開發計畫。以後會有電影院喔──當時，班上曾經有人這麼說。

那個計畫應該很成功吧。之後適逢泡沫經濟的巔峰時期，這個城鎮很快成為東京的衛星城市，吸引了不少新居民入住。

前方是一個T字路口。他並不感到意外，因為眼前的路況完全符合他的記憶。浩介在T字路口右轉。

走了一會兒，來到緩和的上坡道。這段路也符合記憶。再走一小段路，應該就可以看到那家店。除非那個公告是假消息。

浩介看著腳下走路。因為一旦看著前方，很快就會知道那家店到底還在不在，但他決定低著頭走路，他害怕太早知道答案。即使那是假消息，他也希望維持這份期待到最後一刻。

他停下了腳步。因為他以前來過很多次，所以知道已經來到那家店的位置。

浩介抬起頭，隨即用力深呼吸，又吐了一口氣。

那家店還在。「浪矢雜貨店」，這家店影響了浩介的命運。

他緩緩走了過去。看板太老舊了，看不清上面的字，鐵捲門上滿是鏽斑，但是，那家店依然如故，彷彿在等待浩介的到來。

他看了一眼手錶，還不到晚上十一點。自己太早到了。

浩介環顧四周，沒有看到半個人影。不像有人住在這棟房子，真的可以相信那個公告嗎？說到底，那只是網路上的消息，或許應該懷疑一下公告的真實性。

但是，在這個年頭，用「浪矢雜貨店」的名義發布假消息有什麼好處？知道那家店的人並不會太多。

總之，再繼續觀察一下。浩介心想。而且，自己還沒有寫信。即使想要參與這個奇妙的活動，沒有寫信，當然就什麼都免談了。

浩介沿著來路往回走。經過住宅區，來到車站前的商店街。大部分商店都拉下了鐵門。他原本期待有二十四小時營業的芳鄰餐廳，但他的期待落空了。

他看到一家便利商店，就走了進去。他要去買一些東西。他在文具區拿了文具，到收銀台結帳。店員是一個年輕男子。

「這附近有沒有開到深夜的餐廳，像是居酒屋之類的？」結完帳後，他問店員。

「前面有幾家小酒館，但我沒去過。」店員冷漠地說。

「是嗎？謝謝。」

走出便利商店，他又走了一小段路，的確看到幾家小型居酒屋和小酒館，每家店的生意都很冷清，可能只有附近商店的老闆會去光顧吧。

當浩介看到其中一家店的看板時，忍不住停下腳步。那家店名叫「Bar Fab4」，他當然不能視而不見。

浩介推開深色的店門，向店內張望。前方有兩張桌子，後方是吧檯，一個穿著黑色無袖洋裝的女人坐在高腳椅上，一頭俐落的短髮。店裡沒有其他人，這個女人應該是媽媽桑。

女人有點驚訝地轉過頭。「你是客人嗎？」

她年約四十多歲，五官很有日本味。

「對，太晚了嗎？」

浩介問。她淡淡地笑了笑，從椅子上跳了下來。

「不會，本店營業到十二點。」

「那我要喝一杯。」浩介走進店內，坐在吧檯最角落的座位。

「不必坐那個角落，」媽媽桑苦笑著為他遞上小毛巾，「今天應該不會有其他客人了。」

「沒關係，我想一邊喝酒，一邊做其他事。」他接過小毛巾，擦了擦手和臉。

「做其他事？」

「嗯，有點事要忙。」他含糊其詞，因為很難說清楚。

媽媽桑沒有追問。

「是嗎？那我就不打擾了，你慢慢忙吧。想喝什麼？」

「呃，那給我啤酒，有黑啤酒嗎？」

「健力士啤酒可以嗎？」

「當然。」

媽媽桑蹲在吧檯內側。吧檯內似乎有冰箱。

她拿了一瓶健力士啤酒，打開瓶蓋，把黑啤酒倒進杯子。她很會倒酒，啤酒表面浮起兩公分像是奶泡般的泡沫。

浩介咕嚕喝了一口，用手背擦了擦嘴角。獨特的苦味在嘴裡擴散。

「媽媽桑，如果不介意，妳也喝一杯吧。」

「謝謝。」媽媽桑把裝了果仁的小碟子放在浩介面前，拿了一個小杯子，倒了黑啤酒，「那我就不客氣了。」

「請用。」浩介回答後，從便利商店的塑膠袋裡拿出信紙和水性筆，放在吧檯上。

媽媽桑露出驚訝的表情，「你要寫信嗎？」

「對，差不多吧。」

媽媽桑了然於心地點點頭，貼心地移到稍遠處。

浩介喝了一口健力士，打量著店內。

雖然這家小酒館位在人煙稀少的城鎮，但並不俗氣，椅子和桌子的設計都很簡單素雅。

牆上貼著海報和插畫。那是四十多年前，全世界最知名的四個年輕人，還有另一張商業設計風格的黃色潛水艇。

Fab 4是「Fabulous 4」的縮寫，翻譯成日文，就是「完美四人組」，是披頭四的別稱。

「這裡是披頭四的音樂酒吧嗎？」浩介問媽媽桑。

她輕輕聳了聳肩。

「是以此做為賣點啦。」

「是喔。」他再度打量著店內，牆上裝了液晶螢幕，他很想知道會播放披頭四的哪些影像。〈一夜狂歡〉（A hard day's night）嗎？還是〈救命！〉（Help!）？這個窮鄉僻壤的小酒吧不可能有浩介不知道的私藏影像。

「媽媽桑，以妳的年紀，應該對披頭四不熟吧？」

聽到浩介的問題，她再度聳了聳肩。

「不會啊，我上中學時，披頭四才解散兩年左右，我們都很迷他們的歌，到處都有各種活動。」

浩介審視著她的臉。

「我知道問女人這種問題很失禮……」

媽媽桑立刻察覺到他想問什麼，苦笑著說：

「我已經不是在意這種事的年紀了，我屬豬。」

「屬豬的話……」浩介眨了眨眼睛，「比我小兩歲？」

媽媽桑看起來不像五十多歲的人。

「啊喲，是嗎？你看起來比實際年齡年輕。」媽媽桑說。這當然是奉承話。

「太驚訝了。」浩介嘀咕道。

媽媽桑遞給他一張名片。名片上印著她的名字原口惠理子。

「你不是住在這附近吧？是因為工作來這附近嗎？」

浩介不知道該怎麼回答，一時想不到適合的敷衍話。

「不是工作，是回老家，以前我住在這裡，差不多四十年前。」

「是喔，」媽媽桑瞪大了眼睛，「那以前我們可能在哪裡見過。」

「也許吧。」浩介含了一口啤酒，「對了，怎麼沒有背景音樂？」

「啊，對不起，先放固定的CD可以嗎？」

「都可以。」

媽媽桑走回吧檯，操作著手邊的機器。不一會兒，牆上的揚聲器傳來熟悉的前奏，是〈溫柔地愛我〉（Love me tender）。

第一瓶健力士很快就喝完了，他又點了第二瓶。

「妳還記得披頭四來日本時的事嗎？」浩介問。

她「嗯」了一聲，皺起了眉頭。

「好像在電視上看過，但可能是錯覺。可能是聽到我哥哥他們在聊天，以為是自己的記憶。」

浩介點點頭，「有可能。」

「你記得嗎？」

「是啊，只是當時我年紀還很小，但我親眼看到了。雖然不是現場轉播，我記得在電視上看到披頭四走下飛機，坐上凱迪拉克行駛在首都高速公路上。當然，很久以後，我才知道那輛車是凱迪拉克，我還記得當時的背景音樂是〈月光先生〉（Mr. Moonlight）。」

「月光先生。」媽媽桑重複著。

「那首歌不是披頭四的原創歌曲吧。」

「對，在那次公演之後，那首歌才出名，所以很多人以為是他們的原創歌曲。」浩介發現自己越說越激動，立刻閉上了嘴。他已經好久沒有和別人聊得這麼投入了。

「那個時代真好。」媽媽桑說。

「對啊。」浩介喝完杯子裡的啤酒，又立刻倒了黑啤酒。

他的思緒飛到了四十多年前。

## 2

披頭四來日本時，浩介還不太瞭解他們，只知道是外國知名的四人樂團，所以，當他發現堂哥在電視前看著披頭四訪日的轉播畫面，忍不住流下眼淚時，他發自內心地感到驚訝。堂哥是高中生，在剛滿九歲的浩介眼中已經是大人了。他覺得這個世界上原來有這麼厲害的人，只是來日本，就可以讓一個大男人流下感動的眼淚。

三年後，堂哥突然死了。他騎機車發生了車禍。他的父母哭著後悔讓兒子考取了機車駕照，還在葬禮上說，就是因為聽那些音樂，才會結交壞朋友。那些音樂指的就是披頭四的音樂。伯母咬牙切齒地說，要把堂哥的唱片統統丟掉。

如果要丟掉，我想要那些唱片，浩介說。因為他想起三年前的事。他希望親耳聽聽讓堂哥那麼癡迷的披頭四到底是怎麼一回事。他那時候快上中學了，對音樂產生了興趣。

其他親戚都勸浩介的父母，不要接收那些唱片，因為他們擔心浩介也像堂哥一樣學壞，但是，浩介的父母沒有理會他們的建議。

「聽流行音樂未必就會學壞，而且，哲雄並沒有學壞。只要是活潑一點的高中生都會騎機車。」父親貞幸對那些長輩的擔心一笑置之。

「對啊，我家的孩子不會有問題。」母親紀美子也表示同意。

浩介的父母都喜歡追求新事物，和那些認為小孩子只要留長髮就是學壞的家長很不一樣。

堂哥幾乎蒐集了披頭四在日本推出的所有唱片，浩介如癡如醉地聽著堂哥留下的這些唱片。他以前從來沒有聽過這種音樂，第一次感受的旋律、第一次體會的節奏刺激了他體內的某些東西。

披頭四訪日後，出現了很多以電吉他為主的樂團，風靡了日本音樂界，但浩介覺得那些樂團只是在模仿披頭四，是品質低劣的冒牌貨。果不其然，風潮很快就過去了。

升上中學後，班上有很多披頭四的歌迷，浩介有時候請他們來家裡作客。

班上的同學一走進他的房間，看到他房間內的音響，個個都發出驚嘆聲。這也難怪，因為在他們的眼中，由最新型的增幅器和擴音喇叭組成的系統音響簡直就像是未來的機器，同學都很納悶，為什麼這種裝置會出現在小孩子的房間內。當時，即使是家境優渥的家庭，也會把像家具般的組合音響放在客廳，全家人一起聽唱片。

「藝術要捨得花錢。這句話是我爸爸的口頭禪，既然聽音樂，就要聽優秀的音質，否則就沒意思。」

聽到浩介的回答，同學都羨慕不已。

浩介用最先進的音響設備和他們分享了披頭四的音樂，他蒐集了所有披頭四在日本推出的唱片，這件事也令同學感到驚訝。

你爸爸到底是做什麼工作的？同學來家裡玩時，都會問這個問題。

「我也不太清楚，好像買賣很多東西。用便宜的價格買進來，再用高價賣出去，這樣不是可以賺錢嗎？我爸爸開這種公司。」

所以，你爸爸是老闆嗎？——聽到同學這麼問，他只好回答，差不多吧。他很難讓自己的回答聽起來不像在炫耀。

事實上，他也覺得自己很幸運。

浩介住在山丘上的一棟歐式兩層樓房子，庭院內鋪著草皮，天氣好的時候，全家人經常在庭院裡烤肉，通常父親公司的員工也會一起參加。

「以前，日本在世界這家公司內只是普通員工，」父親貞幸經常在下屬面前高談闊論，「但是，以後就不一樣了，日本人必須成為領導者。因此，我們必須瞭解世界。外國是生意上的敵人，但也同時是生意上的朋友，千萬不能忘記這一點。」

聽到貞幸用洪亮的男中音說話時，浩介總是感到驕傲不已。他完全相信父親說的話，也覺得父親是全世界最可靠的人。

浩介毫不懷疑自己家是有錢人這件事。模型、遊戲、唱片——只要他想要的東西，父母都會幫他買，甚至還幫他買了昂貴的衣服、手錶這些他並不怎麼想要的東西。

父母也很奢侈。貞幸手上戴著金錶，總是叼著高級雪茄，車子也常常換。母親紀美子也不遑多讓，她把百貨公司貴賓部的業務員找來家裡，看型錄訂購商品。

「用廉價的東西，整個人也會變得廉價。」紀美子經常這麼說，「不光會讓自己看起來廉價，而是真的會越來越落魄，或者說，人性也會變得卑劣，所以，隨身物品一定要用高級貨。」

紀美子也很注重美容，所以，她比同齡的女人看起來年輕十歲。每次紀美子出現在學校的教學參觀日時，班上的同學就會感到驚訝。有這麼年輕的媽媽真好——浩介從小不知道聽過這句話多少次了。

自己的頭頂上是藍天，隨時都有太陽照射。他對此深信不疑。

然而，從某個時期開始，他感受到生活出現了微妙的變化。剛邁入七〇年代的那一年，他感受到烏雲籠罩了自己的生活。

萬國博覽會成為那一年最大的話題，舉國上下都為之瘋狂。

浩介在那年四月升上了二年級，他原本計畫在春假的時候去參觀萬國博覽會。比別人更早去，就可以向別人炫耀。父親也曾經對他說，春假的時候一起去。

三月十四日，萬國博覽會在日本熱鬧地開幕了，浩介在電視上看到了開幕的情況，顯像管中播出的開幕式華麗卻空洞無物，但充分向世界展示日本完成了高度經濟成長。他覺得父親的話果然說對了，日本正漸漸成為世界的領導者。

但是，貞幸遲遲不提去萬博的事。有一天晚上，浩介不經意地提起這件事，貞幸皺著眉頭冷冷地說：

「萬博嗎？最近不行，我太忙了。」

「最近不行，那要等到黃金週去嗎？」

父親沒有回答，一臉不悅地看著經濟報。

「萬博有什麼好看的，」紀美子在一旁說道，「只是各個國家在誇示自己的實力，還有一些類似遊樂園的設施，你已經讀中學了，還想去那種地方嗎？」

被母親這麼一說，他不知如何回答。浩介想去萬國博覽會並不是有什麼具體的目的，而是因為已經在同學面前誇下海口，不去的話，面子上掛不住。

「總之，今年要好好用功，明年就是三年級了，不開始準備考高中的事，一年的時間很快就過去了。你現在哪有時間去想萬博這種事。」紀美子繼續說了一番浩介無法反駁的話，浩介只能沉默不語。

但是，不光是這件事讓他感到不對勁，許多事都讓他直覺地領悟到，周圍發生了變化。

比方說，他的運動服。由於他正在發育，衣服很快就變小了。以前母親都會立刻幫他買新的運動服，但這次紀美子有了不同的反應。

「去年秋天才買，又變小了嗎？你再湊合著穿一陣子，因為即使買新的，也很快又會變小了。」

母親說話的語氣，好像他身體長大是一種罪過。

家裡不再舉辦烤肉派對。假日的時候，下屬不再來家裡玩，貞幸也不再出門打高爾夫，取而代之的是家中爭吵不斷。貞幸和紀美子經常吵架，雖然浩介不太瞭解詳情，但隱約察覺到是為了錢的事。

妳應該盡一點本分，貞幸抱怨道。是你自己沒出息，紀美子反脣相譏。

貞幸的愛車福特雷鳥不知道什麼時候從車庫消失了，他每天搭電車去公司；紀美子不再血拚，夫妻兩人整天都悶悶不樂。

就在這時，浩介得知了一個令人難以置信的消息——披頭四解散了。聽說英國的報紙報導了這則新聞。

他和同好交換情報，當時沒有網路，也沒有社群平台MIXI，大家只能從媒體得知相關的消息。我看到報紙上這麼寫，廣播裡報了這則消息，外國的報紙好像這麼寫——根據這些不怎麼可靠的消息進行分析，發現傳聞似乎是真的。

怎麼可能？為什麼會發生這種事？

關於解散原因的消息更是眾說紛紜。有人說是保羅．麥卡尼的太太和小野洋子不和，也有人說，是喬治．哈里森厭倦了樂團的活動，完全不知道什麼是真，什麼是假。

「你知道嗎？」一個同學對浩介說，「聽說當初披頭四一點都不想在日本公演，但因為可以賺不少錢，所以唱片公司的人強勢主導了日本公演。那時候，披頭四厭倦開演唱會，一點都不想唱，事實上，之後就沒有再舉辦演唱會。」

浩介也曾經聽說過這個傳聞，但他不相信，或者說，他不願意相信。

「但我聽說演唱會很熱鬧，披頭四也表演得很開心。」

「事實並非如此。聽說一開始，披頭四並不想好好演奏，因為他們覺得反正觀眾會大吼大叫，根本聽不到他們唱歌和演奏的聲音，以為只要隨便演奏一下，隨便唱一下也不會有人發現。沒想到日本的觀眾很安靜，演奏也聽得一清二楚，所以他們在中途突然認真開始演奏。」

浩介搖著頭說：「我不相信。」

「即使你不相信，聽說事實就是如此。我也不願意相信這種事，但也沒辦法啊，披頭四也是凡人，對他們來說，日本根本就是一個鄉下小國家，只要隨便演奏敷衍一下，就可以回英國了。」

浩介繼續搖著頭，回想起電視節目中介紹他們訪日的畫面，也回想起堂哥看著電視流淚的臉龐。如果同學的話屬實，堂哥的眼淚算什麼？

從學校回家後，他關在自己的房間內，一直聽著披頭四的歌。他無論如何都無法相信，他們不會再推出新的歌曲。

他整天悶悶不樂。進入暑假後，他的心情也無法好起來。他整天想著披頭四的事，不久之後，得知推出了《Let it be》這部電影的消息，但浩介他們住的城鎮沒有上演。聽說只要看這部電影，就可以知道他們解散的理由。光是想著那部電影在演什麼，他就無法入睡。

在那個動蕩的年代，他也面臨了人生最大的選擇。

某天晚上，他像往常一樣在房間裡聽披頭四的歌，紀美子沒有敲門就走進他的房間。浩介正打算要抗議，卻張著嘴說不出話。因為母親的臉上帶著之前從來沒有見過的黯淡表情。

「你來一下，有重要的事要和你談。」

浩介默默點頭，關掉了音響。雖然他完全不知道要和他談什麼，但之前就預感到會有這麼一天，他也料想到父母即將和他談的八成不是好事。

貞幸在客廳喝著白蘭地。那瓶高級白蘭地是他出國時買的免稅品。

浩介坐了下來，貞幸緩緩開了口。他說的內容令浩介不知所措。

月底就要搬家，你收拾一下。而且，搬家的事不可以告訴任何人。

浩介莫名其妙，問父親到底是怎麼回事？為什麼要突然搬家？貞幸回答說：

「我在做生意，做生意就像打仗，重要的是能夠從敵人手上奪取多少財產，你應該瞭解吧？」

父親平時經常把這些話掛在嘴上，所以浩介點點頭，貞幸繼續說道：

「打仗的時候，有時候必須撤退。這是理所當然的道理，因為一旦被奪走性命，什麼都完了。這一點你也應該瞭解吧？」

浩介沒有點頭。如果真的是打仗，父親的話沒錯，但做生意並不會被人奪走性命。

但是，貞幸不理會他的反應，繼續說道：

「我們要在這個月底撤退，要搬離這個家。不過，你不必擔心，不會有問題的。你只要跟著我們走就好，雖然必須轉學，但不會有問題的。現在剛好放暑假，第二個學期可以在新學校讀。」

浩介大驚失色。要突然轉學到一個陌生的學校嗎？

「這根本是小事一樁嘛，」貞幸一派輕鬆地說，「有些小孩因為父親的工作關係轉學好幾次，這種事並不稀奇。」

聽了父親的話，浩介有生以來第一次感到不安。那是對人生的不安。

第二天，紀美子在廚房下廚時，浩介站在廚房門口問：

「我們要跑路嗎？」

正在用平底鍋炒菜的紀美子雙手停了下來。

「你向別人提起這件事嗎？」

浩介搖搖頭。

「沒有，但是我聽了爸爸說的話，覺得應該是這麼一回事。」

紀美子嘆了一口氣，繼續炒菜。「千萬不能告訴任何人。」

他原本抱著一線希望，期待母親會否認。他只覺得眼前一片漆黑。

「為什麼會這樣？我們家這麼窮嗎？」

紀美子沒有回答，默默地繼續炒菜。

「這是怎麼回事？我的高中怎麼辦？我要讀哪一所高中？」

紀美子微微轉動脖子。

「這種事，等去那裡之後再考慮。」

「那裡是哪裡？我們要搬去哪裡？」

「別煩了，」紀美子頭也不回地說，「如果你不滿意，去向你爸爸說，那是他決定的事。」

浩介說不出話，他不知如何是好，甚至不知道該難過，還是該生氣。

他整天關在自己房間裡聽披頭四的歌。他戴上耳機，把音量開到最大，在聽歌的時候，可以暫時拋開所有不開心的事。

但是，他唯一的樂趣也被剝奪了。貞幸說，要賣掉音響。

浩介當然反對，說絕對不可以賣掉，但父親不理會他。

「搬家的時候，體積那麼大的東西很麻煩，等安定下來後，再幫你買一台新的音響，在此之前，你暫時忍耐一陣子。」貞幸用冷淡的語氣說道。

浩介火冒三丈，忍不住說：「根本不是搬家，而是跑路。」

貞幸頓時氣勢洶洶地瞪著他：

「如果你敢在外面亂說，我絕對不饒你。」

他說話的口吻簡直就像黑道。

「別這麼做嘛，我不想偷偷摸摸的。」

「你少囉嗦，你什麼都不知道，給我閉嘴。」

「但是——」

「你不想活了嗎？」貞幸瞪著眼睛，「如果被人發現我們跑路，就會統統被幹掉，這樣也無所謂嗎？只有一次機會，只能成功，不許失敗。一旦錯過這次機會，我們一家三口只有死路一條。現在已經走投無路了，所以你也要稍微配合一點。」

父親雙眼通紅。浩介說不出話，他的內心開始崩潰。

幾天後，幾個陌生男人上門，把浩介房間內所有音響都搬走了。貞幸不在家，其中一個男人把錢交給紀美子。

浩介看著沒有音響的房間，內心氣得想要殺人，甚至覺得失去了生命的意義。

既然無法聽披頭四，就沒有理由整天窩在家裡。那天之後，浩介經常外出，但是，他沒有去找朋友。因為只要和朋友見面，他擔心自己會忍不住說出要跑路的事，也擔心瞞不住音響已經賣掉這件事。

但是，他身上沒什麼錢，即使去遊樂場也無法玩太久。於是，他常常去圖書館。鎮上最大的圖書館沒什麼人，但自修室擠滿了想要吹冷氣的學生，大部分都是準備考大學的高中生和重考生。浩介看著他們，內心深感不安，不知道自己是否也可以有這麼一天。

他對父母，尤其對父親貞幸失望透頂。在此之前，浩介為父親感到驕傲。他深信貞幸所做的一切都是正確的，只要遵從父親的指示，有朝一日，自己也可以像父親一樣成功。

但是，現實完全不是這麼一回事。從不時聽到父母的談話中，浩介大致瞭解了情況。

貞幸非但不是成功者，而且還是個卑鄙小人，欠下大筆債務後，打算一逃了之。公司的經營出了極大的問題，根本不可能重新站起來，下個月就會事跡敗露，他向員工隱瞞了情況，只打算自己逃走。

到底該怎麼辦？只能按照父母的旨意生存嗎？但是，即使他不願意，也沒有其他的選擇。

浩介在圖書館看著披頭四的相關書籍，持續陷入煩惱，但任何書上都沒有答案。

3

跑路的日子一天一天逼近，浩介無能為力。父母叫他趕快收拾行李，但他完全提不起勁。

有一天，他去圖書館時，平時走的那條路在施工，他只能繞道而行，結果發現有一群小孩子聚集在一家店門口。他們看著店內的牆壁，笑得很開心。

浩介走過去，站在那些小孩子身後張望，發現牆上貼了好幾張看起來像是信紙的東西。

加美拉的朋友

問：怪獸加美拉一邊打轉，一邊飛，頭不會暈嗎？

回答：加美拉應該學過芭蕾，芭蕾舞者即使轉再快，也不會頭暈。

浪矢雜貨店

問：我模仿王貞治選手，用金雞獨立式擊球，但完全打不出全壘打，該怎麼辦呢？

右野八號

回答：先練好雙腿站立擊出全壘打，再來挑戰金雞獨立式。如果兩條腿也不行，不妨再增加一條腿，試試三條腿。總之，不要一開始就想一步登天。

浪矢雜貨店

喔，原來是這家店。浩介立刻瞭解狀況了。他之前曾經聽同學提過。

聽說這家雜貨店的老闆會解答所有的煩惱，但幾乎沒有人認真諮商煩惱，都是讓一些雜貨店老闆爺爺傷腦筋的問題，大家都想看爺爺怎麼回答這些惡搞的問題。

無聊死了，根本是小孩子的遊戲。浩介立刻轉身離開。

但是，下一剎那，他的腦海中閃過一個念頭。

他回到家裡。貞幸去上班，當然不在家，紀美子也不在。

他走進自己房間，拿出報告紙。他不太擅長寫文章，但花了三十分鐘後，終於完成了以下的內容。

我爸媽打算帶著我跑路。

因為爸爸欠了很多錢，沒辦法還債，公司也快倒閉了。

他們打算在這個月底，帶著我偷偷逃離這裡。

他們叫我轉學。

我很想阻止他們，聽說討債的人會追到天涯海角，想到一輩子都要逃，我就覺得很害怕。

我該怎麼辦？

保羅・藍儂

他看了幾遍之後，把報告紙摺成四摺，放進牛仔褲口袋，再度走出家門。

他沿著和剛才相同的路回到浪矢雜貨店附近，在不遠處觀察了一陣子，發現店內沒有客人，浪矢爺爺在裡面看報紙。現在是大好機會。

浩介深呼吸後，走向雜貨店。他剛才已經確認過投諮商內容的箱子，剛好放在爺爺不容易看到的位置。應該是浪矢爺爺特地這麼安排的。

他看著爺爺，走進店內。爺爺仍然在看報紙。

浩介從口袋裡拿出摺成四摺的報告紙，站在牆壁前，假裝看著牆上的貼文。箱子就在前面。他的心臟激烈跳動，內心有點遲疑。這麼做沒問題嗎？

這時，他聽到小孩子的聲音。好像有好幾個人。慘了。如果那幾個小孩子來店裡，自己就沒機會了。

他鼓起勇氣，把紙投進了箱子，沒想到發出「咚」的聲音，浩介忍不住縮起身體。

這時，幾個小孩吵吵嚷嚷地走了進來。一個看起來像是五年級的少年一開始就問：「爺爺，鬼太郎的鉛筆盒呢？」

「我問了幾家批發商，幫你找到了，是不是這個？」

少年立刻感動地驚叫：「太厲害了，就是這個，和我在雜誌上看到的一模一樣。爺爺，等等我，我現在就回去拿錢。」

「好啊，路上小心。」

浩介背對著他們，聽著他們的對話，走出了雜貨店。那個少年應該訂了有「鬼太郎」插圖的鉛筆盒。

走去馬路之前，浩介一度回頭，發現雜貨店老闆的爺爺也正抬頭看著他。兩個人四目相接，他立刻快步離去。

走在路上時，他已經開始後悔。早知道不應該把那張紙投進去。剛才被那個爺爺看到自己的長相了，把紙投進去時發出了聲音。等一下爺爺打開箱子，發現那張紙時，就會知道是自己投進去的。

但是，他在擔心的同時，也有一種豁出去的心情，覺得這樣也無所謂。那個爺爺會像平時一樣，把「保羅．藍儂」的信貼出來，只是不知道爺爺會怎麼回答。重要的是，這個城鎮的人都會看到那封信。

這個城鎮有人打算跑路——大家都會討論這個傳聞吧？傳聞散播後，搞不好會傳入借錢給貞幸公司的人的耳朵。他們可能會懷疑是和久貞幸準備跑路，到時候，應該會採取什麼因應措施。

當然，最好是父母先聽到這個傳聞，取消原本的跑路計畫。

這是浩介下的賭注。對國中二年級的他來說，這是一場最大的賭博。

第二天下午，浩介走出家門，直奔浪矢雜貨店。幸好浪矢爺爺不在店裡，可能去上廁所了。浩介覺得眼前正是大好時機，抬頭看著牆壁，發現比昨天多了一張紙，但那不是他寫的信。那張貼文上寫了以下的內容。

致保羅．藍儂：

我收到了你的煩惱。

回答放在我家的牛奶箱內，請去店鋪後方取信。

＊致各位：

牛奶箱中是浪矢雜貨店寫給保羅．藍儂的信。

請其他人不要去碰那封信，擅自偷看或偷竊他人的信是犯罪行為，請各位自重。

浪矢雜貨店

浩介手足無措，眼前的發展完全出乎他的意料。他的信沒有貼出來，原本他打算孤注一擲，沒想到揮棒落空了。

但是，他很在意浪矢爺爺到底在回信中寫了什麼內容，爺爺針對自己的信寫了相關建議嗎？

浩介走出店外，確認四下無人後，走進店旁一公尺寬的防火巷，一直走到底。來到雜貨店的後門，發現那裡有一個木製的老舊牛奶箱。

他戰戰兢兢地打開牛奶箱蓋子，裡面沒有牛奶瓶，而是放了一封信。他拿出信後，看了信封表面，發現上面寫著「保羅．藍儂先生收」。

浩介握緊信封，沿著防火巷往回走。正打算走回馬路上時，發現有人經過，他慌忙縮著頭。確認周圍沒人後，才回到馬路上，一路跑了起來。

他來到圖書館，但並沒有進去，而是在圖書館前小公園的長椅上，再度打量著信封。信封用膠水黏住了，可能為了預防第三者偷看。浩介用指尖小心翼翼地打開信封。

信封內放了好幾張信紙，浩介用來寫信的報告紙也放在裡面。他打開信紙，看到上面用黑色鋼筆寫了滿滿的字。

致保羅．藍儂：

看到你的信了。老實說，我嚇了一跳。因為附近的小孩子調侃我這家店叫 Nayami（煩惱）

雜貨店，所以我開了煩惱諮商室，其實只是和小孩子之間的遊戲，和那些孩子之間的拌嘴而已，但你的信中寫了真正的煩惱，而且這個煩惱很緊迫。看信的時候，我在想，你是不是搞錯了，聽信了浪矢雜貨店可以解決所有煩惱的傳聞，所以才會寫這麼嚴肅的內容。果真如此的話，我認為必須將信退還給你，因為你應該找其他更合適的人討論這件事。所以，我隨信附上了你寫給我的信。

但是，如果我什麼都不回答，似乎很不負責任。即使是你誤會了，也曾經想要找浪矢爺爺討論這件事，所以，我覺得自己也應該回信一下。

於是，我開始思考，你到底該怎麼辦，用血液循環漸漸變差的腦袋拚命思考。

最好的方法，就是請你的父母放棄跑路的念頭。我認識幾個跑路的人，雖然不知道他們目前的下落，但我猜想他們過得並不幸福。正如你所說的，即使可以暫時比較輕鬆，債權人都會一直追他們。

但是，你可能無法說服你的父母，你的父母也是在瞭解所有這些情況的基礎上做出了決定。正因為他們的想法不可能改變，所以你才會這麼煩惱。

我想問一個問題，你對父母有什麼看法？你喜歡他們嗎？討厭他們嗎？信任他們嗎？還是說，你已經無法再相信他們？

你在信中問的不是你的家人該怎麼辦，而是你自己該怎麼辦，所以，我想要瞭解一下你和父母之間的關係。

我在這封信的最初已經提到，這是浪矢雜貨店第一次收到嚴肅的煩惱，所以，還無法回答得很好。你感到失望，這也是無可奈何的事，但如果你想繼續和我討論，可不可以請你先坦誠地回答我的問題？當你告訴我之後，下次我一定會回答得更具體。

下次不必再把信投進諮商箱，本店晚上八點之後會拉下鐵捲門，你可以在鐵捲門拉下之後，把信投入郵件投遞口。我會盡可能在第二天一早把回信放在牛奶箱裡，你可以在開店前或是打烊後來取信。我每天八點半開店。

很抱歉，我的回答很不明確，但這是我拚命思考後的結果，請見諒。

浪矢雜貨店

看完信，浩介陷入了沉思。為了充分咀嚼信中的內容，他又重新看了一遍。

首先，他終於瞭解浪矢爺爺為什麼沒有把這封信貼出來的原因了。其實只要仔細想一下就知道，浪矢爺爺之前收到的都是一些開玩笑的煩惱，因為覺得很好玩，所以才貼出來給大家看，但遇到像這種嚴肅的諮商時，當然不可能輕易貼出來昭告大眾。

而且，浪矢爺爺並沒有拒絕嚴肅的煩惱，而是努力用嚴肅的態度回應。這件事讓浩介感到很高興，想到有人瞭解自己目前的境遇，就覺得心情稍微輕鬆了，也很慶幸自己寫了那封信。

但是，浪矢爺爺並沒有明確回答自己的問題，信中說，要先回答他提出的問題，他才能針對問題做出回答。

那天晚上，浩介再度在自己房間內，攤開報告紙，準備回答浪矢爺爺的問題。

你對你的父母有什麼看法——

浩介偏著頭思考。有什麼看法？他自己也不太清楚。

上了中學後，他經常覺得父母很煩，因為他不喜歡被父母干涉，也不希望被當成小孩子，但並沒有討厭他們。

可是，因為這次跑路的事，他的確對父母感到失望，如果要問他現在喜歡還是討厭父母，他只能回答說，很討厭他們現在的樣子，也失去了對他們的信任，所以才會感到不安，不知道按他們的方式去做是否可行。

想了半天，只想到這個答案，他只好如實寫了下來。寫完之後，把報告紙摺好，放進口袋，走出了家門。紀美子問他去哪裡，他說去同學家。可能她滿腦子都在想跑路的事，所以並沒有多問。貞幸還沒有回家。

因為已經晚上八點多了，浪矢雜貨店已經拉下了鐵捲門。浩介把摺成四摺的報告紙投進投遞口，立刻轉身逃走了。

第二天早上，他七點多就起床了。其實，他幾乎一整晚都沒睡。父母都還在睡覺，浩介偷偷溜出家門。

浪矢雜貨店的鐵捲門拉著，他迅速觀察周圍，確認四下無人後，走進了防火巷。他輕輕打開牛奶箱，和昨天一樣，裡面有一封信。他確認信封上的文字後，馬上離開了。

他等不及到圖書館才拆信，看到有一輛小貨車停在路旁，立刻站在小貨車旁看信。

致保羅．藍儂：

我非常瞭解你的心情。

在目前的情況下，你的確很難對父母產生信任，會討厭他們也很正常。

但是，我無法對你說，「乾脆拋棄這種父母，走向你認為正確的路」。

在家人的問題上，我認為除非某個家人去追求更好的發展，否則，全家人應該盡可能團結在一起。如果因為討厭或是無法信賴等原因各奔東西，就不是真正的家人。

你在信中提到「很討厭父母現在的樣子」，我對「現在的樣子」這幾個字抱著希望，也就是說，你以前曾經喜歡父母，今後的發展也可能讓你對父母改觀。

既然這樣，你只有一條路。

跑路不是正確的行為，如果可以，很希望你的父母能夠改變心意，但如果無法改變，我認為你應該跟著父母走。

我相信你的父母有他們的考量，他們應該知道，即使逃走，也無法解決任何問題，可能只是暫時躲起來，日後在適當的時機逐漸解決問題。

也許需要一點時間才能解決所有的問題，也許會經歷很多苦難，但是，正因為這樣，一家人更必須在一起。雖然你父親在你面前可能沒說什麼，相信他也作好了充分的心理準備，唯一的目的，就是為了保護家人，你和你母親必須支持你父親。

最不幸的是一家人因為跑路這件事而喪失了向心力，那可就賠了夫人又折兵。雖然跑路絕對不是正確的選擇，但只要全家人在一條船上，就有可能一起回到正軌上。

雖然我不知道你的年紀，但從你寫的文章判斷，應該是中學生或高中生，總有一天，需要由你來支持你的父母。期待你努力鑽研學業，為迎接那一天的到來做好準備。

相信我，即使現在再怎麼痛苦，明天一定會比今天更美好。

浪矢雜貨店

## 4

暑假還剩下不到一週時，浩介接到了那個喜歡披頭四的同學打來的電話，他以前曾經告訴浩介關於披頭四來日本公演時的內幕消息。同學在電話中問，可不可以去浩介家，似乎打算像往常一樣，好好鑑賞披頭四的音樂。雖然他是披頭四的歌迷，卻沒有一張唱片。因為他家沒有唱機，所以，想聽披頭四的歌時，就會來浩介家。

「不好意思，這一陣子恐怕不行。因為家裡在裝修，沒辦法用唱機。」在父親把他的音響賣掉時，他就想好了說詞，所以當朋友提起時，他不加思索地回答。

「原來是這樣，」那個同學語帶失望地說，「我現在想好好聽一下披頭四，而且要聽高品質的音質。」

「發生什麼事了嗎？」

浩介問。

「嗯，」對方簡短地應了一聲，故弄玄虛地停頓了一會兒，才開口說：「我去看了電影，不是今天上演嗎？」

浩介輕輕「啊」了一聲，立刻知道同學說的是《Let it be》。

「好看嗎？」浩介問。

「嗯……該怎麼說，瞭解很多事。」

「瞭解很多事？什麼事？」

「很多事啊，比方說，他們為什麼會解散之類的。」

「電影中有提到解散的理由嗎？」

「不，不是這樣。在拍那部電影時，還沒有提到這件事，但可以隱約感覺到會有這樣的結果。雖然我說不清楚……我想你看了就知道了。」

「是喔。」

他們沒有聊得很投入，就掛上了電話。浩介回到自己房間，打量著每一張披頭四唱片的封套。除了從堂哥那裡接收的以外，再加上自己買的，總共超過五十張。

他無論如何都不願意割捨這些唱片，一定要帶去新家。雖然父母叫他盡可能少帶行李，但他絕對不會在這些唱片的問題上讓步。

他決定不去多想跑路的事。即使自己反對，父母也不可能改變計畫，他也不可能一個人留下來。所以，只能相信浪矢爺爺說的話，父母有他們的考量，日後會解決這個問題。

話說回來，剛才那個同學為什麼會說這種話，看了《Let it be》之後，到底能夠瞭解什麼？

那天晚餐時，貞幸第一次說明了跑路的具體計畫，他打算在八月三十一日深夜十二點出發。

「三十一日是星期一，那天我會去上班。我已經對公司的人說，從九月一日開始請假一週，所以，即使我第二天不去上班，別人也不會起疑。但是，到了下一週，很多地方都會打電話來問請款的事，就會知道我們已經逃走了，我們必須在新的住處等待風頭過去。不用擔心，我準備了現金，足夠我們三個人生活一、兩年，然後再來考慮下一步該怎麼走。」貞幸說話的語氣充滿自信。

「學校呢？我要轉去哪一所中學？」

浩介問，貞幸立刻愁眉不展。

「關於這個問題，我也有考慮，但現在不能立刻解決，所以，你要先自學一陣子。」

「自學？不能去學校嗎？」

「我沒這麼說，只是沒辦法馬上去學校，但是，不用擔心，中學是義務教育，一定會讓你去讀，所以你不必胡思亂想。我會聯絡你的班導師，說因為我工作的關係，全家人要一起出國一週，等回來之後再去學校。」

貞幸一臉不悅，冷冷地說。

那高中怎麼辦——浩介很想這麼問，但沒有問出口。因為他可以猜到父親的回答，八成會說，我都想好了，你不必擔心。

跟他們走真的沒問題嗎？內心的不安再度抬頭。雖然明知道沒有其他的選擇，但還是無法下決心。
日子一天一天過去，很快就到了八月三十日。晚上的時候，當浩介在確認行李時，門突然打開了。他驚訝地抬起頭，發現貞幸站在門口。
「現在方便嗎？」
「方便啊……」
貞幸走進屋，盤腿坐在浩介身旁，「東西都整理好了嗎？」
「差不多了，我想還是把教科書都帶著比較好。」
「對，教科書要帶。」
「還有，這些一定要帶。」浩介把旁邊的紙箱拉過來，裡面都是披頭四的唱片。
貞幸探頭看著箱子，微微皺起眉頭，「有那麼多嗎？」
「我已經盡可能減少其他東西了，所以，這些一定要帶。」浩介加強了語氣。
貞幸不置可否地點點頭，環視室內後，將視線移回浩介身上。
「你對爸爸有什麼看法？」他突然問道。
「什麼看法？」
「你對目前的狀況是不是很生氣？是不是覺得爸爸很沒出息？」
「不是說沒出息……」浩介吞吞吐吐了一下說，「因為我不知道你在想什麼，老實說，我很不安。」
「嗯，」貞幸點點頭，「我想也是。」

貞幸緩緩眨著眼睛說：

「別擔心，雖然我現在沒辦法明確告訴你時間表，但一定會恢復之前的生活，我可以向你保證。」

「真的嗎？」

「真的。對我來說，家人最重要。為了保護家人，我可以做任何事，也可以奉獻自己的生命。所以——」貞幸凝視著浩介的雙眼，「所以才要跑路。」

浩介覺得那是父親的真心話。他第一次聽到這些話，所以，才能夠打動他。

「我知道了。」他回答。

「好！」貞幸說著，拍著大腿站了起來，「你明天白天有什麼打算？現在還是暑假，有沒有想要見的朋友？」

浩介搖搖頭，「這種事不重要。」反正以後再也見不到了，但他把後半句話吞了下去。

「但是，」他說，「我可以去東京嗎？」

「東京？去東京幹什麼？」

「去看電影，我想看一部電影，在有樂町的昴劇院上映。」

「非要明天不可嗎？」

「因為我不知道我們去的地方，電影院有沒有演這部片子。」

貞幸吐出下唇，點了點頭，「原來是這樣。」

「我可以去吧？」

「好，但傍晚記得回來。」

「我知道。」

貞幸向他道晚安後，走出了房間。

浩介探頭看著紙箱，拿出一張黑膠唱片。那是他今年買的《Let it be》，披頭四樂團四個人的照片組成一個長方形。

今晚睡覺前只想電影的事，他告訴自己。

## 5

第二天，浩介吃完早餐就出門了。紀美子面有難色地說：「沒必要選在今天去看電影吧。」但貞幸說服了她。

浩介曾經和同學一起去過東京，但這是他第一次獨自去東京。來到東京車站後，他換了山手線，在有樂町站下了車。他查了車站的地圖，發現電影院就在附近。

由於是暑假的最後一天，電影院前人滿為患。浩介排隊買了電影票。他看報紙確認了上映時間，距離下一場開演還有三十分鐘，於是，他決定利用難得的機會在附近走一走。雖然他來過東京，但第一次來有樂町和銀座。

走了幾分鐘後，浩介感到愕然不已。

原來這個城市這麼巨大！光是有樂町周圍就有這麼多人，這麼多高樓，就令他驚訝不已，沒想到銀座更大，林立的店舖都布置得很豪華，熱鬧不已，好像在舉辦什麼特別的活動，街上的行人每個人都很有氣質，看起來都很富有。普通的城市有一個這種地方就很不錯了，可以稱之為鬧區，但東京這個城市的每一個地方都這麼熱鬧，好像到處在舉行嘉年華會。

不一會兒，浩介發現很多地方都貼了萬博的標誌，才想起大阪正在舉行萬國博覽會，日本舉國上下都在為這件事歡欣鼓舞。

浩介覺得自己就像河中的小魚不小心游到了入海口，原來世界上還有這種地方，有人在這種地方歌頌自己的人生。但自己和這個世界無緣，自己只能生活在黑暗的小溪，而且，明天之後，就要潛入不會被人發現的河底。

他低著頭離開了。因為，他覺得這個地方不屬於自己。

回到電影院，發現時間剛好。他出示了電影票，走進了電影院，找到了座位。電影院內並沒有很擁擠，很多人都是獨自來看電影。

電影很快就開演了，第一個鏡頭就是「THE BEATLES」幾個字的特寫。

浩介感到心跳加速。可以看到披頭四的演出，光是想到這件事，體溫就上升了。

但是，隨著電影的播放，他激動的心情也漸漸消沉起來。

《Let it be》是由彩排和現場演唱影像組合而成的紀錄電影，但在拍攝時，似乎並不是為了剪輯成這部電影，相反地，樂團成員對拍電影這件事本身表現得很消極，感覺是因為很多複雜的因素，他們在無奈之下同意拍攝的。

在意興闌珊的彩排空檔，穿插了樂團成員的交談，這些談話也顯得意興闌珊，而且有點莫名其妙。雖然浩介的目光拚命追著字幕，卻完全感受不到這四名樂團成員的真心想法。

從影像中，可以感受到某些東西。

他們的心已經不在一起了。

雖然他們沒有爭執，也沒有拒絕演奏，四個人都做著眼前該做的事，但是，他們心裡都很清楚，眼前所做的事不可能創造出任何東西。

最後，披頭四的四名成員來到蘋果唱片公司的屋頂露台上。屋頂露台上放著樂器和音響設備，工作人員也都到齊了。由於是冬天，所有人看起來都很冷，約翰・藍儂穿著毛皮上衣。

他們開始演奏〈Get back〉。

觀眾很快就發現，這場現場演唱會並沒有正式提出申請。由於大樓的屋頂上傳來巨大的音響和披頭四的歌聲，周圍立刻陷入一片騷動，警察也趕到了。

接著，他們又演奏了〈Don't let me down〉、〈I've got a feeling〉。但是，從他們的演奏中感受不到熱情，這是披頭四最後一場現場演唱會，他們之中卻沒有任何人陷入感傷。

然後，電影就結束了。電影院內的燈光亮起後，浩介仍然坐在座位上發呆。他沒有力氣站起來，胃好像吞了鉛塊似地格外沉重。

這是怎麼回事？他忍不住想。這部電影完全顛覆了他原本的期待。四名成員之間沒有認真討論過什麼事，談話也總是雞同鴨講，從他們的嘴裡吐出的只有不滿、挖苦和冷笑。

聽說只要看了這部電影，就可以瞭解披頭四解散的原因，但浩介實際看了之後，還是無法瞭解。因為銀幕上出現的是已經實質解散的披頭四，浩介很想知道，他們為什麼會變成這樣？

話說回來，分手也許就是這麼一回事——在回家的電車上，浩介改變了想法。

人與人之間的關係往往不是因為某些具體的原因而斷絕。不，即使表面上有種原因，其實是因為彼此的心已經不在一起，事後才牽強附會地找這些藉口。因為，如果彼此的心沒有分開，當發生可能會導致彼此關係斷絕的事態時，某一方就會主動修復。之所以沒有人主動修復，就是因為彼此的心已經不在一起了。那四個人無意拯救披頭四，就好像眼看著船要沉了，仍然在一旁袖手旁觀。

浩介覺得自己遭到了背叛，自己珍惜的東西遭到摧毀了。於是，他下定了決心。

一到車站，他就走進公用電話亭，準備打電話給同學。就是上週說，已經去看了《Let it be》的那個同學。

那個同學剛好在家，當他接起電話時，浩介問他，要不要買唱片？

「唱片？誰的唱片？」

「當然是披頭四的，你之前不是說，以後也想買齊他們的唱片嗎？」

「是說過啦……哪一張唱片？」

「全部。你要不要買我所有的唱片？」

「啊？全部……？」

「一萬圓怎麼樣？如果你想蒐集齊全，一萬圓絕對不可能買到。」

「我知道，但這麼突然，我沒辦法馬上做決定，因為我家也沒有唱機。」

「好，那我去問別人。」浩介打算掛電話，聽到電話中傳來同學慌張的聲音。

「等一下，讓我想一下，我明天回覆你。這樣可以吧？」

浩介把電話放在耳邊，搖了搖頭，「明天不行。」

「為什麼？」

「沒為什麼。因為沒時間，如果你現在不馬上買，我要掛電話了。」

「等一下，稍微等我一下下。五分鐘，只要等我五分鐘。」

浩介嘆了一口氣，「好，那五分鐘後，我再打電話給你。」

他掛上電話，走出電話亭。抬頭仰望天空，太陽漸漸西斜。

浩介也說不清為什麼突然想賣掉唱片，只覺得自己不應該再聽披頭四，或者說，他內心產生了一個季節已經結束的感覺。

五分鐘後，浩介走進電話亭，打電話給同學。

「我買。」同學說，他的語氣中帶著興奮，「我和父母商量後，他們願意幫我出錢，但要我自己存錢買唱機。我等一下去你家拿，可以嗎？」

「好，我等你。」

交易成立。那些唱片都要脫手。光是想到這件事，心就好像被揪緊了，但浩介輕輕搖著頭，這種事沒什麼大不了。

回到家後，他把紙箱裡的唱片裝進兩個紙袋，方便同學拿回家。他看著每一張唱片的封套，每張唱片都充滿了回憶。

當他拿起《Sgt. Pepper's Lonely Hearts Club Band》（比伯軍曹寂寞芳心俱樂部）的黑膠唱片時，他停下了手。

那是披頭四在音樂方面嘗試各種實驗時期的結晶作品，封套的設計也很奇特，在身穿軍服的四名成員周圍，點綴了自古以來的很多名人肖像。

右側角落是看起來像瑪麗蓮．夢露的女人，旁邊比較暗的部分，有一個地方用黑色麥克筆修補過。那裡原本貼了唱片的前一位主人，也就是堂哥的照片。堂哥是披頭四的超級歌迷，也許希望自己也在封套上占一個位置。浩介把堂哥的照片撕下後，原本印刷的顏色有點剝落，所以就用黑色麥克筆修補了一下。

堂哥，對不起，把你珍藏的唱片賣掉了，但是，這也是無可奈何的事——他向天堂的堂哥道歉。

他把紙袋拿到玄關，紀美子問他：「你在幹什麼？」浩介覺得沒必要隱瞞，就告訴了她。「原來是這樣。」她沒有太大興趣地點點頭。

不一會兒，同學就來了。同學遞給他一個裝了一萬圓的信封，他把兩個紙袋交給同學。

「太讚了。」同學看著紙袋內說道。「真的可以嗎？我知道你費了很大的工夫蒐集這些唱片。」

浩介皺著眉頭，抓了抓脖頸。

「突然感到厭倦了，覺得披頭四也不過如此。其實，我去看了電影。」

「《Let it be》嗎？」

「嗯。」

「原來如此。」那個同學露出既同意，又無法釋懷的表情點點頭。

因為他提了兩個紙袋，浩介為他開了門。「謝啦。」同學走出門外，然後對浩介說：

「那就明天見囉。」

明天？浩介愣了一下，他忘了明天是第二學期的開學日。

看到同學露出訝異之色，他慌忙回答：「嗯，明天學校見。」

關上門之後，浩介重重地嘆了一口氣，好不容易才忍住沒有當場蹲下來。

## 6

貞幸在晚上八點多回到家裡，最近他很少這麼晚回家。

「我在公司做最後的處理工作，盡可能拖延事跡敗露的時間。」貞幸鬆開領帶時說，汗水濕了他的襯衫，都黏在皮膚上。

他們一起吃了晚餐。在這個家裡吃的最後一頓晚餐是昨天剩下的咖哩，冰箱裡已經空了。

吃飯時，貞幸和紀美子小聲地討論著行李的事。貴重物品、衣物和立刻需要用到的雜物、浩介的讀書用品，基本上只帶這些東西離開，其他東西都留在這裡——他們最後一次確認已經討論多次的內容。

中途，紀美子提起浩介賣掉唱片的事。

「賣了？全都賣了？為什麼？」貞幸發自內心地感到驚訝。

「沒有特別的原因，」浩介低著頭回答，「反正家裡已經沒有唱機了。」

「是嗎？原來賣掉了，嗯，這樣很好，幫了大忙了，不然很占地方。」貞幸說完後又問：「賣了多少錢？」

浩介沒有回答，紀美子代替他回答說：「一萬圓。」

「一萬圓？才一萬圓而已？」貞幸的語氣頓時變了，「你是傻瓜嗎？總共有幾張？我記得有不少黑膠唱片吧。買齊這些唱片，要花多少錢？兩、三萬絕對買不到吧？你居然只賣一萬……你在想什麼啊？」

「我不是想靠那些唱片來賺錢，」浩介仍然低著頭回答，「而且，大部分都是哲雄哥留下來的。」

貞幸用力咂著嘴。

「真是食米不知米價，向別人拿錢的時候，多拿十圓、二十圓也好。我們無法再過以前那種生活了，你懂不懂啊？」

浩介抬起頭，很想反問父親，到底是誰搞成這樣的？

不知道貞幸如何解釋兒子的表情，他又叮嚀了一句：「聽到了沒有？」

浩介沒有點頭，放下原本準備吃咖哩的湯匙。「我吃飽了。」說完，他就站了起來。

「喂，到底聽到了沒有？」

「煩死了，聽到了啦。」

「什麼？你怎麼對大人說話的？」

「老公，算了啦。」紀美子說。

「怎麼可以算了？喂，那錢呢？」貞幸問：「那一萬圓呢？」

浩介低頭看著父親，貞幸的太陽穴冒著青筋。

「也不想想是用誰的錢買的唱片？你是用零用錢買的吧？是誰賺錢給你零用錢的？」

「老公，別這樣，你要向兒子拿錢嗎？」

「我要讓他知道，那些錢是誰賺的。」

「別說了，浩介，趕快去自己的房間收拾一下，等一下就要出發了。」

浩介聽了紀美子的話，走出客廳，走上樓梯，一回到自己的房間，就倒在床上。他看到牆上貼的披頭四海報，坐了起來，把海報撕下來後，用雙手撕爛了。

兩個小時後，聽到了敲門聲。紀美子探頭進來。

「準備好了嗎？」

「差不多了。」浩介用下巴指著桌子旁，那裡有一個紙箱和一個運動袋，是他所有的財產。「要走了嗎？」

「嗯，差不多該走了。」紀美子走進房間，「對不起，讓你這麼痛苦。」

浩介沒有說話，因為他不知道該說什麼。

「但情況一定會好轉，你就暫時忍耐一下。」

「嗯。」他輕聲回答。

「不光是媽媽，爸爸也把你放在第一位，只要能夠讓你幸福，我們可以付出任何代價，即使奉獻生命也不足惜。」

浩介低著頭，暗想著「少騙人了」。一家人都已經準備跑路了，兒子怎麼可能幸福？

「三十分鐘後，把行李拿下來。」紀美子說完，走出了房間。

就像林哥．史達（Ringo Starr），浩介心想。在《Let it be》中，林哥看到披頭四漸漸潰散，拚命想要修復，但他的努力白費了。

半夜十二點，浩介他們摸黑出發了。貞幸不知道去哪裡借來一輛白色老舊的大型廂型車做為逃亡工具。三個人坐在最前排的座位上，貞幸開著車。後方的載貨台上堆滿了紙箱和行李袋。

三個人在車上幾乎沒有說話。上車前，浩介問貞幸：「我們要去哪裡？」貞幸回答說：「到了就知道了。」一路上只說了這兩句話。

不一會兒，車子駛上了高速公路。浩介完全不知道目前在哪裡，也不知道開往何處。雖然不時看到路標，但都是一些陌生的地名。

車子開了兩個小時，紀美子說要上廁所，貞幸把車子開進了休息站。浩介看到了「富士川」的地名。

因為是深夜，停車場內沒什麼車子，貞幸把車子停在最角落的位置。他似乎徹底避免引人注目。

浩介和貞幸一起走進廁所。當他上完廁所，正在洗手時，貞幸走到他旁邊說：「這一陣子都不會給你零用錢了。」

浩介訝異地看著鏡子中的父親。

「當然不會再給你了啊，」貞幸又接著說，「你不是有一萬圓嗎？已經夠多了。」又是這件事。浩介十分沮喪。只不過是一萬圓，而且還是跟兒子計較。

貞幸沒有洗手，就走出了廁所。

浩介看著他的背影，聽到內心好像有一條線斷裂的聲音。

那應該是期待和父母維繫在一起的最後一線希望，然而，這一線希望也破滅了。他清楚地意識到這一點。

浩介走出廁所，朝向和停車位置相反的方向跑了起來。他並不知道休息站的構造，但滿腦子只想著遠離父母。

他不顧一切地奔跑，完全搞不清楚方向。當他回過神時，發現來到了另一個停車場，那裡停了好幾輛卡車。

不一會兒，一個男人走了過來，坐上其中一輛卡車，似乎正準備出發。

浩介跑向卡車，繞到車後。他向車篷內張望，發現車上載了很多木箱子，沒有臭味，而且有可以躲藏的空間。

卡車突然發動了引擎，浩介不加思索地跳上了載貨台。

卡車很快就出發了。浩介的心跳加速，呼吸急促，無法平靜下來。

他抱著雙腿，把臉埋進雙腿，閉上眼睛。他想睡一覺。睡一覺醒來之後，再考慮以後的事，但是，自己做了無可挽回的事，和以後要如何生活的不安，讓他無法從亢奮狀態中平靜下來。

浩介當然完全不知道卡車一路開向哪裡，一方面是因為天色太黑，但即使是白天，光靠周圍的風景，他也不可能瞭解自己身在何處。

他覺得自己完全沒有闔眼，又好像小睡了一下。當他醒來時，卡車停在原地。不像在等紅燈，似乎已經到了目的地。

浩介從載貨台上探出頭向外張望。那裡是一個很大的停車場，周圍也停了好幾輛卡車。

確認四下無人後，他跳下載貨台。他把頭壓低，跑向停車場的入口。幸好沒有警衛。離開停車場後，他看了一眼入口的看板，得知是東京都江戶川區的一家運輸公司。

天色仍然一片漆黑，沒有一家商店開著，浩介只能邁開步伐。雖然他不知道自己走去哪裡，但他只能走。因為他覺得，只要繼續走，就一定可以到某個地方。

走著走著，天亮了起來。沿途看到不少公車站，他看了公車的終點站時，頓時看到了希望。因為公車的終點站是東京車站。太好了，只要繼續走，就可以到東京車站。

但是，去了東京車站後怎麼辦？要去哪裡？東京車站應該有很多電車，要搭哪一輛呢？他一邊走，一邊思考。

看到小公園時，他就停下來休息，然後繼續趕路。即使他努力不去想，父母的事仍然浮現在他的腦海中。他們發現兒子不見了會怎麼辦？他們根本沒辦法找自己，但又不能報警，更不可能回家。

他們一定會按照原定計畫去新的地方，等安頓好之後，再開始找自己，但是，他們不能引人注目，也不能向親戚或朋友打聽，因為他們害怕的「債權人」早就在親戚、朋友那裡布下了天羅地網。

浩介也沒有任何方法找父母。因為他們日後會隱姓埋名過日子，所以不可能用真名。所以，這輩子再也無法見到父母了。想到這裡，內心深處湧現一絲酸楚。但是，他沒有後悔。自己和父母的心已經不在一起，事到如今，已經無法修復了，即使生活在一起，也沒有意義。這是披頭四教他的道理。

隨著時間的經過，車流量漸漸增加，人行道上的行人也越來越多，還有學生去上學。浩介想起今天是第二學期的開學日。

公車超越了他，他朝向公車前進的方向走去。今天是九月的第一天，但仍然殘留著夏天的暑氣，身上的 T 恤已經滿是汗水和灰塵。

上午十點多，他終於走到東京車站。當車站大樓出現在眼前時，他一開始並沒有發現那是車站。漂亮的紅磚建築物讓他聯想到歐洲中世紀的大洋房。

一踏進車站內，立刻被偌大的空間嚇到了。浩介一邊走，一邊東張西望，終於看到了「新幹線」幾個字。

他之前就很想搭新幹線，因為今年在大阪舉行萬博，原本以為終於有機會了，沒想到會發生之後這些事。

車站內到處貼著萬博的海報，根據海報上的介紹，只要搭新幹線到新大阪車站，再搭一班地鐵，就可以抵達萬博會場。

他突然想去看看。他的皮夾裡有一萬四千多圓，一萬圓是賣唱片的錢，其他是今年的壓歲錢剩下的。

至於去看了萬博之後該怎麼辦，他目前完全沒有計畫，總覺得去了之後，就會有辦法。日本各地的人，不，世界各地的人都聚集在那裡舉辦嘉年華會，自己應該可以在那裡找到生存的機會。

他走去售票處確認票價，看了前往新大阪車站的票價，不禁鬆了一口氣。因為比他想像中便宜。前往新大阪的新幹線有「光號」和「木靈號」，他猶豫了一下，選擇了「木靈號」。現在必須節省。

他走出售票窗口，對售票員說：「一張到新大阪車站。」男性售票員打量了浩介一下，問他：「要買學生優惠票嗎？請出示學生優惠證和學生證。」

「啊……我沒有。」

「那就買普通票嗎？」

「好。」

售票員問他要買幾點的班次，以及要自由席還是指定席。浩介慌亂地回答了這些問題。

「請等一下。」售票員說完，走了進去。浩介確認了皮夾裡的錢，打算買完車票後，去買鐵路便當。

就在這時，背後有人把手放在他肩上。「可以打擾一下嗎？」

回頭一看，一個身穿西裝的男人站在身後。

「有什麼事嗎？」

「有事想要問你，可不可以跟我來？」那個男人說話態度很有威嚴。

「但是，我要拿票……」

「不會占用你太多時間的，只要回答我的問題就好。走吧。」

男人抓住浩介的手臂。他的手很有力，不容浩介拒絕。

浩介被帶到一間像是辦公室的房間。雖然那個男人說，不會占用他太多時間，但浩介被扣留在那裡好幾個小時。因為浩介不願回答他的問題。

你叫什麼名字？住在哪裡？——這是他最先問的問題。

# 7

在售票處叫住浩介的是警視廳少年課的刑警。由於暑假結束時，有很多少年少女離家出走，所以他們穿著便服，在東京車站巡邏。看到浩介滿身大汗，一臉不安地走在車站內，立刻覺得有問題。於是，一路跟蹤他來到售票處，伺機向售票員使了眼色。那名售票員離席並非偶然。

刑警之所以會把這些情況告訴浩介，是希望可以讓他開口說話，想必他一開始並沒有想到浩介這麼不容易對付，以為問了地址和姓名後，就可以像其他案例一樣，聯絡家長或學校來接人，就大功告成了。

但是，浩介絕對不能暴露自己的真實身分。一旦說出自己的身分，就必須同時交代父母跑路的事。

即使從東京車站的辦公室被帶到警察局的接待室，浩介仍然保持沉默。當刑警遞給他飯糰和麥茶時，他也沒有立刻伸手。雖然快餓死了，但他以為一旦吃了，就必須回答刑警的問題。刑警可能猜到了他的想法，苦笑著說：

「你先吃吧，我們暫時休戰。」說完，他走出了房間。

浩介吃著飯糰。這是昨晚全家一起吃前一天剩下的咖哩飯後，他第一次吃東西。雖然飯糰只加了梅子，但他感動不已，覺得世界上竟然有這麼好吃的食物。

不一會兒，刑警就走了回來。一進門就問他：「現在想說了嗎？」浩介低下頭，刑警嘆著氣說：「還是不行嗎？」

這時，另一個人走了進來，和刑警聊了一下。從他們談話中，浩介得知他們正在比對全國失蹤人口的資料。

浩介很擔心警察會從學校方面下手。一旦向所有的中學打聽，就會知道自己今天沒去上課。雖然貞幸已經通知學校，全家要出國一個星期，但學校方面沒有起疑嗎？

天很快就黑了。浩介在接待室內吃了第二餐。晚餐是天婦羅丼，也好吃得不得了。

刑警對浩介束手無策，拜託他至少說出名字。浩介覺得那名刑警很可憐。

「藤川。」他小聲嘀咕。刑警驚訝地抬起頭，「你剛才說什麼。」

「藤川……博。」

「啊？」刑警慌忙拿起紙筆，「這是你的名字吧？怎麼寫？啊，還是你自己寫吧。」

浩介接過刑警遞來的原子筆，寫下了「藤川博」的名字。

他隱約覺得自己應該用假名字。之所以會取「藤川」這個姓氏，是因為想起昨晚經過富士川休息站❷，「博」這個字則是取自萬博。

「地址呢？」刑警問，浩介搖了搖頭。

那天晚上，他住在接待室，刑警為他準備了一張活動床。他裹著借來的毛毯，一覺睡到天亮。

❷譯註：藤川和富士川的發音都是「FUJIKAWA」。

第二天，刑警一見到浩介，立刻對他說：「現在來決定你的未來。看你要坦誠說出自己的身分，還是去兒童福利所，總之，不能一直這樣僵持下去。」

但是，浩介沒有說話，刑警焦躁地抓著頭。

「到底發生了什麼事？你的父母在幹什麼？他們沒發現兒子不見了嗎？」

浩介沒有回答，盯著桌面。

「真拿你沒辦法，」刑警終於投降，「看來你的遭遇很不同尋常，藤川博也不是你的真名吧？」

浩介瞥了刑警一眼，再度垂下雙眼。刑警知道自己猜對了，重重地吐了一口氣。

不一會兒，浩介就被送去兒童福利所。原本以為那裡會有像學校一樣的房子，去了那裡，才驚訝地發現有點像歐洲的古老大宅。一問之下，才知道以前的確是私人的房子。只是房子真的很舊了，牆壁已經剝落，有些地板也翹了起來。

浩介在那裡住了大約兩個月。這兩個月期間，很多大人找他面談，其中還包括了醫生和心理學家。他們想盡各種方法瞭解這個自稱藤川博的少年的真實身分，但每個人都無功而返。最讓他們不解的是，全國各地的警察分局都沒有接獲任何符合他特徵的失蹤人口報案，他的父母或是監護人到底在搞什麼——最後，每個人都在問這件事。

離開兒童福利所後，浩介被送去「丸光園」孤兒院。雖然遠離東京，但和他之前住的地方只相距三十分鐘的車程。他有點擔心，以為自己的身分曝光了，幸好從那些大人的態度來看，應該只是那家孤兒院還有名額。

孤兒院位在半山腰，四層樓的建築被綠意包圍。孤兒院內有乳幼兒，也有開始冒鬍碴的高中生。

「如果你不想透露自己的真實身分也沒關係，但至少把生日告訴我。因為目前不知道你讀幾年級，就無法送你去學校。」戴著眼鏡的中年指導員說。

浩介想了一下。他的真實生日是一九五七年二月二十六日，但如果說出真實年紀，恐怕很容易查到自己的真實身分，也不能虛報年紀，說得比實際年齡大，因為他根本沒看過國中三年級的教科書。

最後，他回答說，我的生日是一九五七年六月二十九日。

六月二十九日——那是披頭四來日本的日子。

8

第二瓶健力士也喝完了。「要不要再來一瓶？」惠理子問，「還是要換其他的酒？」

「嗯，好啊。」浩介看向放了很多酒瓶的酒櫃，「那就給我一杯布納哈本的純酒。」

惠理子點點頭，拿出喝純酒的杯子。

店內播放著〈I feel fine〉。浩介正打算用指尖敲吧檯打拍子，但立刻停了下來。

他環視店內，忍不住想，沒想到這個小城鎮上會有這種店。雖然之前浩介周圍也有披頭四的歌迷，但他自認沒有人比自己更專業。

媽媽桑用冰鑿把冰塊鑿碎，浩介看著她，不由得想起以前用雕刻刀做木雕的往事。

他在孤兒院過得還不錯，不愁吃穿，也可以去學校讀書。尤其是第一年，因為隱瞞了年齡，所以讀書很輕鬆。

「藤川博」變成了他的名字，大家都叫他「小博」。只有最初那段時間，別人叫他的名字時，他無法及時反應，但很快就適應了。

他在那裡沒有朋友。不，應該說，是他刻意不交朋友。因為一旦交了朋友，就會忍不住想要說出自己的真名，想要說出自己的身世。為了避免這種情況發生，他必須獨來獨往。由於他採取這種態度，所以也沒有人主動和他交朋友。別人似乎覺得他很可怕，雖然沒有人欺侮他，但他在孤兒院和學校都很孤立。

他從來不和其他人一起玩，卻從來不感到寂寞。因為進孤兒院後，他找到了新的樂趣。那就是木雕。他經常撿一些樹枝，用雕刻刀雕刻。原本只是為了打發時間，但雕刻了幾樣東西之後，就越來越樂在其中。動物、機器人、人偶、車子，他會刻很多東西，越是複雜，越高難度，就更值得挑戰。他不畫設計圖，隨心所欲地雕刻才能感受到真正的樂趣。

他把雕刻後的成品送給比他年幼的院童。一開始，他們對孤僻的「藤川博」送禮物感到不知所措，但拿到雕刻品時，個個臉上露出了笑容。因為他們很少有機會拿到新的玩具。不久之後，他們主動向浩介提出想要的禮物。下次我想要嚕嚕米。我想要假面超人。浩介回應了他們的要求，因為他喜歡看到那些孩子歡喜的表情。

幾名指導員也漸漸知道浩介擅長雕刻。有一天，他被叫去指導室，院長提出了一個意想不到的提議。院長問他想不想當木雕師。院長的一位朋友是木雕師，正在找接班人。只要在那裡當包吃住的徒弟，應該可以去讀高中的夜間部。

當時，浩介即將從國中畢業，孤兒院的人正在為他的未來煩惱。

差不多在那個時候，浩介終於辦理了戶籍手續。向家庭裁判所申請設立戶籍許可後，終於核准了。

通常只有幼童遭到遺棄時，才會辦理這項手續，很少會核准浩介這個年齡的案例。因為通常不會遇到當事人堅持不肯說出自己的真實身分，警方也查不到的情況，所以根本不需要辦理這項申請。

浩介曾經見過家庭裁判所的人多次，他們也千方百計想要讓浩介說出自己的身世，但他仍然採取和之前相同的態度，自始至終保持沉默。他一定受到極大的精神打擊，導致失去了有關自己身世的記憶，所以，即使他想要說，也無從說起——大人們為他編了這樣的劇本。也許是因為這樣有助於處理麻煩的案子。浩介在中學即將畢業之前，終於有了「藤川博」的戶籍，之後，很快就去埼玉縣當木雕師的學徒。

## 9

當木雕師的學徒並不容易，他的師父是典型的工匠脾氣，既頑固，又不懂得通融。第一年，浩介只能做一些工具保養、材料管理和清掃之類的工作，在他讀高中夜間部二年級時，師父才終於允許他雕刻。他每天必須削幾十個規定的形狀，直到完成品都一模一樣為止，完全沒有半點樂趣可言。

他的師父心地很善良，也認真為浩介的將來著想，認為把他培養成能夠獨當一面的木雕師是自己的使命。浩介可以感受到師父的悉心指導並不光是為了培養接班人而已，而且師母也對他很好。

高中畢業時，他才開始真正成為師父的幫手。首先做一些簡單的作業，在逐漸習慣、獲得師父的信賴後，工作內容漸漸有了難度，但也很有成就感。

他每天都過得很充實。雖然一家人跑路的記憶並沒有消失，但他很少想起，同時也覺得自己當初的決定並沒有錯。

幸好沒有跟著父母跑路，那天晚上離開他們是正確的決定。如果聽從浪矢雜貨店爺爺的建議，不知道現在會變成什麼樣。

一九八〇年十二月，浩介從電視上得知披頭四成員之一的約翰·藍儂遭到槍殺的消息，不禁深受打擊。

曾經為披頭四瘋狂的日子再度甦醒，痛苦和苦澀湧上心頭，當然，其中也夾雜了懷念。約翰·藍儂有沒有為解散披頭四感到後悔？是不是覺得太早解散了？這個疑問沒來由地浮現在腦海。

但是，浩介隨即搖著頭。不可能。因為披頭四解散後，四名成員都很活躍。因為他們終於擺脫了披頭四的束縛，就好像自己擺脫了和父母之間的束縛，終於得到了幸福。

一旦心分開了，就很難繼續在一起——他再度體會到這件事。

就這樣過了八年，十二月的某一天，他在報紙上看到了驚人的消息。丸光園發生了火災，而且有人在火災中身亡。

師父叫他去丸光園看一下。第二天，他開著店裡的廂型車前往。自從他高中畢業時，去丸光園表達感謝之後，已經十幾年沒去了。

丸光園的房子有一半被燒毀了，院童和職員借住在附近小學的體育館生活，雖然有幾個取暖器，但大家都冷得發抖。

年邁的院長看到浩介來訪很高興，同時，對當年那個內心封閉，不願意說出自己真實姓名的少年，終於長大成人，主動關心遭遇火災的孤兒院感到驚訝。

正當浩介準備離開時，突然聽到有人叫他：「你是藤川嗎？」一名年輕女子走向他。她年約二十多歲，身上穿著昂貴的毛皮大衣。

「藤川，果然是你。」她雙眼發亮，「我是晴美，武藤晴美，你還記得我嗎？」

浩介不記得這個名字。她打開手提包，從裡面拿出一樣東西。

「那這個呢？應該記得吧？」

「啊！」他忍不住叫了起來。

那是一隻木雕的小狗。浩介的確記得，那是他在丸光園時雕刻的。

他再度打量眼前的女人，覺得似曾相識。

「在孤兒院時？」

「對，」她點點頭，「我五年級的時候，你送給我的。」
「我想起來了，只是……記憶很模糊。」
「啊？是這樣喔？我一直記得，而且把它當成寶貝。」
「是嗎？真對不起。」
她露出微笑，把木雕小狗放回手提包，拿出一張名片，上面寫著「汪汪事務所　董事長　武藤晴美」。
浩介也遞上了名片，晴美露出更加欣喜的表情。
「木雕……你果然成為木雕專家了。」
「師父說，我現在只能獨當半面。」浩介抓著頭。
體育館外有一張長椅，他們一起坐在長椅上。晴美說，她也是得知火災的消息後趕來的，她主動向院長提出要提供援助。
「因為從小在這裡受到很多照顧，我希望可以藉由這個機會回報。」
「是嗎？妳真了不起。」
「你也一樣啊。」
「不，是我師父叫我來的，」浩介低頭看著她的名片，「妳自己開公司嗎？是什麼公司？」
「一家小公司，針對年輕人企劃一些活動，以及企劃廣告。」
「是喔。」浩介應了一聲，因為他完全無法想像是怎樣的公司。

「妳這麼年輕就自己開公司，真厲害。」

「一點都不厲害，只是運氣比較好。」

「我覺得不可能只有運氣，能夠有勇氣自己開公司，就很厲害了。畢竟被人僱用，領別人薪水的生活比較輕鬆。」

晴美偏著頭說：

「應該和個性有關吧，我不喜歡聽人使喚，我在外面打工時，也常常做不久。所以，離開孤兒院時，我不知道自己該做什麼，為這件事傷透了腦筋。那時候，有一個人向我提供了寶貴的意見，所以我決定了自己未來要走的路。」

「喔？有一個人？」

「我跟你說，」她停頓了一下後，繼續說：「是一家雜貨店。」

「雜貨店？」浩介皺起眉頭。

「我朋友家附近的雜貨店，那家雜貨店很有名，專門幫人消煩解憂，聽說週刊也曾經介紹過。當初去諮商時，我並沒有抱太大的希望，沒想到得到了很好的建議。因為有他，才有今天的我。」

浩介說不出話，她說的絕對就是浪矢雜貨店。除了那家店以外，不可能還有第二家雜貨店做這種事。

「你不相信這種事嗎？」她問。

「不，不是。喔，原來有這種雜貨店。」他故作平靜。

「是不是很有意思，我不知道現在還有沒有。」

「無論如何，既然妳的公司經營順利，那就很好啊。」

「託你的福，不瞞你說，目前我副業賺得比較多。」

「副業？」

「我在做投資，股票啦，不動產之類的，還有高爾夫的會員證。」

「喔。」浩介點著頭，最近常聽到這類話題。不動產價格飆漲，景氣持續攀升，所以，木雕的生意也很不錯。

「藤川，你對股票之類的有興趣嗎？」

浩介苦笑著搖頭，「完全沒有。」

「是嗎？那就算了。」

「怎麼了？」

晴美猶豫了一下，才開口說：

「如果你做投資買了股票和不動產，在一九九〇年之前都要脫手。因為日本經濟會在之後走下坡。」

浩介不解地注視著她的臉，因為她說話的語氣太有自信了。

「對不起。」晴美尷尬地笑了笑。

「我在胡說八道，你別放在心上。」說著，她看了一眼手錶，站了起來，「因為久別重逢，我太高興了，希望下次有機會再見面。」

「嗯，」浩介也站了起來，「妳也多保重。」

和晴美道別後，浩介回到車上，發動引擎，準備驅車離開，但立刻踩了煞車。

浪矢雜貨店。

他突然很在意那家店。浩介並沒有聽從浪矢爺爺的建議，也覺得自己當初的決定是正確的，但也有人像晴美一樣，至今仍然對浪矢雜貨店心存感激。

那家店現在不知道怎麼樣了。

浩介再度踩下油門，猶豫了很久，最後還是駛向和回家的路相反的方向。因為他想看看浪矢雜貨店。那家店八成已經倒閉了，只要確認這件事，就了卻了他的一樁心事。

他十八年沒有回到從小生長的城鎮。他手握方向盤，不斷喚醒往日的記憶。雖然他不認為有人看到他的臉，就會認出他，但還是小心翼翼地避人耳目，當然更不敢靠近以前住的地方。

整個城鎮和以前感覺不一樣了，也許是受到景氣的影響，附近多了很多房子，路也整修過了。

浪矢雜貨店依然故我地佇立在原來的地方。房子變得很舊，看板上的字也看不清楚了，但房子仍然好好地坐落在那裡。只要打開鏽跡斑斑的鐵捲門，店內應該有不少商品。

浩介走下車，走向雜貨店，懷念和悲傷不斷湧上心頭。多年前的夜晚，為了是不是該和父母一起跑路而煩惱，把信投進投遞口的情景歷歷在目。

當他回過神時，發現自己走進了防火巷，繞到屋後。那個牛奶箱仍然還在。他打開蓋子，裡面是空的。

他嘆了一口氣。這樣就好了，這件事已經畫上了句點。

就在這時，旁邊的門打開了，一個男人走了出來，年紀大約五十歲左右。

對方也嚇了一跳，可能沒想到這裡會有人。

「啊，對不起。」浩介慌忙關起牛奶箱的蓋子，「我不是什麼可疑的人，只是、那個……」他一時想不到適當的藉口。

男人一臉訝異地看看浩介，又看著牛奶箱，然後問：「你該不會曾經來諮商過？」

「呃！」浩介看著對方。

「不是嗎？不是以前曾經寫信向我父親諮商的人嗎？」

浩介嚇了一跳，茫然地微張著嘴，對他點點頭。

「沒錯，但是很久以前……」

男人的嘴角露出笑容。

「我果然沒猜錯，因為其他人不可能會去碰這個牛奶箱。」

「對不起，我好久沒回來這一帶，突然覺得很懷念……」浩介向他鞠了一躬。

男人在臉前搖了搖手。

「你不必道歉，我是浪矢的兒子，我父親八年前離開人世了。」

「是嗎？那這棟房子……」

「現在沒有住人，我偶爾回來看一下而已。」

「不打算拆掉嗎？」
男人輕輕「嗯」了一聲。
「因為有某種原因，所以不能拆，要繼續保留在這裡。」
「是喔。」
雖然浩介很想知道是什麼原因，但覺得繼續追問太失禮了。
「你當初是諮商嚴肅的問題吧？」男人說，「因為你會看牛奶箱，代表你諮商的內容很嚴肅，而不是故意讓我父親為難的內容。」
浩介知道他在說什麼。
「沒錯，對我來說，的確是很嚴肅的問題。」
男人點點頭，看著牛奶箱。
「以前我覺得我父親做這些事很奇怪，有時間為別人諮商，還不如好好思考做生意的事，但後來發現那是他生命的意義，也受到很多人的感謝，所以，他自己也感到很滿意。」
「有人來道謝嗎？」
「嗯……對，差不多就是這樣，有收到幾封信。我父親很擔心自己的回答是否對他人有幫助，看了這些信之後，他似乎終於放心了。」
「所以，那些信都寫了感謝的內容。」
「對，」男人露出嚴肅的眼神收起下巴，「有人在信中寫道，他當了學校的老師後，靈活運用了小時候我父親給他的建議。另外，還有不是諮商者本人，而是諮商者的女兒寫來的信。當初她的母親懷了有家室的男人的孩子，不知道該不該生下來，來找我父親諮商。」

「原來如此，看來有各種不同的煩惱。」

「是啊，看了這些感謝信，我深刻體會到這一點。我父親竟然持續為大家諮商了這麼久，其中有該不該跟著父母跑路之類嚴重的煩惱，也有愛上了學校的老師這種包含了微妙問題的煩惱——」

「等一下，」浩介伸出右手，「有人來諮商該不該跟著父母跑路嗎？」

「是啊。」男人眨著眼睛，似乎在問，這有什麼問題嗎？

「那個人也寫了感謝信嗎？」

「對。」男人點著頭。

「我父親建議他，應該跟著父母一起走，那個人在信中說，他照做了，也得到了良好的結果，和父母一起過著幸福的生活。」

浩介皺起眉頭，「請問是什麼時候收到感謝信？」

男人露出一絲遲疑後回答說：「我父親過世前不久，但這也牽涉到很多因素，所以感謝信並不是在那個時候寫的。」

「什麼意思？」

「其實——」男人說到一半又閉了嘴，然後嘟囔說：「真傷腦筋啊，我太多話了。總之，你不要放在心上，沒什麼特別的意義。」

男人的樣子不太對勁，他匆匆地鎖上後門。

「那我就先走了。你可以留在這裡繼續參觀，其實也沒什麼東西可以參觀的。」

男人怕冷地縮著身體，走進防火巷。浩介目送他的背影離開，再度將視線移向牛奶箱。有那麼一剎那，他覺得牛奶箱似乎扭曲了。

10

當他回過神時，發現店內正在播放〈Yesterday〉。浩介喝完杯中的威士忌，對媽媽桑說：「再給我一杯。」

他低頭看著手上的信紙，他絞盡腦汁完成的內容如下。

致浪矢雜貨店：

我曾經在四十年前寫信諮商，當時，我自稱是保羅．藍儂，不知道你還記不記得？

我當初的諮商內容是，我父母打算跑路，要我跟他們一起逃，我不知道該怎麼辦。

當時，您回答說，一家人各奔東西不太好，要我相信父母，跟他們一起走。

我也一度決心這麼做，事實上，我也跟著父母一起離開了家。

但是，在中途時，我實在忍無可忍，我無法再相信父母，尤其是無法再相信父親，無法把自己的人生交給他們，因為我和父母之間的心靈維繫已經斷了。
到了某個地點後，我從他們身邊逃走了。雖然我對未來一無所知，但我覺得不能繼續和他們在一起。
我完全不知道他們之後的情況，但以我個人的情況來說，我可以斷言，當初的決定並沒有錯。
雖然經過了一番曲折，但我得到了幸福。如今，我無論在精神方面還是金錢方面都很安定。
也就是說，我沒有遵從您的建議是對的。
希望你不要誤解，我寫這封信的目的絕對不是找麻煩，因為我在網路上看到的公告，是希望可以坦誠回報浪矢雜貨店的建議對自己的人生有什麼影響，所以，我認為也應該讓您知道，也有人當初並沒有聽從您的建議。
我認為人生還是必須靠自己的雙手去開拓。
我猜想可能是浪矢先生的家屬收到這封信，如果讓各位感到不舒服，我深表歉意，請你們把這封信銷毀吧。

保羅．藍儂

吧檯上放著裝了純酒的酒杯，浩介喝了一口威士忌。
他回想起一九八八年年底的事，就是雜貨店老闆的兒子當年告訴他的話。聽說有人諮商了和他完全相同的煩惱，但那個諮商者聽從了浪矢爺爺的指示，跟著父母一起跑路，最後得到了幸福。

原來當年那個城鎮還有另一個小孩和自己有相同的煩惱，真是太巧了。

那個小孩子和他的父母到底如何把握了幸福？浩介回想自己家庭的狀況，不認為可以輕易找到解決的方法。正因為無計可施，浩介的父母才選擇了跑路這種方法。

「你的信寫好了嗎？」媽媽桑問。

「是啊，算是完成了。」

「真難得，現在還用手寫的方式寫信。」

「也對，但因為是臨時想到要寫信。」

今天白天，他用電腦查資料時，在某個人的部落格中，剛好看到那則訊息。可以說，他的雙眼立刻對「浪矢雜貨店」這幾個字有了反應。那則訊息的內容如下：

致知道浪矢雜貨店的各位：

九月十三日凌晨零點零分到黎明之間，浪矢雜貨店的諮商窗口復活。在此拜託曾經到雜貨店諮商，並得到回信的朋友，請問當時的回答對你的人生有什麼意義？有沒有幫助？還是完全沒有幫助？很希望能夠瞭解各位坦率的意見，請各位像當年一樣，把信投進店舖鐵捲門的投遞口。拜託各位了。

他嚇了一跳，起初不敢相信，以為是有人在惡作劇，但是，這種惡作劇有什麼意義？他立刻查到了這個消息的出處。有一個網站就叫「浪矢雜貨店只限一晚的復活」，網站的版主自稱是「浪矢雜貨店老闆的後代」，九月十三日是浪矢雜貨店老闆去世三十三週年，所以要用這個方式悼念他。

今天一整天，這件事都在他的腦海盤旋，他甚至無心工作。

他像往常一樣在大眾食堂吃完晚餐後回家，但心裡始終掛念著這件事。最後，他沒有換衣服，就再度出了門。他一個人住，所以沒必要向任何人報備自己要去哪裡。

猶豫很久之後，他搭上了電車，總覺得有一股力量在推他。

浩介又看了一遍剛才寫完的信，覺得自己的人生終於可以走向終點了。

店裡的背景音樂換成了〈Paperback Writer〉。那是浩介以前很喜歡的曲子。他不經意地看向CD播放機，發現旁邊放了一台唱機。

「妳也會放黑膠唱片嗎？」他問媽媽桑。

「偶爾會應老主顧的要求播放。」

「是這樣……可以借我看一下嗎？不用播放沒關係。」

「好啊。」媽媽桑說完，走進吧檯內。

她很快走了回來，手上拿了幾張黑膠唱片。

「雖然還有其他的，但我放在家裡。」說完，她把唱片放在吧檯上。

浩介拿起其中的一張，是《Abbey Road》，比《Let it be》更早推出，卻是披頭四實質上最後一張唱片，四個人走在斑馬線上的唱片封套十分有名，幾乎變成了傳說。不知道為什麼，保羅．麥卡尼光著腳，所以當時有傳聞說「保羅那時候已經死了」。

「好懷念喔。」他忍不住嘟囔道，伸手拿起第二張唱片，是《Magical mystery tour》（奇幻之旅），是同名電影的原聲帶，聽說那部電影的內容讓人捉摸不透。

第三張是《Sgt. Pepper's Lonely Hearts Club Band》（比伯軍曹寂寞芳心俱樂部），那在搖滾音樂界中位居金字塔地位。

浩介的視線停留在唱片上的某一點。唱片封套的右側有一個金髮美女，以前他以為是瑪麗蓮．夢露，長大之後，才知道其實是名叫戴安娜．多絲（Diana Dors）的女演員。在金髮美女的旁邊，印刷剝落的地方，有用麥克筆修補的痕跡。

他感到全身的血液沸騰，心跳加速。

「這……這是？」他的聲音沙啞，忍不住吞著口水，看著媽媽桑，「這是妳的嗎？」

她露出疑惑的表情。

「現在由我保管，原本是我哥哥的。」

「妳哥哥的？為什麼會在妳這裡？」

她重重地嘆了一口氣。

「我哥哥兩年前去世了。我喜歡披頭四，也是受他的影響。我哥哥從小就是披頭四的忠實歌迷，長大之後，一直說想要開一家專門放披頭四音樂的酒吧。三十多歲時，他辭去工作，開了這家酒吧。」

「……原來是這樣，妳哥哥是因為生病嗎？」

「對，肺部得了癌症。」她輕輕按著自己的胸口。

浩介看著媽媽桑剛才給自己的名片，她叫原口惠理子。

「妳哥哥也姓原口嗎？」

「不，我哥哥姓前田，原口是我夫家的名字，我已經離婚了，現在是單身，但為了省事，所以繼續使用原來的名字。」

「前田……」

浩介相信自己絕對沒有搞錯，當年他就是把唱片賣給姓「前田」的同學。也就是說，浩介目前拿的唱片曾經屬於他自己。

他難以相信眼前發生的事，又覺得不值得大驚小怪。回想起來，這個小城鎮上，想開披頭四酒吧的人屈指可數，在看到「Fab 4」的店名時，就應該想到可能是熟人開的。

「我哥哥的名字怎麼了？」媽媽桑問。

「不，沒事，」浩介搖搖頭，「所以，這些唱片是妳哥哥留下的遺物。」

「是啊，但也是原來主人留下的遺物。」

「啊？」浩介忍不住問：「原來的主人……？」

「大部分唱片都是哥哥中學同學賣給他的，總共有好幾十張，那個同學可能比我哥哥更瘋狂的披頭四歌迷，但突然說要賣給我哥哥。我哥哥很高興，但又覺得很奇怪——」說到這裡，媽媽桑用手掩著嘴，「對不起，這種事很無趣吧？」

「不，我想聽，」浩介喝了一小口威士忌，「說來聽聽吧，那個同學發生了什麼事嗎？」

「對，」她點點頭，「那個同學暑假結束後，就沒有再來學校。他和他的爸媽一起跑路了。我哥哥說，他家欠了很多錢，但最後似乎沒有逃成功，結局很慘……」

「怎麼樣的結局？」

媽媽桑垂下雙眼，露出沉痛的表情後，緩緩抬起頭。

「在跑路的兩天後，一家人自殺了，好像是集體自殺。」

「集體自殺？死了嗎？誰和誰死了？」

「一家三口，他爸爸殺了他媽媽和他之後，自己也……」

怎麼可能？他差一點叫起來，好不容易才終於忍住。

「怎麼殺的？怎麼殺……他的太太和兒子的？」

「詳細情況我也不太清楚，好像是先讓他們吃安眠藥睡著，然後把他們從船上推下海。」

「船上？」

「聽說在半夜偷了一艘小船去了海上，但他爸爸沒死，就回到陸地上吊了。」

「那兩個人的屍體呢？有沒有找到他太太和兒子的屍體？」

「不知道，」媽媽桑偏著頭，「我沒問那麼多，但他爸爸留下了遺書，所以才知道另外兩個人也死了。」

「是喔……」

浩介喝乾了威士忌，對媽媽桑說：「再給我一杯。」他思緒一片混亂，如果不靠酒精的力量麻痺神經，根本無法保持平靜。

即使找到了屍體，應該也只找到紀美子的，但只要遺書上寫他殺了妻子和兒子，即使沒有發現另一具屍體，警方也不太可能懷疑遺書的內容。

問題在於貞幸為什麼要這麼做？

浩介回想起四十二年前的事，那天晚上，他在富士川休息區躲進了運輸公司的卡車載貨台逃走了。

貞幸和紀美子發現兒子失蹤後，一定很煩惱該怎麼辦。要忘記兒子，按原本的計畫繼續跑路？還是去找兒子？浩介猜想應該是前者，因為他們根本沒有方法可以找到兒子。

但是，他們並沒有選擇這兩種方法，他們決定一起自殺。

媽媽桑把酒杯放在他面前，浩介拿起酒杯，輕輕搖了搖，冰塊動了一下，發出輕微的聲音。

也許貞幸他們之前就曾經考慮過全家一起自殺這個選項，當然是做為最後的手段，但是，浩介採取的行動讓他決心付諸行動。

不，不光是貞幸，他應該和紀美子商量後決定這麼做。

為什麼要偷船，把紀美子的屍體沉入大海？

只有一個理由，就是他們用這種方式偽裝成同時殺了兒子。在茫茫大海中，即使找不到屍體，警方也不會起疑。

當他們決定自殺時，首先想到了浩介。當他們死了之後，兒子會怎麼樣？也許他們無法想像浩介如何生存下去，但是，可能想到了會捨棄和久浩介這個名字和經歷，既然這樣，身為父母的自己，就不能妨礙他。

所以，他們從這個世界帶走了和久浩介這個人。

警視廳少年課的刑警、兒童福利所的職員，以及其他很多大人都想查明浩介的身分，但是，沒有任何人能夠查到，因為和久浩介這個中學生的所有資料早就被刪除了。

浩介想起跑路之前，母親紀美子走進他房間時說的話。

不光是媽媽，爸爸也把你放在第一位，只要能夠讓你幸福，我們可以付出任何代價，即使奉獻生命也不足惜。

原來那番話並不是說謊。這代表因為父母的成全，才有今天的自己。

浩介搖著頭，喝著威士忌。不可能。因為有這種父母，自己才吃了原本不需要體會的苦，甚至捨棄了自己原本的姓名。今天的生活，全都是靠自己的努力換來的。

然而，後悔和自責也湧上他的心頭。

因為自己逃走，導致父母沒有其他的選擇，是自己把他們逼上了絕路。在逃走之前，為什麼沒有再次向父母提議，不要跑路，一起回家，一家人重新開始？

「你怎麼了？」

聽到聲音，他抬起頭。媽媽桑露出擔心的眼神看著他。

「你好像很痛苦……」

「不，」他搖搖頭，「沒事，謝謝妳。」

他低頭看著手邊的信紙，重新看了自己寫的文章後，內心感到很不舒服。

他覺得這封充滿自我滿足的信沒有任何價值，甚至缺乏向自己提供諮商者的敬意。什麼「人生還是必須靠自己的雙手去開拓」，如果沒有自己輕視的父母付出生命的代價，根本不知道自己會有什麼結果。

他翻過信紙，撕得粉碎。媽媽桑驚叫了一聲。

「對不起，我還可以多坐一會兒嗎？」浩介問。

「好啊，沒問題。」媽媽桑對他露出微笑。

他拿起水性筆，再度看著信紙。

也許浪矢爺爺的建議才是正確的。只要全家人在一條船上，就有可能回到正軌——他回想起回信中的這一段。因為自己逃走，所以那艘船失去了方向。

這封信該怎麼寫？該寫出事實真相，說自己沒有理會浪矢爺爺的建議，逃離了父母身邊，導致他們自殺了嗎？

不能這麼做。不應該這麼做。他立刻否定了這個想法。

雖然不知道當年和久一家人自殺的消息在這個城鎮討論了多久，但會不會傳入浪矢爺爺的耳中？會不會想到可能就是諮商者「保羅・藍儂」一家人？也許會後悔建議「保羅・藍儂」跟他父母一起走。

今晚的活動是為了悼念浪矢爺爺去世三十三週年，既然這樣，就必須讓在天堂的爺爺安心。雖然公告希望諮商者實話實說，但並不一定要寫實情，只要告訴浪矢爺爺，他當年的建議很正確就好。

浩介想了一下之後，寫了以下這封信。前半部分和第一封信幾乎相同。

致浪矢雜貨店：

我曾經在四十年前寫信諮商，當時，我自稱是保羅．藍儂，不知道您還記不記得？

我當初的諮商內容是，我父母打算跑路，要我跟他們一起逃，我不知道該怎麼辦。那時候，您沒有把我的信貼在牆上，據說那是第一次有人找您諮商嚴肅的問題。

當時，您回答說，一家人各奔東西不太好，要我相信父母，跟他們一起走，同時，還激勵我，只要全家人在一條船上，就有可能一起回到正軌上。

我聽從了您的建議，決定跟父母一起走。這個判斷並沒有錯。

恕我省略詳細的情況，我們一家人最後擺脫了苦難。我的父母在不久前去世了，我相信他們度過了幸福的人生，我的生活也很美滿。

這一切都是拜浪矢爺爺所賜，我忍不住提筆表達內心的感謝。

這封信會由浪矢爺爺的家屬來念嗎？希望可以在浪矢爺爺去世三十三週年之際，慰藉他的在天之靈。

保羅．藍儂

浩介看了幾遍之後，突然有一種奇妙的感覺。因為內容和浪矢爺爺兒子說的另一個跑路少年的感謝信太相似了，當然，他相信純屬巧合。

他摺好信紙，放進了信封。一看手錶，發現即將十二點了。

「我想拜託妳一件事，」浩介站了起來，「我要把這封信送去某個地方。我很快就回來，回來之後，可以再讓我喝一杯嗎？」

媽媽桑露出不解的表情輪流看著信和浩介的臉，嫣然一笑說：「好，沒問題。」

「謝謝。」浩介說完，從皮夾裡拿出一萬圓，放在吧檯上。他不想被人懷疑喝霸王酒。走出酒吧，他走在夜晚的街頭。附近的居酒屋和小酒館都打烊了。

浪矢雜貨店出現在前方。浩介停下腳步，因為雜貨店前有人影。

他訝異地緩緩靠近，發現是一個身穿套裝的女人，年約三十多歲，附近停了一輛賓士。他向車內張望，發現副駕駛座上放了一個紙箱，裡面是一位女歌手的ＣＤ。有好幾張相同的ＣＤ，可能是和那個女歌手有關的人。

那個女人把什麼東西塞進鐵捲門上的郵件投遞口後，轉身離開。她發現了浩介，立刻驚訝地愣在那裡，臉上露出警戒的表情。

浩介出示了手上的信封，用另一隻手指了指鐵捲門的投遞口。那個女人似乎瞭解了狀況，表情立刻放鬆了，默默地向他欠身後，坐上了停在旁邊的賓士車。

今晚不知道會有多少人來這裡？浩介忍不住想道。也許對很多人來說，浪矢雜貨店的存在，對他們的人生有著重要的意義。

賓士車離開後，浩介把信投進了郵件投遞口，門內傳來啪答的落地聲音。這是睽違了四十二年的聲音。

浩介覺得自己終於放下了。也許這一刻才終於解決當年的煩惱。

回到「Fab 4」，發現牆上的液晶電視螢幕打開了，媽媽桑正在吧檯內操作。

「妳在幹什麼？」浩介問。

「我哥哥珍藏了一部片子，因為沒有發行正規版，所以好像是盜版的一部分。」

「是喔。」

「你要喝什麼？」

「嗯，和剛才一樣。」

媽媽桑把布納哈本的純酒放在浩介的面前。當他伸手時，影像開始播放，杯子即將碰到嘴唇時，他停下了手。因為他知道那是什麼影像。

「這是……」

螢幕上出現的是蘋果唱片公司的屋頂露台。披頭四在寒風中開始演奏。那是電影《Let it be》的高潮。

浩介放下杯子，凝視著畫面。這部電影改變了他的人生，看了這部電影後，他深刻體會到，人心的結合是多麼脆弱。

但是——

影像中的披頭四和浩介的記憶不太相同。他當年在電影院看這部影片時，覺得他們的心已經渙散，演奏時也各彈各的調，現在卻有不同的感覺。

披頭四的四名成員很努力地演奏，似乎樂在其中。雖然即將解散，四個人在演奏時，仍然回到了往日的那份情懷嗎？

當初在電影院看這部影片時，之所以覺得很糟糕，也許和浩介自己的心情有關。那時候，他無法相信心靈的團結。

浩介拿起酒杯，喝著威士忌。他靜靜地閉上眼睛，為死去的雙親祈禱。

# 第五章／在天上祈禱

## 1

翔太一臉沮喪地從店舖走回來。

「沒有嗎？」敦也問。

翔太點點頭，嘆了一口氣，「好像是風吹動鐵捲門的聲音。」

「是嗎？」敦也說，「這樣就好啦。」

「不知道他有沒有看到我們的回信。」幸平問。

「應該看到了吧。」翔太回答，「牛奶箱裡的信不見了，其他人不會去拿。」

「也對。那為什麼沒有寫回信？」

「因為……」翔太說到這裡，轉頭看著敦也。

「很正常啊，」敦也說，「因為信上寫了那些內容，收到信的人一定會覺得莫名其妙。而且，如果他寫回信，反而更傷腦筋，萬一他問我們那句話是什麼意思怎麼辦？」

幸平和翔太默默低下頭。

「我們沒辦法回答吧？所以，這樣反而比較好。」

「話說回來，真是太讓人驚訝了，」翔太說，「怎麼會有這麼巧的事？『鮮魚店的音樂人』竟然是那個人。」

「是啊。」敦也點點頭，他無法說他並不感到驚訝。

和爭取參加奧運的女人書信往來結束之後，他們又收到另一個人上門諮商煩惱。看了內容之後，敦也他們覺得很受不了，也很生氣，因為他們認為上門諮商的「到底該繼承家業的鮮魚店，還是該走音樂這條路」的這個問題，根本稱不上是煩惱，而是好命人的任性。

於是，他們用揶揄的方式，在回信中痛批了這種天真的想法，但自稱是「魚店的音樂人」的諮商者似乎難以接受，立刻回信反駁。敦也他們再度寫了果決的回信，當諮商者再度送信上門時，發生了奇妙的事。

當時，敦也他們在店裡等待「鮮魚店的音樂人」的信。不一會兒，信就塞進了投遞口，但在中途停了下來。下一剎那，發生了令人驚訝的事。

從投遞口傳來口琴的演奏聲，而且是敦也他們很熟悉的旋律，而且也知道那首歌的名字。那首歌叫〈重生〉。

那是名叫水原芹的女歌手踏入歌壇的作品，除此以外，這首歌背後還有一個故事。而且，這首歌和敦也他們並非完全沒有關係。

水原芹和她弟弟在孤兒院丸光園長大。在她讀小學時，孤兒院曾經發生火災。當時，她弟弟沒有及時逃出，有一個男人去救了他弟弟。那個人是來聖誕派對演奏的業餘音樂人，為了救她的弟弟，全身嚴重燒傷，最後在醫院斷了氣。

〈重生〉就是那位音樂人創作的歌曲。為了回報他救弟弟的恩情，水原芹不斷唱這首歌，也因此讓她在歌壇保持屹立不搖的地位。

敦也他們小時候就知道這個故事。因為他們也是在丸光園長大的，水原芹是所有院童的希望之星，每個院童都夢想自己也能像她那樣發光。

聽到這首〈重生〉時，敦也他們驚訝不已。口琴演奏完畢後，那封信從投遞口投了進來。是從外面塞進來的。

到底是怎麼回事？他們三個人討論這個問題。諮商者生活在一九八〇年代，水原芹雖然已經出生，但年紀還很小，當然，〈重生〉這首歌也還沒有出名。

只有一個可能，「鮮魚店的音樂人」就是〈重生〉的作者，是水原芹姊弟的救命恩人。

「鮮魚店的音樂人」在信中說，浪矢雜貨店的回答讓他很受打擊，但打算重新檢視自己，並希望可以面談。

三個人煩惱不已，不知道到底該不該把未來的事告訴「鮮魚店的音樂人」。是否該告訴他，一九八八年聖誕夜，他將會在孤兒院丸光園遇到火災，並葬身火窟。

幸平認為應該告訴他，這麼一來，他或許活下來。

翔太提出質疑，這麼一來，水原芹的弟弟不是就會死嗎？幸平也無法反駁。

最後，敦也做出了結論，不告訴他火災的事。

「即使我們告訴他，他也不會當真，只會覺得是可怕的預言，心裡覺得不舒服而已，然後就忘了這件事。而且，我們知道丸光園會發生火災，水原芹會唱〈重生〉這首歌，無論我們在信上寫什麼，我相信這些事不會改變。既然這樣，不如寫一些鼓勵他的話。」

翔太和幸平也同意他的意見，但最後一封信中該寫什麼呢？

「我……想向他道謝。」幸平說，「如果沒有他，就沒有水原芹這位歌手，我也不會聽到〈重生〉這首歌。」

敦也也有同感，翔太也說，就這麼辦。

三個人思考了回信的內容，在信的最後，寫了這樣一段話。

你在音樂這條路上的努力絕對不會白費。

有人會因為你的樂曲得到救贖，你創作的音樂一定會流傳下來。

至於你問我為什麼可以如此斷言，我也不知道該怎麼回答，總之，千萬不要懷疑這件事。

請你務必要相信這件事到最後，直到最後的最後，都要相信這件事。

這是我唯一能夠對你說的話。

把答覆信放進牛奶箱後不久，又去檢查了牛奶箱，發現信已經消失了，應該代表「鮮魚店的音樂人」已經把信拿走了。

他們以為還會接到回信，所以，就關上後門，一直等到現在。

但是，直到這一刻，都遲遲沒有收到回信。之前都是把回信放進牛奶箱後，就立刻從郵件投遞口收到對方的信。也許「鮮魚店的音樂人」看了敦也他們的信之後，做出了某個決定。

「那去把後門打開吧。」敦也站了起來。

「等一下。」幸平拉位敦也的牛仔褲褲腳，「不能再等一下嗎？」

「等什麼？」

「我是說，」幸平舔了舔嘴唇，「不能等一下再打開後門嗎？」

敦也皺著眉頭。

「為什麼？鮮魚店的兒子應該不會回信了。」

「我知道，他的事已經結束了。」

「那還等什麼？」

「我是說……搞不好還有其他人上門諮商。」

「什麼？」敦也張大嘴巴，低頭看著幸平，「你在說什麼啊？後門關著，時間就無法流動，你到底知不知道這件事？」

「我當然知道。」

「既然這樣，就應該知道沒時間做這種事。因為剛好碰上，所以就順便解決了鮮魚店兒子的事，但到此為止了，不再接受諮商了。」

敦也推開幸平的手走向後門，打開門之後，他在外面確認了時間。凌晨四點多。還有兩個小時。

他們打算清晨六點多離開這裡。那時候，應該已經有電車了。

回到室內，發現幸平一臉愁容，翔太正在玩手機。

敦也坐在餐桌旁，可能是因為外面有風吹進來的關係，桌上蠟燭的火焰搖晃著。

這棟房子太不可思議了。敦也看著陳舊的牆壁想道。到底為什麼會發生這種不尋常的現象？自己為什麼會捲入這種事？

「我也說不清楚，」幸平突然開了口，「像我這種人，像我這種腦筋不靈光的人，活到這麼大，好像今天晚上第一次對別人有幫助。」

敦也皺起眉頭。

「所以即使根本賺不了一毛錢，你還是想繼續為別人消煩解憂嗎？」

「這不是錢的問題，賺不了錢也沒關係。以前我從來沒有不計較利益得失，認真考慮過別人的事。」

敦也用力咂著嘴。

「即使我們絞盡腦汁，寫了回信，結果又怎麼樣呢？我們的回答完全沒有發揮任何作用。那個奧運的女人，只是用自己的方式理解我們的回答；至於鮮魚店的兒子，我們也沒為他做任何事。我不是一開始就說了嗎？我們這種不入流的人為別人諮商，簡直就是不知天高地厚。」

「但是，在看『月亮兔』小姐最後那封信時，你不是也很開心嗎？」

「當然不會不開心啊，但我並沒有誤會，我們這種人不配向別人提供意見。我們——」敦也指了指放在房間角落的行李袋，「我們是最讓人看不起的小偷。」

幸平露出受傷表情低下頭，敦也看了，「哼」了一下。

就在這時，翔太大叫一聲：「啊！」敦也嚇得從椅子上站了起來。

「怎麼了？」

「不是啦，」翔太指了指手機，「網路上有『浪矢雜貨店』的事。」

「網路？」敦也皺著眉頭，「可能有人會寫一些對往事的回憶吧。」

「我也是這麼想，所以才在網路上搜尋『浪矢雜貨店』，想看看有沒有寫了什麼。」

「結果就看到別人寫的往事之類的嗎？」

「並不是這麼一回事，」翔太走了過來，把手機遞到敦也面前，「你看這個。」

「看什麼？」敦也說著，接過手機，看著液晶螢幕上顯示的內容。上面寫著「浪矢雜貨店只限一晚的復活」，當他繼續看接下來那段文字時，終於知道翔太為什麼這麼驚訝了。敦也也覺得自己體溫上升。

那段文字的內容如下——

致知道浪矢雜貨店的各位：

九月十三日凌晨零點零分到黎明之間，浪矢雜貨店的諮商窗口復活。在此拜託曾經到雜貨店諮商，並得到回信的朋友，請問當時的回答對你的人生有什麼意義？有沒有幫助？還是完全沒有幫助？很希望能夠瞭解各位坦率的意見，請各位像當年一樣，把信投進店鋪鐵捲門的投遞口。拜託各位了。

「這是什麼？」

「不知道，但上面寫著，九月十三日是老闆去世三十三週年，所以想到用這種方式來悼念。主辦人是老闆的後代。」

「怎麼了？」幸平也走了過來，「怎麼回事？」

翔太把手機交給幸平後說：「敦也，今天剛好是九月十三日。」

敦也也發現了這件事。九月十三日半夜十二點到黎明之間——現在剛好是這段時間，自己闖進了這段時間。

「這是什麼？諮商窗口復活……」幸平眨著眼睛重複著。

「剛才的奇妙現象是不是和這件事有關？」翔太說，「我猜一定是這樣。今天是特別的日子，所以現在和過去連結起來了。」

敦也摸著臉。雖然搞不清楚其中的道理，但應該就是翔太說的那樣。

他看著敞開的後門，門外一片漆黑。

「只要門開著，就無法和過去連結。離天亮還有一點時間，敦也，你說怎麼辦？」翔太問。

「怎麼辦……」

「也許我們妨礙了某些事的進行，照理說，那扇門應該一直關著才對。」

幸平起身，默默走向後門，把門關上了。

「啊喲，你在幹什麼啊？」敦也說。

幸平轉身對著他搖頭，「要關起來才對啊。」

「為什麼？門關起來的話，時間就靜止不走了，你打算一直留在這裡嗎？」敦也說完，突然浮現一個想法。他點點頭說：「好吧，那就把後門關起來，我們離開這裡，這麼一來，事情就解決了。我們也不會妨礙到任何人，對不對？」

另外兩個人並沒有點頭，都露出愁眉不展的表情。

「怎麼了？你們還有什麼話要說嗎？」

翔太終於開了口。

「我打算繼續留在這裡，敦也，你想離開的話，你先走沒關係。可以在外面等，也可以先逃走。」

「我也要留下來。」幸平立刻說。

敦也抓了抓頭，「你們留在這裡想幹什麼？」

「並不是特別想幹什麼，」翔太回答，「只是想看一下這棟神奇的房子最後會變成什麼樣子。」

「你瞭解狀況嗎？距離天亮還有一個小時，外面的一個小時，在這裡是好幾天，你們要不吃不喝，一直在這裡等嗎？這怎麼可能嘛。」

翔太移開視線。可能他認為敦也說對了。

「別管這裡的事了。」敦也說，但翔太沒有回答。

就在這時，聽到鐵捲門晃動的聲音。敦也和翔太互看了一眼。

幸平快步走向店舖，敦也對著他的背影說：「又是風啦，被風吹得晃動而已。」

不一會兒，幸平慢吞吞地走了回來。他的手上沒有東西。

「我就說是風吧。」

幸平沒有立刻回答，但走到敦也他們面前時笑了起來，右手繞到身後。然後叫了一聲：「將！」右手拿著一個白色信封。他剛才把信藏在褲子後方的口袋裡。

「敦也，把這個當成最後一個吧。」翔太指著信封，「等回答完這個人之後，我們就離開，我向你保證。」

敦也嘆了一口氣，坐在椅子上說：「先看看信上寫什麼，有可能是我們沒辦法解決的煩惱。」

幸平小心翼翼地撕開了信封的角落。

## 2

浪矢雜貨店，您好，我有煩惱想要請教，所以寫了這封信。

我今年春天從高商畢業，四月開始在東京一家公司上班。因為家庭因素，要趕快出社會工作，所以沒有上大學。

但是，工作之後，我立刻開始失去了自信，覺得這樣真的好嗎？

我們公司之所以會錄用高商畢業的女性職員，只是為了讓我們做一些打雜的工作。我每天的工作只是倒茶、影印和謄寫男職員字跡潦草的文件，都是一些任何人都可以做的簡單作業，中學生，不，只要是字寫得好看一點的小學生也可以勝任，在工作時完全沒有充實感。雖然我有簿記二級的資格，但根本沒有用武之地。

公司覺得女人出來工作只是為了找結婚對象，只要找到適當的對象，就會立刻辭職結婚。既然只是要做一些簡單的作業，所以根本不需要學歷，不斷有年輕女職員進公司，也方便男職員找老婆，公司也不必付太高的薪水。

但是，我工作並不是為了這個目的。我希望成為一個有經濟能力，獨立自主的女人，並沒有把工作當成是暫時的落腳處而已。

正當我在猶豫未來該怎麼辦時，有一天，走在馬路上時被人搭訕，問我要不要去他們店裡上班。那是新宿的一家酒店。沒錯，那是在街頭找酒店小姐的星探。

聽他介紹後，發現在酒店上班的待遇好得出奇，收入和我白天工作完全無法相比。由於待遇實在太好了，我甚至懷疑其中有詐。

對方叫我可以去店裡玩，順便參觀一下。我鼓起勇氣去了那家店，受到了很大的衝擊。聽到酒店或是酒家女，往往會讓人覺得很不單純，但我只看到一個華麗的大人世界。酒店小姐不光是把自己打扮得漂漂亮亮而已，而是努力思考如何讓客人滿意。雖然我不知道自己能不能像她們那麼厲害，但我覺得很值得挑戰。

於是，我白天在公司上班，晚上去酒店上班。我才十九歲，在店裡的時候，我謊稱自己二十歲。雖然這對體力是很大的考驗，招呼客人也比想像中更加困難，但每天都很充實，在金錢方面終於也不再像以前那麼拮据了。

兩個月後，我開始產生疑問。並不是對酒家女的工作，而是不知道是不是要繼續當粉領族，如果只能做這些簡單的工作，我根本沒必要堅持下去，不如專心當酒家女，賺錢的效率更高。

我目前還沒有告訴周圍的人，在酒店上班這件事，一旦我突然辭去白天的工作，可能會在各方面引起不小的麻煩。

但是，我認為終於找到了自己前進的方向，希望您可以給我良好的建議，如何才能得到眾人的理解，以四平八穩的方式辭去白天的工作？

拜託您了。

迷茫的汪汪

看完信，敦也用力「哼」了一聲，「沒什麼好談的，太不像話了，最後的諮商居然是這種內容。」

「的確太離譜了，」翔太也撇著嘴，「無論在哪一個時代都有這種輕浮的女生，對色情行業充滿憧憬。」

「我猜她一定是美女，」幸平露出開心的表情，「因為她走在路上就被挖角，而且才去酒店上班兩個月，就已經賺了不少。」

「現在沒時間感嘆這種事，翔太，趕快寫回信。」

「要怎麼寫？」翔太拿著原子筆。

「那還用問嗎？當然叫她別癡人說夢了。」

翔太皺著眉頭，「對十九歲的年輕女孩說這種話，會不會太重了？」

「遇到這種笨女人，當然要把話說得重一點。」

「我知道，但可不可以稍微婉轉一點？」

敦也咂著嘴說，「翔太，你太天真了。」

「如果回信寫得太重，反而會招致反彈，敦也，你自己也一樣吧？」

然後，翔太寫的回信內容如下。

致迷茫的汪汪：

來信收悉。

恕我直言，趕快辭去酒店的工作，妳簡直是亂來。

我知道酒家女的收入的確比粉領族好得多，而且也比較輕鬆。

妳只是想輕鬆得到奢侈的生活，所以會覺得這份工作很好。

但是，只有年輕的時候會覺得這份工作很好而已，妳現在還年輕，才工作兩個月，不瞭解這份工作真正辛苦的地方。客人的素質五花八門，以後也會遇到很多覬覦妳肉體的男人，遇到這些人，妳有辦法聰明應付嗎？還是說，妳打算和所有這些人上床？妳的身體會撐不住吧。

專心當酒家女？妳可以做到幾歲？妳在信中說，妳想成為獨立自主的女人，但等妳老了之後，沒有人願意僱用妳。

妳一直當酒家女，最後呢？想當酒店的媽媽桑？那我就沒話好說了，請妳加油。只不過即使自己開了店，經營並不是一件容易的事。

妳有朝一日也想要結婚生子，建立幸福的家庭吧？既然這樣，聽我奉勸一句，趕快辭掉酒店的工作。

如果妳繼續當酒店小姐，妳想和怎樣的人結婚？客人嗎？去妳店裡的客人中，有幾個人是單身？

請妳為父母想一下，他們把妳養育成人，讓妳去學校讀書，並不是為了讓妳去當酒家女。當一個在公司暫時落腳的粉領族也不錯啊。進公司後，沒做什麼像樣的工作，就可以照樣領薪水，而且還有人獻慇懃，最後還可以和同事結婚，之後就不用再上班了。

這樣不是很好嗎？還有什麼不滿意呢？

迷茫的汪汪，我想告訴妳，社會上還有很多大叔為找不到工作發愁，他們只要能夠領到高中畢業的女職員一半的薪水，就很樂意做倒茶打雜的工作。

我並不是故意寫這些內容讓妳看了不舒服，這都是為妳好。相信我，照我說的去做吧。

浪矢雜貨店

「對，要讓她認清現實。」敦也確認信的內容後，點了點頭。這個女人拿了父母的錢讀完高商，順利找到了工作，還想去當酒家女，忍不住想要教訓她一頓。

翔太去把回信放進牛奶箱，回來之後，才關上後門，鐵捲門那裡就隱約傳來了動靜。

「我去拿。」翔太直接走去店舖。

他很快就回來了，嘴角露出笑容，甩著手上的信說：「來了喔。」

致浪矢雜貨店：

謝謝您的迅速回覆，我原本還擔心您不會回我的信，所以鬆了一口氣。

但是，看了信之後，我知道自己失策了。浪矢先生，您似乎有很多誤會，我應該把情況說得更清楚。

我想專心在酒店工作，並非只是為了過好日子。我追求的是經濟能力，這是不需要依靠別人，也可以生存下去的武器。如果我只是當一個在公司暫時落腳的粉領族，無法得到這種經濟能力。

我並不想結婚，雖然生兒育女、當一個平凡的家庭主婦也是一種幸福的方式，但我並不打算選擇這樣的人生。

我對酒店這個行業的嚴峻略知一二，只要觀察周圍那些前輩，就不難想像日後所面臨的辛苦。我是在瞭解這些情況的基礎上，決心要走這條路。我希望日後自己開一家店。

我對此很有自信。雖然我才做了兩個月，但已經有幾個願意捧我場的老主顧了，只是我無法為這些客人好好服務，主要原因就在於我白天有工作。由於只能在下班後去酒店上班，甚至無法和客人一起吃飯。這也是我想要辭去白天工作的原因之一。

有一件事要聲明，我和客人之間從來沒有發生過您所擔心的肉體關係，雖然客人並非沒有暗示，但我巧妙地閃躲了，我並不是小孩子。

我的確對我的監護人感到愧疚，可能會引起不必要的擔心，但是，我想最終可以好好報答他們。

您仍然認為我的想法是有勇無謀嗎？

迷茫的汪汪

「別再理她了。」敦也把信丟在一旁說，「什麼我對此很有自信，想得太天真了。」

幸平一臉不悅地接過信紙說：「對啊。」

「但是，她寫的也沒有錯啊，」翔太說，「沒有學歷的女人想要在經濟上獨立，在特種行業撈錢最快，我覺得這種想法很正常啊。如今是笑貧不笑娼的時代，沒有錢萬萬不能。」

「這種事，不用你告訴我，我當然也知道，」敦也說，「即使想法沒有錯，也未必能夠成功。」

「你憑什麼斷定她不能成功，這種事，誰知道呢？」翔太噘著嘴說。

「因為這個世界上，失敗的人比成功的人多太多了。」敦也不加思索地回答，「雖然有不少紅牌小姐自己開店，但很多人半年後就經營不下去了。想要做生意沒那麼簡單，需要有資金，但也不是只要有資金就解決了所有的問題。這個不經世事的小女孩只是現在這麼寫而已，等到真的開始過這種生活，就不在意什麼目標了，等到回過神時，一切已經為時太晚，錯過了婚期，而且年紀也太大，無法繼續當酒家女了。到時候，後悔也來不及了。」

「她才十九歲，不必考慮這麼久以後的事——」

「正因為她還年輕，所以才要說啊，」敦也提高了音量，「總之，回信給她，教她放棄這種愚蠢的念頭，趕快辭掉酒家女的工作，專心在公司找一個老公。」

翔太注視著餐桌上的信紙，緩緩搖著頭。

「我想要支持她，我覺得她並不是抱著輕率的態度寫這封信。」

「這和輕不輕率沒有關係，而是要面對現實。」

「我認為她很面對現實啊。」

「哪裡？那要不要打賭？你賭她開酒店成功，我賭她在當酒店小姐後，愛上一個壞男人，最後生下沒有父親的孩子，給周圍人添麻煩。」

翔太倒吸了一口氣，隨即露出尷尬的表情低下頭。

凝重的沉默籠罩室內，敦也也低下了頭。

「聽我說，」開口的是幸平，「要不要確認一下？」

「確認什麼？」敦也問。

「向她問清楚更詳細的情況啊。我覺得你們兩個人的意見都沒錯，所以，先問一下她，到底有多認真，然後我們再來考慮要怎麼回她。」

「她當然會回答自己很認真，因為她認為是這樣。」敦也說。

「不妨問她更具體的事，」翔太抬起頭，「比方說，她希望經濟怎樣獨立，為什麼不喜歡結婚得到幸福這個選擇。她說以後想要自己開店，問她有什麼計畫。就像敦也說的，開店做生意並不是一件簡單的事。你問她這些問題，如果她無法回答清楚，我就會覺得她的夢想不切實，也會叫她辭去酒店的工作。你們覺得如何？」

敦也吸了吸鼻子，點了點頭。

「雖然光問也沒有用，但就這麼辦吧。」

「好。」翔太拿起原子筆。

翔太在寫信時不時陷入思考，敦也看著他，不禁回想起自己剛才說的話。他剛才說，當酒家女久了，會愛上壞男人，最後生下一個沒有父親的孩子，給周圍人添麻煩——其實他說的不是別人，正是他的母親。正因為翔太他們知道他的身世，所以才閉口不說話。

敦也的母親在二十二歲時生下他，父親是在同一家店上班的酒保，年紀比母親小，但是，在他出生之前，那個男人就失蹤了。

敦也的母親生下孩子後，繼續在酒店上班。因為可能沒有其他可以做的工作。

在敦也懂事時，母親身旁就有男人，但敦也不認為他是自己的父親。不久之後，那個男人也不見蹤影。隔了一陣子，又有別的男人住進家裡。母親給男人錢，男人不工作。然後，那個男人也消失了，接著，又是另一個男人上門。這種事一次又一次上演，最後，就遇到了那個男人。

那個男人常常莫名其妙地對敦也動粗。不，男人可能有自己的理由，只是敦也不得而知，甚至曾經在他小學一年級時，因為不喜歡他的臉而毆打他。母親沒有保護他，覺得兒子惹男人生氣，是兒子的錯。

敦也的身上總是有瘀青，他小心翼翼地不被別人發現。因為他知道，一旦被學校的人發現，就會把事情鬧大，下場會更慘。

在敦也讀二年級時，那個男人因為賭博遭到逮捕。幾名刑警來到家中搜索，其中一名刑警發現身穿背心的敦也身上有瘀青，問了母親原因，母親說了很不合常理的謊，謊言立刻被拆穿了。

警察通知了兒童福利所，兒童福利所的職員很快就趕到了。

母親對職員說，可以自己帶小孩子。敦也至今仍然不知道，她當初為什麼會這麼回答。因為之前曾經多次聽她在電話中說，她最討厭帶孩子，早知道就不應該生下這個孩子。

職員離開了。敦也開始和母親兩個人一起生活，他覺得這樣終於可以擺脫暴力的陰影了。

他的確沒有再遭到毆打，但並不代表他開始過正常的生活。母親比以前更少回家，只不過她離家時，既沒有為他準備三餐，也沒有留下錢，學校的營養午餐成為他三餐的唯一來源。即使如此，他仍然沒有告訴別人自己面臨的困境。他也不知道為什麼，也許是不喜歡被人同情。

季節變換，進入了冬天。聖誕節時，敦也始終都是一個人。學校開始放寒假，但母親連續兩週沒有回家，冰箱裡空無一物。

十二月二十八日，敦也因為飢餓難忍，偷了路邊攤的串烤被抓。從寒假到那一天為止，他沒有吃過任何東西，所以完全沒有任何記憶，甚至不記得自己偷了東西。他之所以一下子就被抓，是因為他在逃跑途中因為貧血而昏倒了。

三個月後，敦也被送到孤兒院丸光園。

## 3

致迷茫的汪汪：

第二封信已收到。

我已經瞭解妳並不光是為了過好日子而去酒店上班。

妳打算以後自己開店的夢想也很了不起。

但是，我仍然懷疑妳只是因為去酒店上班後，被紙醉金迷的世界迷惑了。

比方說，妳打算如何籌措開店的資金？

妳打算花多少時間存夠這筆錢？有沒有具體的計畫？

之後，又打算如何經營？開一家店需要僱用很多人，妳要去哪裡學習有關經營的知識呢？

還是妳認為只要在酒店混幾年，就自然會瞭解經營之道？

妳有自信這些計畫會成功嗎？有的話，是有什麼根據呢？

妳希望在經濟上獨立自主的想法很了不起，但是，妳不認為和有經濟能力的對象結婚，邁向安定的生活，也是很出色的生活方式嗎？即使不外出工作，在家裡當先生的賢內助，在某種意義上來說，不也是很獨立嗎？

妳在信中說，想要報答父母，但並不是給他們錢才算是報恩。只要妳幸福，妳父母就會感到滿足，就會覺得妳已經回報了他們的養育之恩。

雖然妳在信中說，如果不同意妳的觀點，就不必理會妳的來信，但我當然不可能置之不理，所以才寫了這封信，希望可以聽到妳坦誠的回答。

浪矢雜貨店

「寫得不錯嘛。」敦也把信紙還給翔太時說。

「接下來就看對方怎麼回應了，不知道她對未來有沒有明確的計畫。」

敦也聽了翔太的話，搖了搖頭說：「我認為不可能。」

「為什麼？不要妄下結論。」

「即使她有所謂的計畫，也絕對是癡人說夢的計畫，說什麼要請喜歡自己的藝人或職棒選手援助自己之類的。」

「啊，這樣的話，搞不好真的會成功。」幸平立刻回答。

「白癡，怎麼可能有這種事嘛。」

「總之，我放到牛奶箱。」翔太把信紙裝進信封，站了起來。

翔太打開後門，走了出去，聽到他打開牛奶箱蓋子的聲音。接著，又是啪地一聲關上的聲音。今晚到底要聽幾次這種聲音。敦也突然閃過這個念頭。

翔太走了回來，順手關上了後門。店鋪的鐵捲門立刻傳來晃動的聲音，幸平說：「我去拿。」快步走了過去。

敦也看著翔太，兩人視線交會。

「不知道會寫什麼。」敦也說。「不知道。」翔太聳了聳肩。

幸平走了回來，手上拿著信封，「我可以先看嗎？」

「請便。」敦也和翔太同時回答。

幸平開始看信，一開始臉上帶著笑容，隨即神色緊張起來。看到他開始咬大拇指的指甲，敦也和翔太忍不住互看了一眼。因為那是幸平慌亂時慣有的動作。

回信寫了好幾張信紙，敦也來不及等幸平全部看完，就把他先看完的信紙拿了過來。

致浪矢雜貨店：

看了您第二封回信，再度感到後悔。

老實說，看到您懷疑我對紙醉金迷的世界迷惑，我很生氣，覺得天下哪有人會因為好玩去想這種事。

但是，冷靜之後，就覺得您說的話有道理。因為一個十九歲的女生說要自己做生意，別人的確難以相信。

所以，我反省自己不該遮遮掩掩，有所隱瞞，決定趁這個機會，把所有的事都說清楚。

我再三提到，我希望成為一個在經濟上獨立自主的人，而且，在經濟上必須很富足。說白了，我想要賺很多錢，但這並不是為了滿足我個人的慾望。

我從小失去父母，在小學畢業之前的六年期間都住在一家名叫丸光園的孤兒院。

但是，我很幸福，在小學畢業那一年，被接去親戚家，也是託他們的福，我才能讀高商。我在孤兒院內看過好幾個人受到父母的虐待，也有人的親戚為了補助金把他接回家，卻不給他吃像樣的食物。相較之下，我真的很幸運。

正因為這樣，我覺得我必須報答我的親戚，但是，我並沒有太多的時間。因為照顧我的親戚年事已高，目前沒有工作，只能靠所剩不多的存款勉強維生。只有我能夠幫助他們，但如果只是在公司倒茶、影印，根本沒有能力幫助他們。

我有開店的計畫，除了存錢以外，還有一位值得依靠的朋友會向我提供意見。他是店裡的客人，曾經協助別人開了好幾家餐廳，自己也開店。他說等我開店時，他會在各方面提供協助。

浪矢先生，我猜想您會對這件事產生疑問，不瞭解他為什麼對我這麼好。

那我就實話實說了。他希望我當他的情婦，如果我願意，他每個月都會給我生活費，是一筆不小的金額。我很認真地在考慮這件事，因為我並不討厭他。

以上就是針對您所提出的問題做出的回答，我相信您可以因此瞭解，我並不是基於輕率的心情去酒店上班。還是說，您仍然無法從我的信中感受到我認真的態度嗎？覺得只是小女孩在癡人說夢嗎？如果是這樣的話，希望您告訴我，到底哪裡有問題。

請多關照。

迷茫的汪汪

## 4

「我去車站一下。」晴美對著正在廚房忙碌的秀代說，廚房內飄來柴魚片的香味。

「好。」姨婆轉身點了點頭，她正把湯汁裝進小碟子裡嘗味道。

走出家門，晴美騎上停在門旁的腳踏車。

她緩緩踩著踏板。今年夏天，這是她第三次一大清早出門，也許秀代有點納悶，但之所以沒有多問，應該是相信晴美。事實上，晴美也沒有做什麼壞事。

她用和平時相同的速度，騎在熟悉的路上，不一會兒，就看到目的地了。

不知道是否昨晚下了雨的關係，浪矢雜貨店周圍有點霧茫茫的。晴美確認四下無人後，走進店舖旁邊的防火巷。第一次走進去時，忍不住心跳加速，如今已經習慣了。

店舖後方有一道後門，門旁有一個老舊的牛奶箱。她深呼吸後，把手伸向蓋子。打開一看，發現和之前一樣，裡面放了一封信。

她忍不住鬆了一口氣。

從防火巷內走出來後，她再度騎上腳踏車回家了。不知道第三封答覆信上寫了什麼。她用力踩著踏板，希望趕快看到回信的內容。

武藤晴美在八月第二個週六回家探親。白天上班的公司和晚上工作的新宿酒店的中元節假期剛好相同，如果沒有剛好湊在一起，她恐怕就沒辦法回家了。白天的工作很難在中元節前後申請到休假，雖然酒店比較不嚴格，只要事先請假就沒問題，但晴美不想休息。因為能賺錢的時候就多賺一點。

雖說是探親，但其實這並不是她的老家。門旁的門牌上寫著「田村」的名字。

晴美的父母在她五歲時車禍身亡。對向車道的卡車衝過分隔島撞了過來，照理說，根本不可能發生這種車禍。當時，她正在幼稚園排練校慶的表演，所以，至今無法回想起得知父母身亡時的情景。她應該感到極度悲傷，但那段記憶完全消失，就連她有將近半年無法開口說話這件事，也是在事後才聽說的。

雖然晴美家並不是沒有親戚，但平時幾乎沒有來往，當然也沒有人願意收留晴美。當時，田村夫婦向她伸出了溫暖的手。

田村秀代是晴美外婆的姊姊，也就是她的姨婆。晴美的外公死在戰場上，外婆也在戰後不久病故了，秀代把她當作自己的孫女般疼愛。因為晴美沒有其他可以投靠的親戚，所以覺得簡直是天助。姨公也很親切，是個好人。

但是，幸福的日子並沒有維持太久。田村夫婦有一個獨生女，她帶著丈夫和孩子一起住回娘家。事後才聽說，她丈夫因為做生意失敗，欠了很多債，所以連住的地方都沒有了。

即將上小學時，晴美被送去了孤兒院。我們很快就會來接妳——臨別的那一天，姨婆這麼對她說。

這個約定在六年後實現了。因為姨婆的女兒一家終於搬走了。當她再度把晴美接回家時，對著神桌說：「從多種意義上來說，我終於卸下了重擔，終於對得起妹妹了。」

田村家斜對面住了一戶名叫北澤的鄰居，北澤家的女兒靜子比晴美大三歲。晴美剛到田村家時，曾經和靜子玩過幾次，當晴美上中學時，靜子已經是高中生了。晴美發現久違的靜子看起來比自己成熟很多。

靜子再度見到晴美時欣喜萬分，眼中泛著淚光說，之前真的很擔心她。

那天之後，兩個人之間的關係一下子拉近了。靜子把晴美當成妹妹般疼愛，晴美也把她當成姊姊般崇拜。由於住得很近，隨時都可以見面。這次回家探視，能夠見到靜子也是晴美最大的期待之一。

靜子目前是體育大學的四年級學生，她從高中開始就是擊劍選手，有機會參加奧運。平時每天都從家裡去學校上課，但被指定為種子選手後，就經常忙於參加訓練，也不時遠征國外，經常長時間不在家。

今年夏天，靜子很悠閒地住在家裡。她之前以參加莫斯科奧運為目標，但因為日本政府抵制，晴美原本擔心她會很受打擊，沒想到自己太多慮了。難得見到靜子，發現她的表情很開朗，也沒有避談奧運的事。聽她說，她沒有參加選拔賽，當時就把這件事完全放下了。

「那些原本要代表日本參加的選手太可憐了。」個性善良的她只有在說這句話時，聲音格外低沉。

晴美和靜子有兩年沒見面了，靜子原本苗條的身體變得很結實，一看就知道是運動員的身材。她的肩膀很寬，手臂上的肌肉比那些瘦巴巴的男人更結實。晴美覺得以奧運為目標的人肉體果然與眾不同。

「我媽媽經常說，只要我在家，就覺得家裡很擠。」靜子說著，忍不住皺起鼻子。這是她的習慣動作。

她們去附近看盆舞回家時，晴美從靜子口中得知了浪矢雜貨店的事。在談論未來的夢想和結婚的話題時，晴美問她：「如果要在擊劍和男朋友之間做出選擇，妳會怎麼選？」原本想要用這個問題讓她為難。

沒想到靜子停下腳步，直視著晴美。她眼中的真誠讓晴美感到驚訝，然後，她靜靜地開始流淚。

「妳怎麼了？我說錯話了嗎？對不起，如果讓妳不舒服，我向妳道歉。」晴美不知所措，慌忙向她道歉。

靜子搖搖頭，用浴衣的袖子擦著眼淚，恢復了笑容。

「沒事，對不起，嚇到妳了。沒事，我真的沒事。」她拚命搖頭後，再度邁開步伐。

之後，兩個人都沉默不語，覺得回家的路很遙遠。
靜子在中途再度停下腳步。
「晴美，妳可不可以陪我去一個地方？」
「去一個地方？好啊，要去哪裡？」
「跟我來就知道了，別擔心，不會太遠。」
靜子帶她去了一家老舊的店，看板上寫著「浪矢雜貨店」。鐵捲門拉了下來，不知道是打烊了，還是已經歇業了。
「妳知道這家店嗎？」靜子問。
「浪矢……我好像在哪裡聽說過。」
「消煩解憂的浪矢雜貨店。」靜子好像在唱歌般說道。
「啊！」晴美驚叫起來，「這句話我聽過，以前聽同學說過，原來那家雜貨店在這裡。」
晴美在讀中學時，曾經聽過這個傳聞，但她從來沒來過這裡。
「這家店現在已經歇業了，但仍然為人諮商煩惱。」
「真的嗎？」
靜子點點頭。
「因為我最近才上門求助過。」
晴美張大眼睛，「不會吧……」

「這件事我沒有告訴過別人，但我可以告訴妳。因為妳剛才看到我流淚了。」靜子說著，再度紅了眼眶。

靜子的話令晴美感到震撼不已。靜子愛上擊劍的教練，打算和他結婚這件事固然令她驚訝不已，但最震驚的是，那個人已經離開了人世，但當時靜子在瞭解這些事的情況下，仍然努力成為奧運選手。

換成是我，一定無法做到。晴美說。

「如果我喜歡的人得了不治之症，我無論如何都不可能在那種情況下持續訓練。」

「那是因為妳不瞭解我們的情況。」靜子用平靜的語氣和表情說道，「我猜想他自己也知道來日不多了，所以，決定用所剩不多的時間為我祈禱，祈禱我的夢想，和他的夢想能夠實現。在瞭解這一點之後，我就擺脫了所有的猶豫。」

靜子說，是浪矢雜貨店消除了她的猶豫。

「我覺得老闆很厲害，說話毫不含糊，也不會掩飾，我被罵得體無完膚，但也多虧了他，讓我清醒了，也知道之前是在自我欺騙，所以，我才能夠毫不猶豫地投入擊劍訓練。」

「是喔……」晴美看著浪矢雜貨店老舊的鐵捲門，有一種奇妙的感覺。因為無論怎麼看，都不像有人住在裡面。

「我也這麼覺得，」靜子說，「我沒騙妳，可能沒有人住在這裡，但我想有人會在半夜的時候來收信，寫完回信之後，再放進牛奶箱裡。」

「是喔。」

為什麼要這麼麻煩？晴美忍不住想，但既然靜子這麼說，應該不會有錯。

那天晚上之後，她就一直想著浪矢雜貨店的事，原因很簡單，因為晴美內心有一個無法向他人啟齒的重大煩惱。

簡單地說，就是關於錢的事。

雖然姨婆沒有說，但田村家的經濟狀況很差，如同一艘即將沉沒的船。如今拚命用水桶把船艙裡的水舀出去，才勉強浮在水面上，這種情況當然不可能持續太久。

田村家原本經濟狀況很好，在附近一帶擁有大片土地，但這幾年賣了不少土地。原因很簡單，就是為了清償女婿欠下的大筆債務。正因為幫女婿還清了債務，女兒一家才又搬走，姨婆又把晴美接了回來。

田村家的問題並非僅此而已，去年年底，姨公因為腦中風昏倒，留下的後遺症導致他右半邊身體無法自由活動。

在這種情況下，晴美覺得自己有義務幫助田村家的經濟，所以去東京工作。

但是，她的薪水幾乎都用來支付自己的生活費，根本沒有餘力援助田村家。

正當她為此一籌莫展時，遇到別人找她去酒店上班。反過來說，如果不是在這種情況下，她不可能想要嘗試。因為她內心對酒家女的工作有意見。

但現在情況不同了，她認為只有自己辭去白天的工作，專心在酒店工作，才是回報田村家的唯一方法。

諮商這種煩惱會不會太亂來了？浪矢雜貨店會不會覺得很困擾——晴美坐在中學時使

用的書桌前思考。

話說回來，靜子的煩惱也很不同尋常，但浪矢雜貨店還是漂亮地解決了她的問題，所以，或許也會向自己提供理想的回答。

即使在這裡煩惱也沒有用，先寫信再說——於是，晴美決定提筆寫諮商煩惱的信。

她準備把信放進浪矢雜貨店的信件投遞口時，仍然感到一絲不安。真的可以收到回信嗎？聽靜子說，她去年收到了回信，也許現在雜貨店內空無一人，自己寫的信就會被丟在廢棄屋內。

算了，沒關係。她鼓起勇氣，把信丟了進去。自己並沒有在信上留名字，即使被其他人看到，也不知道是誰寫的。

但是，當她第二天早上再度來到浪矢雜貨店，發現牛奶箱裡放了一封信。雖然如果沒有回信，她會很傷腦筋，但實際拿到信時，還是有一種奇妙的感覺。

看了信之後，她終於恍然大悟。靜子說得沒錯，回信內容直截了當，完全沒有任何修飾。既沒有顧慮，也毫不客氣，甚至覺得言詞充滿挑釁，好像故意要惹人生氣。

「這就是浪矢雜貨店的做法，這樣才能激發諮商者內心真實的想法，讓諮商者自己找到正確的路。」靜子曾經這麼說。

即使如此，也未免太失禮了。晴美經過苦思想出來的方法，對方居然認定她只是被酒店紙醉金迷的生活迷惑了。

她立刻寫信反駁。她在信中說，想要辭去白天的工作，專心當酒家女，並不光是為了想要過好日子，而是夢想日後可以自己開店。

浪矢雜貨店的回信讓晴美更加心浮氣躁，因為信中質疑她對這件事的認真態度，甚至搞不清楚狀況地說什麼結婚生子，建立幸福的家庭，也是回報養育之恩的理想方法。

晴美轉念一想，認為也許問題在自己身上。因為自己隱瞞了重要的事，所以才會讓對方產生誤會。

於是，她在第三封信中在某種程度上寫了自己的實際情況，明確告訴對方自己生長的環境，以及恩人家庭面臨的困境，同時，還談到了自己今後的計畫。

浪矢雜貨店到底會怎樣回答？她帶著既期待，又怕受傷害的心情，把信投入了投遞口。

回到家時，早餐已經準備好了，晴美坐在放在和室的矮桌前開始吃早餐。姨公躺在隔壁房間，秀代用湯匙餵他吃粥，並用餵水器餵他喝茶。晴美看了，再度感到焦躁，覺得自己一定要做些什麼幫助他們。

吃完早餐，她立刻回到自己的房間，從口袋裡拿出回信，坐在椅子上。她攤開信紙，發現和之前一樣，信紙上出現了密密麻麻不太漂亮的字。

沒想到信上的內容和之前完全不同。

致迷茫的汪汪：

收到妳第三封信了，也充分瞭解妳面臨的為難狀況，以及認真想要報恩的心情。在此基礎上，想要請教妳幾個問題。

●希望妳當他情婦的人真的值得相信嗎？妳說他曾經協助別人開餐廳，請問妳是否具體聽他談過是怎樣的餐廳，他提供了哪些協助？如果他願意帶妳去參觀他協助開業的餐廳，不妨在餐廳營業時間以外時，去和餐廳的工作人員談一下。

●當妳開店時，他一定會協助妳嗎？有什麼保證呢？即使你們之間的關係被他太太發現，他仍然會遵守這個約定嗎？

●妳打算一直和他維持這種關係嗎？當妳有喜歡的人時怎麼辦呢？

●妳說為了有雄厚的經濟實力，想要繼續在酒店上班，有朝一日，希望自己開店，但如果有其他方法可以賺錢，妳願意考慮嗎？還是說，有非要在酒店上班不可的原因？

●如果除了在酒店上班以外，還有其他方法可以讓妳獲得充分的經濟實力，浪矢雜貨店也會教妳這種方法，妳願意全面遵從指示嗎？這些指示中可能會包括「辭去酒店的工作」、「不要去當男人的情婦」之類的內容。

請妳再度回信時，針對以上的問題進行回答，妳的回答將有助於完成妳的夢想。

即使妳看了這些內容，恐怕也無法相信吧？但是，這絕對不是在欺騙妳，況且，即使在這種事上騙妳，也無法得到任何好處，請妳務必相信。

但是，有一個注意事項。

和妳之間的書信往來只到九月十三日為止，之後就無法再聯絡了。

請妳務必想清楚。

# 5

送走第三桌客人後，晴美被真彌帶進員工專用的廁所。真彌比晴美大四歲。

一走進廁所，真彌立刻抓住晴美的頭髮。

「妳別以為自己年輕就自以為了不起。」

晴美痛得皺起眉頭，忍不住問她：「這話是什麼意思？」

「妳還問我是什麼意思？妳別老是向客人拋媚眼。」真彌擦著鮮紅色口紅的嘴唇氣歪了。

「沒有啊，我對誰拋媚眼？」

「妳少裝糊塗，妳剛才不是和佐藤大叔裝得很熟嗎？他是我從之前那家店帶來的客人。」

佐藤？我對那個胖子拋媚眼？——開什麼玩笑？

「他找我說話，我只是回答他的話而已。」

「別說謊了，我看到妳在他面前搔首弄姿。」

「我們是酒店小姐，當然要對客人和顏悅色。」

「妳少囉嗦，」真彌鬆開她的頭髮，用力向她的胸口推了一把。晴美的背撞到了牆壁，

「妳給我記住，下次妳再敢這樣，我不會饒妳。」

真彌哼了一聲，走出了廁所。

晴美看著鏡子，發現頭髮被扯亂了。她用手撥了撥頭髮，努力讓僵硬的表情恢復原狀。她不能因為這種事就感到挫折。

走出廁所，立刻被叫去招呼另一桌客人，三個客人看起來都是有錢人。

「喔，又有年輕的小姐來坐檯了。」一個禿頭男人抬頭看著晴美，好色地笑了起來。

「我叫晴美，請多指教。」晴美注視著男人，在他身旁坐了下來。比她先到的前輩擠出假笑，用冷漠的視線看著她。這個女人之前也曾經找晴美的麻煩，叫她別太囂張，但晴美根本不理她。既然做這份工作，如果無法討客人歡心，就失去了意義。

不一會兒，富岡信二獨自走進店裡。他穿了一身灰色西裝，繫著紅色領帶，腹部沒有凸出的他看起來不像已經有四十六歲的年紀了。

他理所當然地點了晴美去坐檯。

「赤坂有一家漂亮的酒吧。」富岡喝了一口兌水酒，壓低嗓門說道，「那家店營業到早上五點，有世界各地的葡萄酒，最近進了一批很棒的魚子醬，叫我一定要去捧場。等一下妳下班之後要不要去？」

晴美很想去看看，但還是把雙手合十放在臉前。

「對不起，我明天上班會遲到。」

富岡皺著眉頭，嘆了一口氣。

「所以我教妳趕快辭職。妳說妳在什麼公司上班？」

「文具製造廠。」

「妳在那裡幹什麼？只不過是內勤工作吧？」

嗯。晴美點頭，但其實只是打雜而已。

「不要被那麼低廉的薪水綁住，歲月不等人，為了妳的夢想，必須有效地運用時間。」

「嗯。」晴美再度點頭，看著富岡。「對了，你之前說，要帶我去銀座的餐廳酒吧，那家店開張的時候，你不是幫了很多忙嗎？」

「喔，妳是說那家店。好啊，隨時都可以去。妳什麼時候方便？」富岡探出身體問。

「如果可以，我想在營業時間以外的時候去看看。」

「營業時間以外？」

「對，我想聽聽工作人員的意見，也想看看廚房之類的。」

富岡立刻面有難色，「這個好像有點……」

「不行嗎？」

「我向來把工作和私生活分開，如果因為和我很熟，就隨便帶外人去廚房，他們可能會不高興吧。」

「喔……也對。我知道了，對不起，我太強人所難了。」晴美低頭向他道歉。

「如果去那家店作客，當然完全沒有問題，最近找時間去吧。」

那天晚上，晴美在凌晨三點多回到位在高圓寺的公寓。富岡用計程車送她回家。

「我不會主動要求進妳家門。」富岡在車上說了好幾次這句話，「妳好好考慮一下那件事。」

他指的是當他情婦那件事，晴美不置可否地笑了笑。

一回到家，她先喝了一杯水。她每週去酒店上班四天，下班後回家差不多都是這個時間，所以，她只能每週去澡堂洗三次澡。

卸完妝，洗完臉後，她翻開記事本，確認了明天的行程。明天一大早要開會，必須提前三十分鐘到公司做泡茶之類的準備工作，最多只能睡四個小時。

她把記事本放回皮包，順便拿出一封信。打開信紙，嘆了一口氣。這封信她看了很多次，已經完全記住了內容，但她仍然會每天拿出來看一次。這是浪矢雜貨店寫給她的第三封回信。

希望妳當他情婦的人，真的值得信賴嗎？

這也是晴美內心的疑問。雖然她很懷疑，卻努力不去想這件事。因為如果富岡說謊，自己的夢想就不可能實現。

但是，冷靜思考後，就發現浪矢雜貨店的疑問一針見血。即使晴美成為富岡的情婦，如果被他太太發現，他仍然會繼續援助晴美嗎？誰都會認為不太可能。

而且，富岡今晚的態度也啟人疑竇。他說工作和生活分開的主張並沒有問題，但當初是他主動提出，要帶晴美去那家店，看看他的工作成就。

也許他真的不太可靠。晴美漸漸開始這麼認為，但果真如此的話，自己以後該怎麼辦？

她再度低頭看著那封信，上面寫著，「如果除了在酒店上班以外，還有其他方法可以讓妳獲得充分的經濟實力，浪矢雜貨店也會教妳這種方法，妳願意全面遵從指示嗎？」然後又接著寫著，「妳的回答將有助於完成妳的夢想」。

這些話到底是什麼意思？晴美無法不感到驚訝，因為這些話簡直就像出自詐騙集團之口，如果在平時，她絕對不會理會這種內容。

但是，寫這封信的不是別人，而是浪矢雜貨店，是解決了靜子煩惱的浪矢雜貨店。不，不僅如此，在之前的書信往來過程中，晴美開始相信對方。因為信的內容毫不含糊，也不會取悅自己，每次都直截了當表達意見的態度雖然有點笨拙，卻也可以同時感受到真誠。

信中寫得沒錯，即使浪矢雜貨店欺騙晴美，也無法得到任何好處，但晴美當然不可能就這樣接受信上所寫的內容。如果有什麼百分之百成功的方法，這個世界上就不會有人辛苦了，況且，浪矢雜貨店的老闆如果知道這種方法，他自己應該是超級有錢人。

中元節假期後，晴美沒有寫回信，就回到了東京，再度恢復了白天在公司上班，夜晚在酒店兼差的生活。老實說，她每天都感到體力不堪負荷，每隔三天，就很想趕快辭去白天的工作。

還有另一件讓她在意的事。晴美看了一眼放在桌上的桌曆。今天是九月十日，星期三。信上說，書信往來只到九月十三日為止，之後就無法再聯絡了。十三日是這個星期六。為什麼到那一天為止？難道煩惱諮商只到那一天為止嗎？

她覺得值得一試，首先向對方瞭解一下詳細的情況，然後再決定要不要付諸行動。即使和對方約定，也未必真的要去做，即使晴美不遵守約定，繼續在酒店上班，對方也不可能知道。

她在睡覺前照了鏡子，發現嘴唇旁長了一顆青春痘。這陣子睡眠不足，她很希望早日辭去白天的工作，以後就可以一覺睡到中午才起床。

十二日星期五，公司下班後，晴美就去了田村家。她向新宿的酒店請了假。

看到晴美在中元節結束後不到一個月再度回家，姨婆和姨公感到很意外，但當然也很高興。上次沒時間和姨公好好聊天，所以在晚餐時，晴美向他報告了近況。當然，她並沒有向姨婆和姨公提起她在酒店上班的事。

「妳的房租、水電費都沒問題嗎？如果不夠的話，儘……儘管開口，不要客氣。」姨公費力地對她說。家裡的經濟都由秀代掌管，他並不瞭解田村家目前實際的經濟狀況。

「別擔心，只要省著點用就夠了，而且，我工作很忙，沒時間玩，也沒機會用錢。」晴美很輕鬆地回答。她的確沒時間玩。

晚餐後，她去浴室泡澡。隔著裝了紗窗的窗戶，眺望著夜空。圓月懸在天上，明天也是一個好天氣。

不知道會收到怎樣的回信。

回田村家之前，她去了浪矢雜貨店。她在投入投遞口的信中說，自己並不是想在酒店上班，如果有其他方法可以實現夢想，自己就不會去當別人的情婦，也可以辭去酒店的工作，願意完全相信浪矢雜貨店的建議。

明天是十三日。無論對方在回信中寫什麼，都將是最後一封信。她打算看了信之後，再思考今後的事。

翌日早晨，她不到七點就醒了。不，其實是她昏昏沉沉了一整晚都無法熟睡，最後生氣地起床了。

姨婆已經起床，正在準備早餐。和室那裡傳來隱約的異味，可能姨婆剛才協助姨公上了廁所。姨公現在已經無法自行上廁所了。

我去呼吸一下早晨的空氣。晴美說完，走出家門，騎上腳踏車，騎向和中元節時相同的路線。

不一會兒，她就來到浪矢雜貨店前。籠罩著老舊氣氛的商店似乎在靜靜等待晴美的到來。她走進了防火巷。

她打開後門旁的牛奶箱，裡面有一封信。期待和不安，猜疑和好奇同時湧上心頭，她還無法整理好這些情緒，就伸出了手。

她來不及等到回家才看信，經過附近的公園，立刻煞車停了下來，確認四下無人後，坐在腳踏車上拿出了信紙。

致迷茫的汪汪：

收到了妳的來信，看到妳願意相信浪矢雜貨店，不由得鬆了一口氣。

當然，目前無從得知妳寫的內容是否出自真心，也可能只是想要知道答案，所以才這麼寫，但即使懷疑也沒有用，所以就姑且抱著相信妳的態度寫這封回信。

到底該如何實現夢想？

妳必須學習，然後要存錢。

在接下來的五年內，妳要徹底鑽研經濟方面的知識，具體來說，就是證券交易和買賣不動產方面的知識。為了學習這些知識，妳或許不得不辭去白天的工作，但可以繼續在酒店上班。

存錢是為了購買不動產。盡可能要在東京都心挑選，無論土地、公寓或獨棟的房子都無妨，即使是中古屋或是小房子也沒有問題。無論如何，都要在一九八五年之前購買，但房子並不是買了自住。

一九八六年之後，日本將進入空前的經濟榮景，所有不動產都會升值。只要升值，就要立刻脫手，然後再買更貴的房子。新買的房子也會漲價。然後，把炒房賺的錢投入股市。為此，妳必須學習證券交易的相關知識。一九八六年至八九年期間，無論買哪一支股票，都不可能賠錢。

高爾夫的會員證也是理想的投資標的，越早買越好。

但是……

這些投資只能在一九八八年到八九年之前賺錢，一旦進入一九九〇年之後，狀況會發生巨大的變化。因此，即使這些投資還在漲，都要馬上獲利了結。那種狀況就像是打撲克牌時的抽鬼牌，將決定妳是成功者還是失敗者。請妳務必要相信，並按照我說的方法去做。

之後，日本經濟會持續走下坡，沒有投資賺錢的機會，所以，不要再對投資抱任何希望，之後，妳要靠自己經營事業，腳踏實地賺錢。

妳一定很不解，我為什麼能夠斷言幾年後發生的事？為什麼能夠預言日本經濟的發展？很遺憾，我無法向妳說明這個問題。即使說了，妳恐怕也不會相信，所以，不妨當作是很神準的算命。

順便再預言一下更加之後的事。

雖然日本經濟將會持續惡化，但並不是從此沒有了夢想和希望。九〇年代是新事業的創業時代。

電腦將會普及，一定會進入家家有電腦，不，是人人有電腦的時代。世界各地的人將利用電腦連結在一起，共享各種資訊。而且，人們會擁有可以攜帶的電話，那種電話也可以連結電腦的網路。

所以，早一步開始做利用網路的生意，是成功的條件。比方說，可以利用網路宣傳公司、商店和商品，也可以用於銷售商品。網路的世界蘊藏著無數可能性。

相不相信是妳的自由，但希望妳不要忘記我之前寫的，我騙妳得不到任何好處。我認真思考了對妳人生而言最好的方法，然後寫在這封信上。

很希望多幫妳的忙，只是沒有時間了。這將是最後一封信，也無法再收到妳的回信了。

相不相信完全取決於妳，但請妳相信。我也會真心祈禱妳會相信。

浪矢雜貨店

晴美看完信後啞然失色，因為信中所寫的內容完全出乎她的意料。

這封信的內容完全是預言，而且是充滿確信的預言。

目前是一九八〇年，日本的經濟並不理想，仍然受到石油危機衝擊的影響，大學生畢業後，也不容易找到工作。

信中居然說，幾年後，日本將迎接空前的繁榮。

晴美難以相信，覺得對方在騙她。

然而，正如信上所寫的，即使寫這些內容欺騙晴美，浪矢雜貨店也無法得到任何好處。

但是，信上所寫的內容是真的嗎？如果真有其事，為什麼浪矢雜貨店能夠預測這些事？

信中不光預測了日本經濟，還預測了未來的科學技術。不，如果是預測，不會說得那麼斬釘截鐵，那種語氣，似乎在談論已經發生的事。

電腦、網路、可以攜帶的電話——晴美完全搞不懂是怎麼一回事。距離二十一世紀還有二十年，即使有各種夢幻技術出現也不值得大驚小怪，但這封信上所寫的內容，對晴美來說，簡直就像是科幻電影或是卡通才會出現的事。

晴美煩惱了一整天，晚上坐在書桌前，攤開信紙開始寫信。當然是寫給浪矢雜貨店。現在還是十三日，或許還有機會趕在半夜十二點之前把信寄出去。

她在信中說，希望瞭解這些預言的根據。即使是令人難以置信的事也無妨，希望可以瞭解究竟。她要在瞭解這件事的基礎上決定今後前進的方向。

她在晚上十一點左右悄悄溜出家門，騎腳踏車來到浪矢雜貨店。

來到雜貨店前時，晴美確認了時間，晚上十一點零五分。沒問題，還來得及。她這麼想著，打算走向雜貨店。

但是，她在下一剎那停下了腳步。

當她看到浪矢雜貨店的房子時，知道一切已經結束了。

之前籠罩著那家店的奇妙空氣消失了，只有一家已經歇業的平凡雜貨店出現在眼前。她無法解釋為什麼會有這種感覺，但她深信這一點。

晴美沒有把信投進投遞口，騎上腳踏車回家了。

大約四個月後，她知道自己當時做出了正確的判斷。晴美在新年假期時回家探親，在元旦那天就去附近的神社參拜。靜子已經找到了工作，春天之後，將進入一家大型超市工作。那家公司當然沒有擊劍社，所以，靜子以後也無法再參加這項運動。

「真可惜。」晴美說，靜子笑著搖頭。

「我已經放下擊劍這件事了。之前以莫斯科奧運為目標努力時，就已經了卻心願了，我相信在天堂的他也會諒解的。」說著，她看著天空，「接下來，我要考慮下一步。除了努力工作以外，還要找一個好對象。」

「好對象？」

「對，我要結婚，生一個健康的孩子。」靜子調皮地笑了笑，皺起鼻子。她的表情中已經看不到一年前，失去男朋友時的悲傷。晴美不由得感到佩服，覺得她很堅強。

從神社回來的途中，靜子突然想起什麼似地說：

「妳還記得我夏天時告訴妳的事嗎？說有一家神奇的雜貨店專門為人消煩解憂？」

「記得啊，是不是浪矢雜貨店？」晴美緊張地回答，她並沒有告訴靜子，自己也寫了諮商的信。

「那家店徹底歇業了，聽說老闆爺爺死了。因為我遇到有人在那家店前拍照，所以就問了一下，才知道拍照的人是老闆的兒子。」

「是嗎？什麼時候？」

「我記得是十月遇到老闆的兒子，當時，他告訴我，是上個月去世的。」

晴美倒吸了一口氣，「所以，老闆是在九月的時候……」

「是啊。」

「九月幾日？」

「我沒問得這麼詳細，怎麼了？」

「沒事……只是隨口問問。」

「老闆身體不好，所以一直沒有開店營業，但是，仍然繼續為人諮商，為人消煩解憂。我可能是最後一個諮商者，想到這一點，就覺得很感動。」靜子深有感慨地說。

不對，我才是最後一個人——晴美好不容易才忍住沒這麼說，而且猜測老闆應該是在九月十三日去世的。老闆知道自己只能活到十三日，所以才會在信上說，書信往來只能到那一天為止。

果真如此的話，代表老闆有驚人的預知能力，連自己的死期都可以預測。

雖然覺得不可能，但又忍不住想像，搞不好他真的有這種能力。

也許那封信上所寫的內容是真的。

# 6

一九八八年十二月——

晴美在掛著油畫的房間內簽約。那是一份不動產的買賣合約，這幾年，她曾經簽過很多次類似的合約，對她來說，處理價值數千萬的資金根本是小事一樁，而且，這次的房子金額並不高，但她有一種前所未有的緊張感。因為她對這棟房子的感情和之前經手的不動產完全不同。

「如果對以上的內容沒有異議，就請在這份合約上簽名、蓋章。」房屋仲介公司的男人身穿一套至少二十萬的登喜路西裝，一張古銅色的臉應該是在日曬沙龍曬出來的，他看著晴美說道。

晴美正坐在自家公司主要往來銀行的新宿分行內的某個房間內，除了房屋仲介的登喜路男人以外，還有賣房子的屋主田村秀代、小塚公子，以及公子的丈夫繁和。公子去年剛滿五十歲，頭髮已經花白了。

晴美依次看著賣主的臉。秀代和公子低著頭，繁和一臉不悅地把頭轉到一旁。這個男人太沒出息了。晴美忍不住心想。如果他不滿意，可以用力瞪自己啊。

晴美從皮包裡拿出筆說：「沒有問題。」然後簽了名、蓋了章。

「謝謝，合約已經簽完，代表這筆交易完成了。」登喜路男人高聲說道，收起了合約。雖然交易金額並不高，但他還是可以抽一定比例的手續費，令他心滿意足。

雙方接過合約後，繁和最先站了起來，但公子仍然低頭坐著。晴美向她伸出右手，公子驚訝地抬起頭。

「我們來握手慶祝簽完合約。」晴美說。

「喔，好。」公子握住晴美的手，「呃……對不起。」

「為什麼要道歉？」晴美對她露出微笑，「這樣不是很好嗎？對雙方都有好處。」

「雖然……是這樣。」公子不敢正視晴美。

「喂，」繁和說，「妳在幹什麼？要走了。」

「嗯。」公子點了點頭，看向身旁的母親，露出遲疑的表情。

「我會送姨媽回家。」晴美說，秀代雖然是她的姨婆，但她之前就這麼叫她，「交給我吧。」

「是嗎？那就麻煩妳了，媽媽，這樣可以嗎？」

「我無所謂。」秀代小聲地回答。

「好，晴美，那就麻煩妳了。」

晴美還來不及回答，繁和就走出了房間。公子滿臉歉意地鞠了一躬後，跟著丈夫走了出去。

離開銀行後，晴美請秀代坐上停在附近停車場的ＢＭＷ，前往她的家中。正確地說，那裡已經不是「秀代的家」了，在剛才簽約後，田村家的房子已經屬於晴美了。

今年春天，姨公去世了。他因為衰老而死，最後連大小便都失禁，常常尿在床上。秀代照顧他多年的生活也在那一刻終於畫上了句點。

得知姨公來日不多時，晴美就一直掛念一件事。就是關於遺產的問題。說得更具體一點，就是他們的房子問題。雖然他們家以前很有錢，但如今幾乎沒剩下任何財產。這兩、三年，不動產的價格持續攀升。雖然他們的房子離東京大約兩個小時，交通並不方便，但還是具有相當的資產價值。他們的女兒、女婿，尤其是繁和不可能不打這棟房子的主意。他仍然在做一些搞不清楚內容的生意，但從來沒聽說他們成功過。

果然不出所料，在姨公去世滿四十九天之後，公子聯絡秀代，說想要談談遺產繼承的問題。

公子提議，由於房子是唯一的財產，由秀代和公子各繼承一半，但房子不可能分割，所以把房子過戶給公子，由專家評估房子的價格後，公子將一半的現金付給秀代。當然，秀代日後可以繼續住在那裡，但要付房租。公子用分期付款的方式支付要給秀代的錢，剛好可以抵銷房租。

這種方法在法律上行得通，聽起來也很公平，但晴美從秀代口中得知這件事時，就覺得其中有問題。按照公子的提議，房子要過戶給她，而且她不必付秀代一毛錢。之後，公子隨時可以賣掉房子，雖然房子還有人居住，但那是自己的母親，要趕走並不容易。一旦公子要趕走秀代，就必須向秀代支付原本用來抵銷房租的金額，但她算準了日子一久，根本沒辦法告她。

晴美覺得公子是秀代的親生女兒，不至於把事情做得這麼絕，八成是繁和在背後搞鬼。

於是，晴美向秀代提議，那棟房子由她們母女共同繼承後，再由晴美向她們母女買下房子。她們母女可以各收下一半的現金，她當然會讓秀代繼續住在那棟房子。

當秀代向公子提議這件事時，繁和果然出面干涉，質疑為什麼不接受他們的提議。秀代回答說：

「我認為由晴美買下這棟房子是最理想的解決方式，就請你們成全我的任性。」

這麼一來，繁和也就不便再說什麼。其實，他原本就沒有資格干預這件事。

晴美把秀代送回田村家後，也一起住了下來，但她明天一早就要出門。雖然公司週六休息，但她明天有一項很大的工作，要在繞行東京灣的觀光遊覽船上主辦一場派對。明天是聖誕夜，兩百張票在轉眼之間就銷售一空。

她躺在被子中，看著天花板上熟悉的污漬，不由得感慨萬千。她仍然無法相信這棟房子已經屬於自己，和她當初購買自住的公寓，是不同的感覺。

當然，她不會賣掉這棟房子。雖然秀代以後會離開人世，但她打算用某種方式把這棟房子留作紀念，也可以當成自己的第二個家。

所有的一切都很順利，順利得令人感到害怕，好像有某種力量在庇護她。

一切都始於那封信——

閉上雙眼，那些富有個性的文字浮現在眼前。那是來自浪矢雜貨店的奇妙信件。

雖然信上寫著令人難以置信的內容，但晴美在煩惱多日後，決定按照信上的指示去做。一方面是除此之外，她想不到其他的好方法。冷靜思考後，她就發現依靠富岡的確太危險，而且，學習有關經濟的知識，也會對未來有幫助。

她辭去了白天的工作，去專科學校上課。只要一有時間，她就研究股票和不動產，也考取了幾張證照。

同時，她比之前更熱心投入酒店的工作，但為自己設定了期限，最多不超過七年。由於設定了期限，所以她更加全心投入。只要努力，就可以有所收穫，這正是在酒店上班的有趣之處。漸漸地，有越來越多的老主顧願意捧她的場，在店裡也創下了頂尖的業績。她拒絕成為富岡的情婦後，富岡不再來找她，但她很快就彌補了因此減少的業績。事後才知道，富岡說自己曾經協助多家餐廳開業根本是吹牛，別人只是稍微聽取了他的意見而已。

一九八五年七月，晴美第一次出擊。幾年下來，她的存款超過三千萬圓，她用這筆存款買了一間公寓。那是位在田谷的中古屋，她認定這間房子無論如何都不可能下跌。

兩個月後，世界經濟開始陷入動蕩的局勢。五大工業國家在美國簽署了廣場協議後，立刻出現了日圓升值、美元貶值的情況。晴美感到不寒而慄。日本經濟完全靠出口產業支撐，一旦日圓繼續升值，很可能導致經濟景氣下滑。

那時候，晴美已經開始投資股票，一旦景氣低迷，股價就會下跌。

怎麼會這樣？她忍不住後悔，浪矢雜貨店的預言和眼前的情況完全相反。

但是，事態並沒有向不好的方向發展。政府擔心景氣持續惡化，打出了低利率政策，並宣布將投資公共事業。

一九八六年初夏，晴美接到一通電話。是當初她購買中古屋時的房屋仲介公司打來的，房仲說，她似乎並沒有搬進去住，不知道目前房子的情況怎麼樣。晴美顧左右而言他，對方試探說，如果晴美有意轉賣，他可以接手。

晴美立刻知道公寓的資產價值上升了。

她對房仲說，目前不打算出售，掛上電話後，立刻去了銀行，確認位在四谷的房子可以貸到多少款項。幾天後，負責窗口算出來的數字令她大吃一驚，因為那筆金額是她當初購買價格的一點五倍。

她立刻申請了貸款，同時尋找其他房子。她在早稻田找到一棟價格適中的房子，用向銀行借的錢買下了房子。不久之後，那間公寓的價格也上升，上升的速度之快，完全不必在意利息的問題。

於是，她又用那棟房子做為抵押進行貸款，銀行的窗口建議她成立公司。因為成立公司後，更有利於資金的調度。於是，她成立了「汪汪事務所」。

晴美深信，浪矢雜貨店的預言完全正確。

在一九八七年秋天之前，晴美不斷購買公寓，然後伺機出售。有些房子在短短一年之間，價格就漲了三倍。股價也不斷上升，她的資產在轉眼之間大幅增加。她辭去了酒店的工作，利用在酒店上班期間建立的人脈，開始做公關業務，提供點子，安排模特兒參加派對，協助舉辦各種活動。由於經濟繁榮，各地幾乎每天都有各種熱鬧的派對，她根本不愁沒生意。

一九八八年後，她著手處理手上的房子和高爾夫會員證。因為她發現價格已經原地踏步了很長一段時間。雖然景氣仍然不錯，但還是小心為妙。晴美相信了浪矢雜貨店的預言，也相信會發生「抽鬼牌」的情況。只要仔細想一下就知道，眼前的榮景不可能一直持續下去。

一九八八年只剩下幾天就要結束了。不知道明年會是怎樣的一年？晴美茫然地想著這件事入睡了。

## 7

在船上舉辦的聖誕派對獲得空前的成功。晴美和工作人員一起慶祝到天亮，不知道喝掉幾瓶香檳王 Dom Perignon 的粉紅香檳。當她第二天早晨，在位於青山的家中醒來時，感到輕微的頭痛。

她下了床，打開電視。電視上正在播放新聞。不知道哪裡的房子發生了火災，她心不在焉地看著電視，看到出現在螢幕上的文字時，忍不住瞪大了眼睛。因為螢幕上出現了「在火災中半毀的孤兒院丸光園」這幾個字。

她慌忙豎起耳朵，但那則新聞已經結束了。她慌忙切換到其他頻道，但其他台並沒有在報新聞。

她慌忙換衣服準備去拿報紙。這棟公寓有自動門禁系統，安全性很高，但必須親自去一樓信箱拿郵件和報紙。

由於是星期天，報紙很厚，而且還夾了大量廣告，大部分都是不動產相關的廣告。她翻遍每一頁，都沒有找到丸光園火災的相關新聞。也許因為不是在東京都發生的，所以東京版的報紙上沒有刊登。

她猜想當地的報紙可能會報導，於是立刻打電話給秀代。她猜對了，聽秀代說，報紙的社會版刊登了這則消息。

二十四日晚上發生了火災，造成一人死亡，十人輕重傷。在火災中喪生的並不是孤兒院的人，而是來聖誕晚會演奏的業餘音樂人。

她很想立刻趕去瞭解情況，但目前不瞭解現場的狀況，擔心現場一片混亂，外人前往反而會造成院方的困擾。

她在小學畢業的同時離開了丸光園，但之後曾經多次拜訪。升上高中和找到工作時，都曾經回孤兒院向師長報告，只是在酒店上班之後，就沒有再去過。因為她擔心工作人員會察覺她身上有酒店的味道。

第二天，秀代打電話到晴美的辦公室，說早報上刊登了丸光園的後續消息。根據報導，目前所有的職員和院童都暫時安置在附近小學的體育館避難。

如今已經十二月，天氣這麼寒冷，居然要在體育館生活——光是想像一下，就感到不寒而慄。

她提早完成工作後，開著BMW前往現場。她想到可能有不少院童身體不適，於是中途去了藥局，買了一整箱暖暖包、感冒藥和胃藥。藥局旁剛好是超市，她又想到孤兒院的食堂應該暫時無法使用，職員會很傷腦筋，於是又買了大量速食食品。

把所有東西搬上車後，她再度開著BMW上路。汽車廣播中傳來南方之星的〈大家的歌〉。這首歌很歡樂，但晴美的心情無法歡樂起來。原本以為今年好事連連，沒想到在一年即將結束時，發生了這種事。

她開了兩個小時左右，終於來到了孤兒院。晴美記憶中的白色建築物已經變得漆黑，消防隊和警方正在調查火災，所以無法靠近，但在遠處也可以聞到燒焦的味道。

職員和院童暫時落腳的體育館位在離孤兒院一公里的地方，院長皆月良和看到晴美時十分驚訝，也感動不已。

「謝謝妳千里迢迢地趕來，沒想到妳會來看我們。妳真的長大了，應該說，妳越來越優秀了。」皆月一次又一次地低頭看著晴美遞給他的名片。

不知道是否因為發生火災傷了不少神的關係，皆月比晴美最後一次看到時瘦了許多。他已經年過七十，以前髮量很豐富的白髮也變稀疏了。

皆月欣然接受了晴美送的暖暖包和食物。他們果然為三餐傷透了腦筋。

「如果還有其他問題，請隨時告訴我，我會盡力幫忙。」

「謝謝，有妳這句話就放心多了。」皆月紅了眼眶。

「真的不要客氣，我希望藉由這次機會可以回報丸光園對我的養育之恩。」

皆月頻頻向她道謝。

晴美準備離開時，遇到了熟人。那個人是以前和她一起在孤兒院長大的藤川博。他比晴美大四歲，中學畢業後，離開了孤兒院。晴美當作護身符隨身攜帶的木雕小狗就是他雕刻的，那隻小狗也是「汪汪」這個名字的由來。

藤川已經成為木雕師，他和晴美一樣，得知了火災的事立刻趕來。他和以前一樣沉默寡言。

應該還有不少以前曾經在這裡長大的人為這次火災感到擔心。和藤川博道別後，晴美這麼想道。

新年剛過，就傳來天皇駕崩的消息。「平成」成為新的年號。娛樂節目暫時從電視上消失了，新年的相撲比賽也延後一天開賽，生活中出現了一些不同尋常的變化。

當一切終於漸漸平靜後，晴美再度前往丸光園。體育館旁搭建了一個簡單的辦公室，她在那裡見到了皆月。雖然院童仍然在體育館生活，但已經著手建造臨時宿舍。當臨時宿舍完成後，院童會搬去那裡，再把丸光園拆掉重建。

火災的原因很快就查到了。消防隊和警方認為食堂太老舊了，瓦斯管線漏瓦斯；由於空氣乾燥，靜電引發了火災。

「之前就應該重建的。」皆月說明原因後，露出痛苦的表情說道。

皆月對有人不幸在火災中喪生感到難過不已。那位葬身火窟的業餘音樂人為了救一名少年，沒有及時逃出。

「雖然那位先生很可憐，但沒有造成任何院童的生命危險，算是不幸中的大幸。」

晴美安慰著院長。「是啊。」皆月點點頭。

「因為是晚上，大部分孩子都睡了，只要稍有閃失，恐怕就會釀成重大的慘劇。所以，職員們都在說，可能是前院長在保護我們。」

「我記得之前的院長是一位女性。」

晴美隱約記得前院長是一位表情溫和、個子矮小的老婦人，但不記得什麼時候換成了皆月。

「她是我姊姊，丸光園是我姊姊成立的。」

晴美看著皆月滿是皺紋的臉，「原來是這樣。」

「妳不知道嗎？這也難怪，妳來這裡時，年紀還很小。」

「我第一次聽說這件事，為什麼你姊姊會想成立這家孤兒院？」

「說來話長，總之，就是回饋吧。」

「回饋？」

「雖然這麼聽起來像自誇，其實我家的祖先是地主，有不少財產。父母過世之後，由我和姊姊繼承了這些財產。我投資成立了公司，姊姊決定要協助那些不幸的孩子，所以成立了丸光園。她之前是學校的老師，為了戰爭使很多孩子變成了孤兒深感苦惱。」

「院長，你姊姊是什麼時候過世的？」

「十九年前，不，差不多快二十年了。她天生心臟不好，最後在大家的陪伴下安詳地離開了人世。」

晴美輕輕搖著頭，「對不起，我完全不知道。」

「這不能怪妳，因為她臨終時吩咐，不要告訴院童，只說她因為生病在療養。我把公司交給兒子，接手了這家孤兒院。有很長一段時間，我的頭銜都是代理院長。」

「你剛才說，你姊姊保護了大家，這是怎麼回事？」

「她在斷氣時曾經小聲地說，不用擔心，我會在天上為大家的幸福祈禱。所以，這次就有人想起了這句話。」

皆月有點尷尬地笑了笑，又補充說：「雖然有點牽強附會。」

「原來是這樣，太感人了。」

「謝謝。」

「你姊姊的家人呢？」

皆月嘆了一口氣，搖了搖頭。

「我姊姊沒有結婚，一輩子都單身，她把人生都奉獻給教育了。」

「是嗎？她真了不起。」

「不，聽到別人說她了不起，她在那個世界也會起雞皮疙瘩吧，因為她覺得只是按自己喜歡的方式生活。對了，妳怎麼樣？有沒有結婚的打算？現在有男朋友了嗎？」

院長話鋒一轉，突然問晴美，晴美慌了手腳，搖著手說：「沒有，我沒有男朋友。」

「是嗎？女人把工作當作人生的意義，很可能會耽誤結婚。經營公司固然很好，但希望妳趕快找到另一半。」

「我和你姊姊一樣，只是按照自己喜歡的方式生活。」

皆月笑了起來。

「妳真堅強，但是，我姊姊不結婚，不光是因為專注於工作的關係。不瞞妳說，她年輕時曾經想嫁給一個男人，而且兩個人打算私奔。」

「真的嗎？」

似乎是有趣的故事，晴美忍不住探出身體。

「對方比我姊姊大十歲，在附近一家小工廠上班。因為幫我姊姊修腳踏車，兩個人就認識了。之後，他們好像在工廠午休的時候偷偷約會，因為在那個時代，年輕男女走在一起就會引起很多議論。」

「因為你父母不同意，所以他們才打算私奔嗎？」

皆月點點頭。

「有兩個原因。第一個原因，就是我姊姊當時還在讀女子學校，但時間可以解決這個問題。另一個原因才是重大的問題。我剛才也說了，我們家境富裕，一旦有了錢，就想要有名聲。父親很希望姊姊嫁入名門，當然不可能同意她嫁給沒沒無聞的機械工。」

晴美收起下巴，露出嚴肅的表情。這是六十年前的事，想必當時這種情況並不稀奇。

「他們的私奔成功了嗎？」

「當然失敗了。姊姊打算在學校放學後去神社，在那裡換衣服後去車站。」

「換衣服？」

「我家有幾個女傭，其中有一個人和姊姊的年紀相近，她們也是好朋友。姊姊拜託她把衣服帶去神社。那是女傭的衣服，因為穿大小姐的衣服私奔太引人注目了。機械工也變了裝，在車站等她。如果順利會合，就要搭火車離開。他們的計畫很周詳。」

「可惜沒有成功。」

「當姊姊去神社時，發現等在那裡的並不是和她很好的女傭，而是父親派去的幾個男人。雖然那個女傭答應了，但心裡很害怕，找年長的女傭商量，結果這件事就曝光了。」

晴美能夠理解那個年輕女傭的心情，考慮到當時的時代，真的無法責怪她。

「對方那個男人……那個機械工呢？」

「我父親派人送信去了車站。我姊姊在信中說，希望他忘了自己。」

「那是你父親找別人寫的吧？」

「不，是我姊姊親自寫的。因為我父親說，只要她寫那封信，就會放過那個男人，姊姊只能聽我父親的話。我父親在警界的人脈也很廣，只要他不高興，完全可以把那個男人關進大牢。」

「那個男人看了信之後呢？」

皆月偏著頭。

「不太清楚，只知道他離開了。他原本就不是當地人，有人說他回老家了。至於真相如何，就不得而知了，但是，我之後見過他一次。」

「是嗎？」

「差不多三年後，我當時還是學生，有一天走出家門不久，就有人從背後叫住了我。一個三十歲左右的男人站在我面前，當時他們打算私奔時，我也沒有見過那個男人，所以並不知道他是誰。他遞給我一封信，叫我轉交給皆月曉子小姐——啊，曉子是我姊姊的名字。拂曉的曉，兒子的子。」

「對方知道你是她弟弟嗎？」

「可能沒有十足的把握，但或許我走出家門時，他就跟蹤了我。看到我露出遲疑的表情，他說，如果我有疑惑，可以先看信的內容，也可以把信給我父母看，總之，只要最後讓曉子看到這封信就好。於是，我收下了信。說句心裡話，我很想看信上到底寫什麼。」

「結果你看了嗎？」

「當然看了啊，因為信封並沒有封起來，我在上學的路上就看了。」

「上面寫什麼？」

「那個嘛，」皆月閉上嘴，注視著晴美，想了一下之後，拍了拍自己的大腿說：「與其由我來說明，不如自己看吧。」
「啊？自己看……」
「妳等一下。」
皆月打開堆在旁邊的其中一個紙箱，在裡面翻找著。箱子旁用麥克筆寫著「院長室」幾字。
「因為院長室和食堂離得很遠，幾乎沒有燒到，所以就把東西都搬來了，我打算趁這個機會整理一下。我姊姊留下不少遺物，喔，找到了，就是這個。」
皆月拿出一個四方形的鐵罐，當著晴美的面打開蓋子。鐵罐裡放了好幾本筆記本，也有照片。皆月從裡面拿出一封信，放在晴美面前。信封上寫著「皆月曉子小姐收」幾個字。
「妳可以自己看。」皆月說。
「我真的可以看嗎？」
「沒問題，他寫的時候，就覺得可以給所有人看。」
「那我來拜讀一下。」
信封內裝著摺起的白色信紙。攤開一看，上面用鋼筆寫了密密麻麻的字，字體流暢優美，和機械工職業給人的印象有很大的差距。

皆月曉子敬啟：

簡單地說，請原諒我突然用這種方式轉交這封信，因為如果用郵寄的方式，我擔心會在拆開之前，就被丟掉。

曉子，妳好嗎？我是三年前在楠木機械工作的浪矢，也許妳已經忘了這個名字，但希望妳可以看完這封信。

這次提筆寫這封信，是為了向妳道歉。至今為止，我曾經多次試著寫道歉信，但因為生性懦弱，所以遲遲無法下定決心。

曉子，之前的事真的很抱歉，我對自己幹的蠢事深感後悔。我竟然擾亂了當時還是學生的妳的感情，而且還差一點讓妳和家人分離。現在回想起來，這些行為實在太惡劣了，我沒有任何話可以為自己辯解。

當時，妳懸崖勒馬的決定完全正確，或許是妳父母說服了妳，果真如此的話，我必須向妳的父母道歉，因為我差一點犯下不可饒恕的錯誤。

我目前在老家務農，沒有一天不想到妳。雖然和妳相處的日子很短暫，但這是我至今為止的人生中最美好的時光，同時，我也沒有一天不在心裡向妳道歉。想到當時的事可能在妳內心留下了傷痕，就無法安然入睡。

曉子，希望妳可以幸福。這是我發自內心的唯一心願。我祈禱妳可以遇到一個理想的對象。

浪矢雄治　敬上

晴美抬起頭，和皆月四目相接。「怎麼樣？」他問。
「那個男人太善良了。」
聽到她的感想，皆月用力點頭。
「我也這麼認為。在私奔失敗時，他一定有很多想法，應該痛恨我的父母，也對姊姊的背叛感到傷心。但是，經過三年的時間，當他回想往事時，覺得還是那樣比較好，而且知道如果沒有好好道歉，一定會在我姊姊內心留下創傷。因為我姊姊絕對會為自己背叛了男朋友感到自責，所以，他才寫了那封信。正因為瞭解他的這份心意，我才把信轉交給姊姊。當然，我沒有告訴父母。」
晴美把信紙放回信封。
「你姊姊一直把信留在身邊。」
「是啊，姊姊死後，我在她的辦公桌內發現這封信時真的感動不已。我覺得是因為那個男人的關係，我姊姊才會一輩子單身。我姊姊無法再愛其他的男人，她把自己的人生奉獻給丸光園了。妳知道她為什麼會在這裡開孤兒院嗎？這裡和我家並沒有任何淵源，雖然姊姊直到最後都沒有明說，但我猜想是因為那個男人的老家就在這一帶的關係。我姊姊並不知道他老家的確切地址，可能以前在聊天時，推測應該在這一帶。」
晴美輕輕搖頭，感嘆地吐了一口氣。雖然他們無法在一起很值得同情，但能夠如此深愛一個男人，也令人感到羨慕。
「姊姊在臨終前說，會在天上為大家的幸福祈禱，我相信寫這封信的男人，也在某個地方默默守護她。當然，如果他還活著的話。」皆月一臉嚴肅地說。

「是啊。」晴美嘴上附和著，但心裡突然想到一件事。就是那個男人的名字。浪矢雄治，浪矢雄治。

晴美雖然和浪矢雜貨店書信往來，但並不知道雜貨店老闆的名字。只是從靜子口中得知，在一九八〇年時，就已經是高齡的老人了，很可能和皆月提到的這個人屬於相同的年代。

「怎麼了？」皆月問她。

「啊，不，沒事。」晴美舉起手在臉前搖了搖。

「總而言之，這是我姊姊努力多年的孤兒院，我不能讓它就這樣結束，無論如何，都要設法重建。」皆月總結道。

「加油，我會支持你。」說完，她把手上的信封交還給皆月，這時，她看到「皆月曉子小姐敬啟」幾個字，再度感受到對方的決心，但筆跡和晴美收到的浪矢雜貨店的回信上的字完全不同。

果然只是巧合而已。晴美決定不去多想這件事。

## 8

醒來之後，晴美打了一個大噴嚏。她忍不住抖了一下，把毛巾被拉到了肩膀。冷氣開得太強了。昨晚很熱，所以回家後把溫度設定得比較低，睡前忘了把溫度調回來。看到一半的文庫本書籍丟在枕邊，檯燈也沒有關。

鬧鐘顯示還不到早上七點。她設定鬧鐘在七點響，但很少會聽到鬧鐘聲。因為她幾乎每天都在七點之前就醒了，順手會關掉鬧鐘。

她伸手關了鬧鐘，順勢下了床。夏日陽光從窗簾的縫隙灑了進來。今天恐怕又是一個大熱天。

上完廁所，她走進盥洗室，站在大鏡子前，看著鏡子中的自己，忍不住倒吸了一口氣。不知道為什麼，自己好像回到了二十多歲時的心情，但鏡子中映照的當然是五十一歲女人的臉。

晴美看著鏡子，忍不住偏著頭，思考著為什麼會有這樣的心情，隨即發現應該是剛才作夢的關係。雖然不記得夢境的細節，但隱約知道是年輕時的夢，丸光園的皆月院長也出現在夢中。

她知道自己會作這個夢的原因，所以並沒有太意外，反而很後悔沒有記清楚夢境的內容。

她注視著自己的臉，點了點頭。雖然皮膚有點鬆弛，也有點皺紋，這也是無可奈何的事。證明自己很努力生活，完全不必感到難為情。

洗完臉，她一邊化妝，一邊用平板電腦確認各種資訊，順便吃了昨晚買的三明治和蔬菜汁當作早餐。最後一次下廚是什麼時候？最近晚餐幾乎都是約了人一起吃飯。

換好衣服後，在和平時相同的時間走出家門，坐上小巧靈活的國產油電混合動力車。她已經厭倦了除了體積大以外沒有任何優點的高級進口車。她自己開著車，抵達六本木時，才剛過八點半。

她把車子停進十層樓大樓的地下停車場，走向大廳，準備進公司時，有人叫住了她。

「董事長，武藤董事長。」不知道哪裡傳來男人的叫聲。

她環顧四周，看到穿著灰色 polo 衫的肥胖男子邁著一雙短腿跑了過來。她覺得對方很面熟，卻一時想不起來。

「武藤董事長，拜託妳，可不可以請妳重新考慮甜點館的事？」

「甜點？喔……」她想起來了。這個男人是日式饅頭店的老闆。

「再給我們一個月，可不可以再給我們一個月的時間？我一定會設法把店做起來。」老闆深深地鞠躬，他頭髮上稀疏的頭髮緊貼著頭皮，令晴美聯想到他店裡的栗子小饅頭。

「你忘了嗎？只要連續兩個月在顧客票選中得到最後一名，就必須撤店——合約上寫得一清二楚。」

「我知道。我雖然清楚，但還是想拜託妳，可不可以再寬限我們一個月的時間？」

「不行，接替你們的店鋪已經決定了。」晴美邁開步伐。

「可不可以請妳設法通融，」日式饅頭店老闆仍然沒有輕言放棄，「一定會做出成績，我有自信，請務必給我們一次機會。如果現在撤店，我們店就完蛋了，請再給我們一次機會。」

警衛聽到吵鬧聲趕了過來。「怎麼了？」
「他是外人，麻煩你請他離開。」
警衛立刻正色回答：「是。」
「不，等一下，我不是外人，我是合作廠商。啊，董事長，武藤董事長。」
晴美聽著日式饅頭店老闆的尖叫，走向了電梯廳。
這棟大樓的五樓和六樓是「汪汪株式會社」的辦公室，九年前，公司從新宿搬來這裡。董事長室位在六樓。她進辦公室後，用電腦再度確認和整理了資料，幾乎快塞爆信箱的郵件幾乎都是一些不重要的信，讓她感到很生氣。雖然公司的系統會過濾垃圾信，但只要不是垃圾信，無論內容再空洞的郵件，都可以寄進她的信箱。
她才回了幾封信，就已經九點多了。她拿起內線電話，按了幾個鍵，電話立刻接通了。
「早安。」電話中傳來專務董事外島的聲音。
「你可以來一下嗎？」
「好。」
外島在一分鐘後出現了。他穿著短袖襯衫。辦公室的冷氣和去年一樣，都設定在比較高的溫度。
晴美把剛才在停車場發生的事告訴了外島，他苦笑著說：
「那個老爹嗎？我聽窗口說，老爹找他哭訴了半天，沒想到他會直接找您，真是太驚訝了。」

「什麼意思？我不是說過，要好好向他說明，讓他接受嗎？」

「是啊，但日式饅頭店可能不甘心。因為聽說總店那裡的客人也越來越少，經營狀況每況愈下。」

「他固然有他的難處，但我們也要做生意。」

「您說得對，不必放在心上。」外島用冷淡的語氣說道。

兩年前，在海灣旁的大型購物中心重新裝潢時，晴美的公司受到委託，希望可以更有效利用購物中心內的活動會場。原本會場打算用來舉辦小型演唱會，並沒有得到有效運用。

晴美的公司立刻著手調查和分析，最後決定規劃一個甜點聖地，將購物中心內的甜點商店和咖啡店都集中在一起，同時，還聯絡了日本各地的甜點店，吸引他們來展店。於是，完成了「甜點館」，隨時都有三十多家廠商進駐。

在電視台和女性雜誌爭相報導後，這個企劃獲得空前的成功，同時拉抬了獲得好評的所有店家總店的生意。

但是，千萬不能大意。如果一直做相同的事，顧客很快就膩了，重要的是，如何增加回頭客。為此，必須定期更換店家。於是，就引進了顧客投票的方式。由所有來購物中心的顧客進行評比，並把結果告訴不受歡迎的店家，有時候甚至要求店家撤店。所以，這些店家每個月都很拚，因為其他店都是自己的競爭對手。

剛才那家日式饅頭店的總店就在本地，在執行這個計畫時，認為「必須重視本地的店家」，所以邀了日式饅頭店來展店，日式饅頭店也欣然同意，但光靠該店最紅的栗子小饅頭很難吸引大眾，在這一陣子的票選中，連續多次敬陪末座。這種狀況繼續維持下去，很難對其他店家交代。做生意的難處，就是很難講人情。

「3D動畫的事怎麼樣了？」晴美問，「可以用嗎？」

外島皺了皺眉頭。

「我看了樣本，技術上還差一截，智慧型手機的螢幕畫面很小，所以看起來很不方便。聽說下次要製作改良版，到時候再請您過目。」

「那就這麼辦，我只是有點好奇。」晴美露出微笑，「謝謝，我沒事了，你有什麼事嗎？」

「沒有，重要的事我都寫在電子郵件上了，只是有一件事讓我有點在意。」外島露出意味深長的眼神看著晴美，「就是那家孤兒院的事。」

「那是我私人的事，和公司沒有關係。」

「我是公司內部的人，所以很清楚這一點，但公司外面的人往往不這麼認為。」

「發生什麼事了？」

外島撇了撇嘴說，「似乎接到了詢問的電話，問我們公司打算把丸光園怎麼樣。」

晴美皺著眉頭，抓了抓劉海，「真傷腦筋，為什麼會這樣？」

「因為您太引人注目了，即使想低調地做事，也會被人用放大鏡檢視，請您記得這件事。」

「這是在諷刺嗎？」
「不是諷刺，我只是在陳述事實。」外島若無其事地說。
「我知道了，你走吧。」
「那我先告退了。」外島走出辦公室。
晴美起身站在窗邊。六樓並不算太高，當初其實有更高的樓層，但晴美還是選擇了這一層，因為她不想讓自己太狂妄。站在這裡往外看，還是可以深刻體會到自己這些年的努力成果。
她突然回想起這二十多年來的事，再度體會到做生意時，把握時機非常重要，有時候天堂和地獄之間只有一步之差。
一九九〇年三月，為了抑制不動產價格的飆漲，大藏省對銀行進行行政指導，要求限制融資，也就是所謂的總量管制。因為地價已經漲得離譜，需要政府出面干預，普通上班族已經不敢奢望擁有自己的房子了。
晴美很懷疑這種措施是否能夠成功抑制地價，媒體也認為只是杯水車薪，事實上，地價並沒有因此急速下降。
然而，總量管制措施就像拳擊手腹部中拳般，對日本經濟造成了極大的打擊。日經指數開始下降，八月時，伊拉克侵略科威特，原油價格上升，加速了景氣退縮。差不多在這個時候，地價開始下跌。
然而，現實並沒有喚醒民眾對土地神話的迷思。大部分人都相信眼前的現象只是暫時的，很快就會恢復。直到一九九二年年底，他們才終於認識到當年的榮景不會再回來了。

晴美一直認為浪矢雜貨店的那封信是預言信，所以，清楚地認識到靠不動產交易賺錢的時代已經結束了。她投資的房子都在一九八九年之前脫手，也賣了股票和高爾夫會員證。她是「抽鬼牌」的贏家，在泡沫經濟的巔峰時期賺了好幾億。

當世人終於清醒時，晴美又開創了新的事業。浪矢雜貨店曾經預言，在未來的世界，電腦和手機將充實資訊網。手機的上市，和電腦普及到家庭都似乎證實了這個預言，既然這樣，就必須好好利用這個機會。

她在接觸電腦通訊時，預料到電腦將開拓未來的夢想世界。於是，她積極鑽研，蒐集各種資訊。

網路開始普及的一九九五年，晴美僱用了幾名資訊工程系畢業的學生，給他們每人一台電腦，請他們一整天都坐在電腦前，研究網路世界所隱藏的商機。

第二年，「汪汪事務所」推出的第一項網路相關業務，就是代客製作網頁。最初用來宣傳自家公司，報章媒體報導後，引起了很大的反響，不斷接到企業和個人有關製作網頁的洽詢電話。當時還不是人人都可以上網的時代，但在不景氣中，對廣告媒體抱有很大的期待，不斷接到製作網頁的業務。

在之後的數年內，「汪汪事務所」的營收不斷創下新高，利用網路的廣告業務、銷售業務和遊戲業務都蒸蒸日上。

二〇〇〇年，晴美思考新業務時，一家熟識的餐廳老闆因為業績不佳，經營陷入瓶頸，找她諮商餐廳經營的問題，於是，她在公司內部設立了顧問部門。

晴美具有中小企業診斷士的國家級證照，她在顧問部門安排了專任的工作人員，檢討了那家餐廳的情況，發現光靠宣傳無法改善，必須有明確的經營概念，並在此基礎上，改善菜色的種類和餐廳的內部裝潢。

那家餐廳根據晴美的建議重新改善後大獲成功，重新開幕後三個月，就搖身一變，成為一家很難預約的餐廳。

晴美深信顧問業務可以賺錢，但一定要專精，如果只是分析經營不善的原因，誰都可以做到。必須有根源性的對策，做出成績後，這項業務才能長期持續。晴美招募了優秀的人才，不時積極協助客戶開發商品，也會無情地建議客戶裁員。

以電子商務部門和顧問部門為兩大支柱的「汪汪株式會社」持續成長，當她驀然回首時，發現已經成長為一家出色的公司。很多人都說：「武藤董事長有先見之明」，這句話有一定的道理，但如果沒有浪矢雜貨店的那封信，應該不可能這麼順利，她知道自己並不光是靠自己的力量獲得成功，所以，她一直希望可以用什麼方式回報。

說到回報，當然不能忘了丸光園。

今年，她聽到丸光園經營不善的消息。她著手調查後，發現確有其事。皆月院長在二〇〇三年去世，他的長子在經營運輸業的同時，著手管理丸光園，但由於本業運輸業的經營出現了嚴重的赤字，根本無法繼續支援丸光園的營運。

晴美立刻聯絡了丸光園，得知目前的院長雖然是皆月前院長的長子，但經營的主導權掌握在名叫苅谷的副院長手上。晴美告訴他，只要自己能夠幫得上忙的地方，請對方儘管開口，她也願意出資。

對方的態度很不乾脆，竟然說什麼「不希望借助他人之手」這種完全缺乏危機感的話。

晴美覺得和副院長聊不出結果，直接去了皆月家，問皆月前院長的長子，是否可以把丸光園交給自己負責，但結果也差不多，皆月前院長的長子說，孤兒院都交給苅谷先生處理。

晴美調查了丸光園，發現這幾年下來，正規職員的人數減少了一半，取而代之的是很多奇妙頭銜的臨時職員，而且，這些人並沒有實際在丸光園工作。

晴美立刻察覺到，他們趁皆月院長去世之後，利用孤兒院做不法勾當，八成是不當申請補助款。主謀應該是苅谷，正因為不想讓這件事曝光，所以才拒絕晴美參與經營。

晴美越想越覺得不能坐視這種情況發生，一定要想辦法解決問題。她覺得只有自己能夠拯救丸光園。

## 9

因為一個偶然的機會，晴美掌握了這個消息。她用新買的智慧型手機搜尋各種關鍵字時，偶然發現了「浪矢雜貨店只限一晚復活」的文章。

浪矢雜貨店——對晴美來說，是難以忘記，不，應該說是不可以忘記的名字。她立刻詳細調查，找到了正式公布這個消息的網站。該網站寫著，今年九月十三日是浪矢雜貨店老闆去世三十三週年，請以前曾經諮商的人寫信告知，老闆提供的回答是否對之後的人生有所幫助，只要在十三日的零點到天亮之前，把信投入雜貨店鐵捲門上的郵件投遞口就好。

晴美難以相信自己看到的內容，沒想到在這個時代，還會看到那家店名。只復活一晚是怎麼回事？那個網站的站主自稱是老闆的後代，只說是三十三週年的悼念活動，並沒有說明詳細的情況。

她忍不住懷疑是否有人惡作劇，但如果是惡作劇，難以瞭解其中的意圖。發布這種假消息欺騙他人有什麼好處？況且，到底有多少人注意到這則消息。

最引起晴美注意的是九月十三日是老闆忌日這一點。因為她和浪矢雜貨店之間的書信往來剛好到三十二年前的九月十三日為止。

這不是惡作劇，而是真的要舉辦這場活動。晴美深信這一點後，開始坐立難安起來。因為她覺得自己應該寫信，當然是感謝信。

但是，在此之前，她必須確認一件事，浪矢雜貨店到底還在不在？是否已經拆除？她每年會回田村家幾次，但沒有特地走去浪矢雜貨店看看。

她剛好要去丸光園討論孤兒院讓渡的事。她打算在回程時去浪矢雜貨店看看。

前來討論的還是副院長苅谷。

「關於這件事，皆月夫婦已經全權交由我來處理，因為他們之前就完全沒有參與孤兒院的營運。」苅谷說話時，兩道淡淡的眉毛不停地抖動。
「那就請你確實向他們報告孤兒院的財務狀況，我相信他們瞭解之後，就會改變主意。」
「不需要妳的提醒，我已經向他們如實報告了，所以他們才會全權交給我處理。」
「那可以給我看一下嗎？」
「不行，因為妳是外人。」
「苅谷先生，請你冷靜思考一下，照這樣下去，這家孤兒院很快就會倒閉。」
「這種事不需要妳操心，我們會設法靠自己的力量解決問題，請回吧。」苅谷對著晴美低下全都往後梳的油頭。
晴美決定今天先離開。她當然不可能輕言放棄，決定要用各種方式說服皆月夫婦。
當她走去停車場時，發現車上有好幾團泥巴。晴美巡視四周，看到有幾個小孩從圍牆上方探出頭看著她，然後，立刻把頭縮了回去。
她發動了沾到泥巴的車子，從照後鏡中一看，發現那幾個小孩衝了出來，對著她大聲咆哮。別再來這裡了——也許他們是在這麼說。
雖然晴美很不高興，但仍然沒有忘記要去察看浪矢雜貨店。她憑著模糊的記憶駕駛著方向盤。
不一會兒，前方出現了熟悉的街道，和三十年前幾乎沒有太大的變化。
浪矢雜貨店仍然維持著她當年投遞諮商信那個時代的面貌，雖然看板上的字幾乎看不到了，鐵捲門上的鏽斑也很嚴重，但散發出一種爺爺等候孫女回家的老人特有的溫暖。

晴美停了車，打開駕駛座旁的車窗，觀察了浪矢雜貨店後，把車子緩緩駛了出去。因為她想順便回去田村家看看。

九月十二日下班後，晴美先回到家，打開電腦，思考該如何寫信。她原本打算更早寫完這封信，但這一陣子剛好工作很忙，完全沒有時間寫信。原本她今天晚上也約了老主顧吃飯，但她說另外有很重要的事，派了她最信賴的工作人員代為前往。

她修改、潤飾了多次，終於在晚上九點多完成了那封信。晴美把信謄寫在信紙上。寫給重要的人的信，她都必定用手寫。

她又看了一遍寫完的信，確認沒有錯字後裝進了信封。為了寫這封信，她事先特地買了信紙和信封。

她準備出門時花了一點時間，驅車離家時已經快十點了。她猛踩油門，但還是努力維持速限。

大約兩個小時後，她來到目的地附近。她原本打算直接去浪矢雜貨店，發現離午夜十二點還有一點時間，決定先回田村家放東西。她今晚打算住在這裡。

晴美買下田村家的房子後，遵守當初的約定，讓秀代繼續住在那裡，可惜秀代無法看到二十一世紀拉開序幕。姨婆死後，晴美重新裝潢，把這裡當作自己的第二個家。對她來說，田村家就像是她的娘家，她很喜歡周圍還保留了很多大自然的環境。

但是，最近這幾年，她只能一、兩個月才回來一趟，冰箱裡只有罐頭食品和冷凍食品。

田村家周圍沒什麼路燈，一到深夜，感覺更暗了。今晚幸好有月亮，在遠處就可以看到房子。

周圍沒有人影，房子旁雖然有車庫，但晴美把車子停在路上。她把裝了換洗衣服和化妝品的托特包背在肩上下了車。圓月浮在空中。

走進大門後，她用鑰匙開了門。一打開門，立刻聞到一股芳香劑的味道。這是她上次來這裡時放在鞋櫃上的，她把車鑰匙放在芳香劑旁。

她摸著牆壁，打開電燈開關。脫下鞋子後進了屋。雖然有拖鞋，但她都懶得穿。她沿著走廊往內走，前方是通往客廳的門。

一打開門，她像剛才一樣，用手摸著電燈開燈，但她的手在中途停了下來。因為她察覺到奇妙的動靜。不，不是動靜，而是臭氣。這個房間內飄著和自己無關的淡淡臭氣。

她察覺到危險，轉身想要離開，但她伸向開關的手被人抓住了。那隻手用力抓住她，她還來不及叫出聲音，就有什麼東西捂在她的嘴上。

「不許動，只要妳乖乖聽話，不會對妳不利。」一個年輕男人在她的耳邊說話。那個男人站在她背後，所以看不到他的臉。

晴美的腦袋中一片空白。為什麼有陌生人在自己家裡？他在這裡幹什麼？為什麼自己會遇到這種事？無數疑問在瞬間浮現在腦海。

她想要抵抗，身體卻動彈不得。

「喂，浴室不是有毛巾嗎？去拿幾條毛巾過來。」一個男人的聲音說道，但是，沒有反應，男人焦躁地說，「快去拿毛巾，不要拖拖拉拉。」

黑暗中，有黑影慌忙移動。原來還有其他人。

晴美用鼻子急促呼吸，心跳仍然很快，但她漸漸恢復了判斷力。她發現捂住她嘴巴的手戴著棉紗手套。

就在這時，她聽到另一個男人的說話聲從斜後方傳來。那個男人小聲地說：「這樣不妥吧。」

架住晴美的男人回答：「沒辦法啊，你去檢查她的皮包，裡面應該有皮夾吧？」

有人從身後搶走了晴美的托特包，在裡面翻找起來。隨即聽到一個聲音說：「找到了。」

「裡面有多少錢？」

「兩、三萬，其他都是一些奇怪的卡片。」

晴美的耳邊傳來嘆氣聲。

「為什麼才這麼一點錢，算了，把現金拿出來，卡片沒有用。」

「皮夾呢？是名牌的喔。」

「舊皮夾不行，皮包好像很新，那就帶走吧。」

不一會兒，就聽到腳步聲走了回來。「這個可以嗎？」有人問，聲音也很年輕。

「可以。那用這條綁住眼睛，要綁緊點，在腦後打一個結。」

另一個人似乎猶豫了一下，但隨即用毛巾按住晴美的眼睛。毛巾上有淡淡的洗衣精香味。那是她平時使用的洗衣精。
毛巾在她的腦後綁得很緊，一下子恐怕不會鬆開。
他們讓晴美坐在餐桌旁，把雙手綁在椅背上，又把兩隻腳分別綁在椅子腳上。那隻戴了棉紗手套的手始終捂著她的嘴。
「接下來要和妳談，」捂住晴美嘴巴的那個帶頭的男人說，「所以，我會鬆開妳的嘴，但是，妳不許叫。我們手上有凶器，如果妳敢叫，小心我殺了妳。只是我們並不想這麼做，只要妳願意小聲說話，我們不會傷害妳。如果妳答應，就點點頭。」
晴美沒有理由不服從，按照他的指示點點頭，那隻手立刻從她嘴上鬆開了。
「真對不起啊，」帶頭的說，「我相信妳已經猜到了，我們是闖空門的，看到這個房子沒人就進來偷東西，沒想到妳回來了，把妳綁在這裡也不在我們的計畫之中，所以，妳不要怪我們。」
晴美無言地吐了一口氣。因為她憑直覺知道，這幾個男人並不是窮凶極惡的壞蛋。
「只要我們達到目的後，就會馬上離開。我們的目的很簡單，就是偷一點值錢的東西，但我們現在不能離開，因為我們還沒找到值錢的東西。所以，和妳商量一下，告訴我們哪裡有值錢的東西，我們也不會太貪心，不管什麼都好。」
晴美調整了呼吸，開口說：「這裡……什麼都沒有？」
「哼。」她聽到有人冷笑。
「我沒有騙你們，」晴美搖了搖頭，「如果你們已經找過的話就應該知道，我平時並不住在這裡，所以，家裡除了沒錢以外，也沒有放什麼貴重的東西。」

「話雖這麼說，但總該有點什麼吧，」男人的聲音中帶著焦慮，「妳好好想一想，總該有點東西。如果妳想不起來，我們就無法離開，妳也很傷腦筋吧？」

他說得沒錯，但這棟房子裡真的沒有什麼值錢的東西。即使是秀代留下的遺物，也都帶去平時住的地方了。

「隔壁和室有一個壁龕，放在那裡的碗好像是知名陶藝家的作品……」

「那個已經拿了，還有那幅字畫也拿了。還有其他的嗎？」

之前聽秀代說，那個碗是真跡，但字畫似乎是印刷品。不過，現在不提這些比較好。

「二樓的西式房間看過了嗎？四坪大的房間。」

「大致看了一下，好像沒什麼值錢的東西。」

「梳妝台的抽屜呢？第二格抽屜的底部是雙層的，下層放了首飾。你們找過了嗎？」

男人沉默不語，似乎正在向其他人確認。

「去看一下。」男人說，隨即聽到腳步聲離開。

那個梳妝台是秀代的，晴美喜歡古董味的設計，所以留了下來。抽屜內的確放了首飾，只不過那不是晴美的，而是秀代的女兒公子在單身時代買的。晴美沒有仔細檢查過，但應該沒什麼價值，如果是昂貴的首飾，公子早就帶走了。

「你們為什麼……要來我家闖空門？」晴美問。

那個帶頭的男人遲疑了一下說，「沒為什麼，沒有特別的理由。」

「但你們不是特地調查了我嗎？一定有什麼理由。」
「妳少囉嗦，這種事和妳無關。」
「怎麼會和我無關呢，我很在意啊。」
「妳閉嘴，不必在意這種事。」
被男人這麼一說，晴美閉了嘴。現在不能刺激對方。
一陣尷尬的沉默後，一個男人問：「可以問妳一件事嗎？」他不是帶頭的那個人，而且說話語氣恭敬，讓晴美有點意外。
「喂！」帶頭的男人斥責他：「你別亂說話。」
「有什麼關係，我一定要當面向她確認。」
「別亂來。」
「你要問什麼？」晴美問，「你可以問任何問題。」
她聽到用力咂嘴的聲音，應該是那個帶頭的人。
「妳真的打算要蓋旅館嗎？」不是帶頭的那個男人問。
「旅館？」
「聽說妳打算拆掉丸光園，蓋汽車旅館。」
對方提到這個意想不到的名字出乎晴美的意料，他們和苅谷有關嗎？
「沒有這種計畫，我買下丸光園，是打算好好重建。」
「大家都說妳在騙人，」帶頭的人插嘴說，「妳的公司專門把快倒閉的店重新裝潢後賺錢，聽說也曾經把商務飯店改成汽車旅館。」

「雖然的確曾經有過這種案例，但和這次的事無關，丸光園是我私人在處理的。」

「騙人。」

「我沒騙你們，雖然這麼說有點失禮，但即使在那種地方建造汽車旅館，也不會有客人上門。我才不會做那種蠢事。相信我，我向來都是弱者的朋友。」

「真的嗎？」

「當然是假的，別相信她。什麼向來是弱者的朋友，一旦發現無法賺錢，就會毫不留情地一腳踢開。」

就在這時，聽到下樓梯的腳步聲。

「怎麼去了那麼久？你在幹什麼啊？」帶頭的訓斥道。

「我剛才不知道怎麼打開雙層的底，後來才終於搞清楚，你們看，有好多首飾。」

接著，聽到沙啦沙啦的聲音。他似乎把整個抽屜都拿下來了。

另外兩個人沒有說話，可能因為不知道這些看起來像古董的首飾到底值多少錢。

「好吧，」帶頭的說，「總比什麼都沒有好，那我們就帶上這些東西閃人吧。」

晴美聽到衣服摩擦和拉起拉鍊的聲音，他們似乎把偷的東西裝進了皮包或是其他袋子裡。

「她怎麼辦？」剛才提到丸光園的男人問道。

停頓了一下後，帶頭的說：「把封箱膠帶拿出來，如果她大叫就慘了。」

「但這樣恐怕不行吧。如果沒有人來這裡，她會餓死。」
又停頓了一下，帶頭的那個人似乎掌握了一定程度的決定權。
「等我們順利逃脫後，打電話去她公司，說他們的老闆被綁在這裡，這樣就沒問題了吧？」
「上廁所呢？」
「那就只能請她忍耐了。」
「妳忍得住嗎？」男人似乎在問晴美。
她點點頭。事實上，她也的確不想上廁所。即使他們現在要帶她去上廁所，她也會拒絕。無論如何，希望他們趕快離開這個家。
「好，那我們就閃人吧，不要忘了東西。」帶頭的說完，聽到三個人離去的動靜。腳步聲漸漸遠去，他們似乎走出了大門。
不一會兒，隱約聽到那幾個男人的說話聲，提到「車鑰匙」幾個字。
晴美大驚失色，她想起剛才把車鑰匙放在鞋櫃上。
完了，她咬著嘴唇。車子停在路邊，她的手提包就放在副駕駛座上。剛才下車時，她只帶了托特包。
他們在托特包裡找到的是備用皮夾，平時使用的皮夾放在手提包裡，光是現金就超過二十萬，信用卡和提款卡也都放在那個皮夾裡。
但是，晴美懊惱的不是皮夾，甚至希望他們拿了皮夾就走，但他們應該不會這麼做，因為急著逃跑，恐怕不會細看，就把整個手提包都拿走。

手提包裡放著她寫給浪矢雜貨店的信。她不希望那封信被他們帶走。

但她轉念一想，覺得拿不拿走都一樣。即使留下那封信，以她目前的狀況，也無法去投遞了。在天亮之前，她恐怕都無法離開這裡。「浪矢雜貨店只限一晚的復活」也會隨著天亮畫上句點。

她多麼希望可以表達感謝。多虧有你，給了我很大的幫助。今後，我會幫助更多人。她在信中寫了這些話。

眼前到底是怎麼回事？為什麼會遇到這種事？自己做了什麼壞事嗎？自己只是腳踏實地地努力向前，完全沒有理由遭受這樣的懲罰。

就在這時，她突然想起帶頭那個男人說的話。

什麼向來是弱者的朋友，一旦發現無法賺錢，就會毫不留情地一腳踢開。

她不認為自己是這種人，自己什麼時候做過這種事？

但是，日式饅頭店老闆哭喪著臉的表情浮現在她的腦海。

晴美用鼻子吐了一口氣。她在被遮住眼睛，手腳被綁住的狀態下露出苦笑。

自己的確努力向前，但可能太專注看向前方了。眼前的事也許不是上天的懲罰，而是向自己提出忠告，從今以後，心情要更加放輕鬆。

那就來救一下栗子小饅頭吧——她淡淡地想道。

# 10

天快亮了。敦也注視著空白的信紙。
「真的會有這種事嗎？」
「哪種事？」翔太問。
「就是這棟房子把過去和現在連在一起，我們可以收到過去的信，我們放在牛奶箱裡的信也可以送到過去。」敦也說。
「事到如今，問這種事也沒用，」翔太皺著眉頭，「事實就是這樣，我們不是和過去的人書信往來了半天嗎？」
「我知道了。」
「的確很奇怪，」開口的是幸平，「八成和『浪矢雜貨店只限一晚的復活』有關。」
「好！」敦也說著，拿著空白的信紙站了起來。
「你要去哪裡？」翔太問。
「我去確認。來試一下。」
敦也從後門走了出去，用力把門關上。他沿著防火巷繞到前門，把摺起的信紙投進了鐵捲門上的投遞口。然後，再從後門走進屋內，看著鐵捲門內側，但是，放在鐵捲門下的紙箱內並沒有他剛才投入的信紙。

「我果然沒有說錯，」翔太充滿自信地說，「現在從外面把信投進鐵捲門內，就會送到三十二年前。這就是只限一晚復活的意義。剛才，我們經歷了相反的現象。」

「當這裡天亮時，在三十二年前的世界……」

敦也還沒說完，翔太就接著說：「那個老頭死了，就是浪矢雜貨店老闆的那個老頭。」

「這是唯一的可能。」敦也重重地吐了一口氣。雖然聽起來很奇妙，但這是唯一合理的解釋。

「不知道那個女人怎麼樣了，」幸平幽幽地說。敦也和翔太一起看著他的臉，他縮起下巴說，「就是那個『迷茫的汪汪』啊，不知道我們的信有沒有幫到她的忙。」

「誰知道啊，」敦也只能這麼說，「正常人應該不會相信吧。」

「聽起來就覺得很可疑。」翔太抓著頭。

看了「迷茫的汪汪」第三封信後，敦也他們慌了手腳。因為她似乎被壞男人欺騙、利用了，而且，她曾經住過丸光園。於是，三個人討論後決定，無論如何都要拯救她，不，必須讓她獲得成功。

他們決定在某種程度上告訴她未來的事。三個人都知道，一九八〇年代後期，是被稱為泡沫經濟的時代，所以，他們向她提供了建議，教她該怎麼做。

三個人用手機查了那個時代的事，在給「迷茫的汪汪」的信上寫了像是預言的內容。同時，還補充了泡沫經濟崩潰後的情況，但拚命忍住說出「網際網路」這個字眼。

他們猶豫該不該告訴她意外和災害的事。一九九五年的阪神大地震，二〇一一年的東日本大地震，有太多事想要告訴她了。

最後，他們決定不提這些事，就像當初沒有告訴「鮮魚店的音樂人」火災的事一樣。他們覺得不能提關係到人命的事。

「話說回來，丸光園還真奇怪，」翔太說，「怎麼會有這麼多事和丸光園有關，難道是巧合嗎？」

敦也也對這件事感到不解。如果只是巧合，也未免太巧了。況且，他們今晚就是因為丸光園的關係，才會出現在這裡。

上個月初，翔太得到消息，曾經照顧他們的孤兒院目前陷入了困境。那天，他們三個人像往常一樣在一起喝酒，但並不是在居酒屋喝酒，而是去平價店買了啤酒和燒酒蘇打，聚在公園喝酒。

「聽說有一個女老闆打算買下丸光園，說是要重建，但八成是騙人的。」

翔太原本在家電量販店上班，但被炒魷魚後，靠在便利商店打工維生。他打工的地方離丸光園很近，所以常常去那裡走動。他是因為家電量販店要裁員，才會被炒魷魚。

「真傷腦筋，我原本還打算以後沒地方住的時候，可以去投靠那裡。」幸平說話的聲音很沒出息。他目前沒有工作，之前在汽車修理廠上班，但五月時，修車廠突然倒閉，雖然目前住在工廠的宿舍，但遲早會被趕出來。

敦也目前也在失業。兩個月前，他在零件工廠上班，有一次，母公司訂購了新的零件，因為和之前的零件尺寸相差很大，敦也連續確認了幾次，對方堅持說沒有錯，於是，他就開始製作，但那個數字果然錯了。負責聯絡的是母公司的菜鳥，搞錯了數字的單位，因此導致產生了大量不符規格的瑕疵品，最後，公司方面認為敦也沒有充分確認，所以必須由他負起這個責任。

之前也曾經發生多次類似的事，公司方面對母公司敢怒不敢言，上司從來不會保護他們，每次發生狀況，就把責任推給敦也他們這些手下。

敦也忍無可忍，當場撂下一句：「我不幹了」，離開了工廠。

他幾乎沒有任何存款，看了存摺，覺得生活岌岌可危。他已經有兩個月沒付房租了。

即使三個人聚在一起擔心丸光園，也完全無法幫上任何忙，只能說說那個想要買下丸光園的女老闆的壞話。

敦也記不清當初到底是誰先提議的，搞不好是自己，但他沒有把握，只記得自己握緊拳頭說：

「那就下手吧。即使去偷那個女人的錢，聖母瑪麗亞也會原諒我們的。」

翔太和幸平也舉起拳頭，充滿了幹勁。

他們三個人年紀相同，讀同一所中學和高中，一起做過不少壞事。順手牽羊、偷竊、偷自動販賣機的錢，只要是不使用暴力的偷竊行為，他們全都幹過。令人驚訝的是，他們從來沒被抓到過。不在相同的地方犯案、不使用相同的手法——也許是他們遵守了這個原則，沒有犯下偷竊的禁忌，才能一路僥倖到今天。

他們也曾經闖過一次空門。那是在高中三年級的時候。當時，他們正在找工作，想要買新衣服。於是，就鎖定全校最有錢的男同學家，當那個男生全家出門旅行時，他們仔細確認了防盜設備後採取了行動，完全沒有想到萬一失敗時的後果。他們在翻抽屜時，發現裡面有三萬圓現金，於是拿了錢就心滿意足地逃走了。更絕的是，那家人完全沒有發現家中遭竊。對他們來說，那次的闖空門，簡直就是快樂的遊戲。

高中畢業後，他們就沒再幹過這種事。因為三個人都成年了，一旦遭到逮捕，報紙上就會刊登他們的名字。

但是，這次沒有人提出要放棄計畫。因為三個人都走投無路，想要找目標發洩一下內心的怨氣。說句心裡話，敦也根本不在意丸光園會怎麼樣，雖然之前的院長很照顧他，但他不喜歡苅谷，自從他接手後，孤兒院內的氣氛越來越差了。

翔太負責蒐集目標的相關資訊，幾天之後，當三個人再度聚在一起時，翔太雙眼發亮地說：「有一個好消息，我查到了那個女老闆的第二個家。因為聽說她要去丸光園，所以我準備了一輛小綿羊跟蹤她，查到了地址。她的第二個家距離丸光園大約二十分鐘，房子很漂亮，闖空門絕對不是問題。聽附近鄰居說，女老闆一個月也難得去一次。對了，你們不必擔心，我不可能讓那個鄰居記住我的長相的。」

如果翔太的話屬實，的確是好消息，但問題在於那裡有沒有值錢的東西。

「當然有啊，」翔太斬釘截鐵地說，「那個女老闆全身上下都是名牌，她的第二個家也一定會有很多珠寶，而且還會有昂貴的花瓶、字畫之類的裝飾品。」

「有道理。」敦也和幸平表示同意。老實說，他們完全無法想像有錢人家裡都放什麼，他們腦海中只有在卡通或是連續劇中看到的、那些沒有真實感的有錢人家中的景象。

他們決定在九月十二日晚上行動，並沒有特別的理由。最大的原因是因為翔太那天剛好休假，但其實他並不是只有那一天休假，所以說，決定在這天行動並沒有特別的理由。

幸平負責張羅車子。他發揮了之前當汽車修理工的專長，可惜他只接觸過老舊車種。

十二日晚上十一點多，三個人打破了面向庭院的落地窗，打開了窗鎖，用很傳統的方式輕輕鬆鬆地闖進了屋。他們事先在玻璃上貼了封箱膠帶，所以，並沒有發出聲音，玻璃碎片也沒有四濺。

屋內果然沒有人。他們打算盡情地物色值錢的東西，盡情地偷，但是，這份期待很快就落空了。

雖然他們找遍整棟房子，卻沒有發現任何值錢的東西。為什麼全身名牌的女老闆的第二個家這麼普通？太奇怪了，翔太感到不解，但沒有就是沒有。

就在這時，聽到有車子停在附近的聲音。三個人立刻關掉手上的手電筒，隨即聽到鑰匙開門的聲音。敦也可以感受到自己的寶貝縮了起來。那個女老闆居然回來了。不是說她不常來嗎？但他即使想抱怨也來不及了。

玄關和走廊的燈亮了，腳步聲越來越近。敦也下定了決心。

## 11

「喂，翔太，」敦也開了口，「你是怎麼找到這間廢棄屋的？你說剛好發現這裡，但通常不會來這種地方吧？」

「對，不瞞你說，其實並不是剛好而已。」翔太露出窘迫的表情。

「我就知道，到底是怎麼回事？」

「你不要瞪我嘛，不是什麼了不起的事。我不是說，我跟蹤那個女老闆，發現了她的第二個家嗎？她在回家之前，在這家店門前停留了一下。」

「停留？為什麼？」

「不知道，只知道她抬頭看著這家店的看板，所以我就注意到這裡。在去她的第二個家察看後，我又繞回來這裡，覺得萬一遇到什麼狀況時，可以在這裡藏身，所以就記住了地點。」

「沒想到這棟廢棄屋是時光機。」

翔太聳了聳，「對啊，就是這樣。」

敦也抱著雙臂，發出低沉的嘆氣。他的眼睛看向牆角的行李袋。

「那個女老闆是誰？她叫什麼名字？」

「叫武藤……什麼的，好像是晴子。」翔太也偏著頭思考。

敦也伸手拿行李袋，打開拉鍊，拿出手提包。如果沒有發現玄關鞋櫃上的車鑰匙，差點錯失這個手提包。當他們打開停在路旁的車子車門時，發現手提包就放在副駕駛座上，立刻不加思索地放進了行李袋。

打開手提包，立刻看到一個深藍色的長夾。敦也拿出皮夾，確認了裡面的錢財。至少有二十萬現金。光是這筆錢，這趟闖空門就值回票價了。他對提款卡和信用卡沒興趣。皮夾裡放著汽車駕照。原來她叫武藤晴美。從照片上來看，她很漂亮。聽翔太說，她已經五十多歲了，但完全看不出來。

翔太注視著敦也。他的眼中布滿血絲，是因為睡眠不足的關係嗎？

「怎麼了？」敦也問。

「這個……手提包裡有這個。」翔太遞給他一封信。

「這是什麼？這封信怎麼了嗎？」敦也問，翔太不發一語，把信封亮在他面前。敦也看到信封上的字，心臟差一點從嘴裡跳出來。

信封上寫著——浪矢雜貨店收。

致浪矢雜貨店：

從網路上看到「只限一晚復活」的消息，真有其事嗎？我相信真有這麼一回事，所以決定寫這封信。

不知道您還記得嗎？我是在一九八〇年夏天寫信給您，署名為「迷茫的汪汪」的那個人。當時，我剛從高商畢業，真的很幼稚，因為我找您諮商的內容，竟然是「我決定要在酒店上班，但要如何說服周圍人」這麼離譜的事。當然，您斥責了我，把我罵得狗血淋頭。

當時我還年輕，無法輕易接受您的意見。我訴說了自己的身世和處境，並堅稱這是報答養育我長大的人唯一的方法，您一定覺得我很頑固吧。

但是，您並沒有對我說：「那就隨妳的便」，對我置之不理，反而向我提供了建議，為我日後的生活指引了方向。而且，指導的內容完全不抽象，充滿具體性，甚至告訴我在什麼時候之前要學什麼，該做什麼，該捨棄什麼，該對什麼執著，簡直就像是預言。

我聽從了您的建議。老實說，剛開始還半信半疑，但在漸漸發現世事的變化完全符合您的預測時，我不再有任何懷疑。

我覺得很奇怪，您為什麼能夠預測泡沫經濟的出現和之後的崩潰？為什麼能夠正確預測網際網路時代的來臨？

我知道自己問這些問題毫無意義，即使我知道答案，也無法改變任何事。

所以，我只想對您說以下的話。

謝謝您。

我由衷地感謝您，如果沒有您的建議，就沒有今天的我，搞不好會在社會的底層沉淪。您是我一輩子的恩人，很遺憾無法用任何方法報答您，只能用這種方式向您道謝，同時，我會用自己的方式，在今後拯救更多人。

根據網站上公布的消息，今天晚上是您去世三十三週年，我是在三十二年前的現在向您諮商，也就是說，我是您最後的諮商者，我相信這也是一種緣分，不由得感慨不已。

希望您安息。

曾經迷茫的汪汪

敦也看完信，忍不住抱著頭。他的腦袋快麻痺了，他想把自己的想法說出來，卻不知道該怎麼說。

另外兩個人也都抱著膝蓋，似乎也有同感。翔太的視線在半空中飄移。

這是怎麼回事？剛才拚命說服一名年輕女子不要去酒店上班，並告訴了她未來會發生的事，她也順利獲得了成功，沒想到三十二年後，敦也闖進她家偷東西。

「我相信一定有什麼……」敦也嘟囔道。

翔太轉頭看著他，「有什麼？」

「反正……我也說不清楚，就是浪矢雜貨店和丸光園之間有什麼關聯，好像有一根肉眼看不到的線，有人在天上操縱著這條線。」

翔太抬頭看著天花板說：「有可能。」

「啊！」看著後門的幸平叫了起來。

門敞開著，朝陽從後門灑了進來。天亮了。

「這封信已經無法寄到浪矢雜貨店了。」幸平說。

「沒關係，因為這封信本來就是寫給我們的。敦也，你說對不對？」翔太說，「她感謝的是我們，是對我們說謝謝，對我們這種人，向我們這種不入流的人道謝。」

敦也注視著翔太的眼睛，他的眼睛發紅，泛著淚光。

「我決定相信她。我問她是不是要造汽車旅館，她說沒這回事。她沒有說謊，『迷茫的汪汪』不會說這種謊。」

「我也有同感。」敦也點著頭。

「那怎麼辦？」幸平問。

「那還用問嗎？」敦也站了起來，「回去她家，歸還偷的東西。」

「要幫她鬆綁，」翔太說，「還有綁住她眼睛的毛巾和嘴上的膠帶。」

「對。」

「之後呢？要逃嗎？」

幸平問，敦也搖搖頭，「不用逃，等警察來。」

翔太和幸平都沒有反駁，幸平垂頭喪氣地說：「要去監獄喔。」

「我們自首的話，應該可以判緩刑，」翔太說完，看著敦也說：「問題是之後，恐怕會更難找工作了。」

敦也搖了搖頭。

「不知道，但我決定以後不再偷東西了。」

翔太和幸平默默點頭。

收拾好東西後，他們從後門走了出去。陽光很刺眼，遠處傳來麻雀的叫聲。

敦也的目光停在牛奶箱上。今天一整晚，這個箱子不知道開了多少次，又關了多少次。想到以後再也摸不到了，不禁有點難過。

他最後一次打開信箱，發現裡面有一封信。

翔太和幸平已經邁開了步伐。「喂，」他叫住另外兩個人，出示了那封信，「裡面有這個。」

信封上用鋼筆寫著「無名氏收」。字跡很漂亮。

打開信封，從裡面拿出了信紙。

這是針對給我空白信紙的人的回答，如果不是當事人，請把信放回原處。

敦也倒吸了一口氣。他剛才把空白的信紙塞進了投遞口，這是針對他的空白信寫的回答，寫信的應該是那個叫浪矢的老頭本尊。

信的內容如下：

致無名氏：

我這個老頭子絞盡腦汁思考了你寄給我空白信紙的理由，我覺得一定是很重要的事，不能隨便回答。

我用快不中用的腦袋想了半天，認為這代表沒有地圖的意思。

如果說，來找我諮商煩惱的人是迷路的羔羊，通常他們手上都有地圖，卻沒有看地圖，或是不知道自己目前的位置。

但我相信你不屬於任何一種情況，你的地圖是一張白紙，所以，即使想決定目的地，也不知道路在哪裡。

地圖是白紙當然很傷腦筋，任何人都會不知所措。

但是，不妨換一個角度思考，正因為是白紙，所以可以畫任何地圖，一切都掌握在你自己手上。你很自由，充滿了無限可能。這是很棒的事。我衷心祈禱你可以相信自己，無悔地燃燒自己的人生。

這可能是我最後一次針對煩惱諮商進行回答，謝謝你在最後提供了我這麼出色的難題。

浪矢雜貨店

敦也看完信，抬起頭，和另外兩個人互看著。兩個人都雙眼發亮。

敦也知道自己的雙眼也在發亮。

## □集滿4個印花贈品（二款任選其一）：

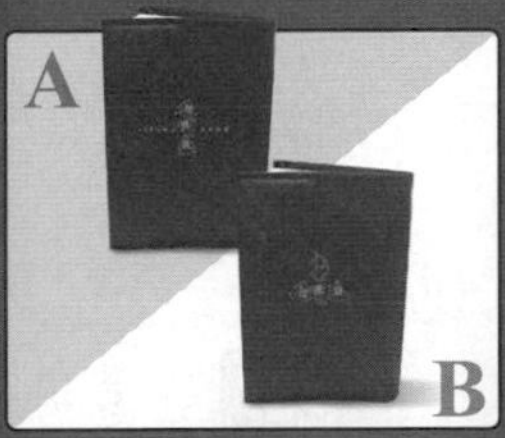


**A：【推理謎】LOGO皮質燙銀典藏書套一個**
（黑色，25開本適用，限量1000個）

**B：【推理謎】吉祥物『獨角獸』圖案皮質燙金典藏書套一個**
（咖啡色，25開本適用，限量1000個）

## □集滿8個印花贈品（二款任選其一）：

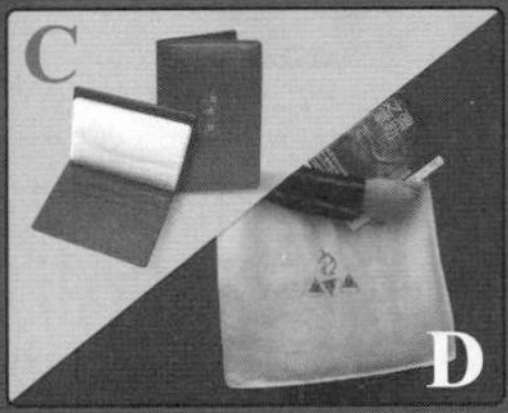


**C：【推理謎】LOGO皮質燙金證件名片夾一個**
（紅色，11.5cm x 8.6cm，限量500個）

**D：【推理謎】吉祥物『獨角獸』圖案環保購物袋一個**
（米色，不織布材質，41.5cm x 38.6cm，限量1000個）

## □集滿12個印花贈品（三款任選其一）：

**E：【推理謎】LOGO不鏽鋼繩鑰匙圈一個**
（限量500個）

**F：【推理謎】吉祥物『獨角獸』圖案馬克杯一個**
（白色，320cc容量，限量500個）

**謎人俱樂部會不定期推出最新限量贈品提供兌換，請密切注意活動官網和粉絲專頁。**

【注意事項】
◎本活動僅限台灣地區讀者參加。
◎贈品兌換期限自即日起至2025年12月31日止（以郵戳為憑）。
◎贈品圖片僅供參考，所有贈品應以實物為準。
◎所有贈品數量有限，送完為止。如讀者欲兌換的贈品已送完，皇冠文化集團有權直接改換其他贈品，不另徵求同意和通知。贈品存量將定期在【謎人俱樂部】活動官網上公佈，請讀者在兌換前先行查閱或直接致電：（02）27168888分機114、303讀者服務部確認。
◎皇冠文化集團保留修改或取消謎人俱樂部活動辦法的權利。辦法如有更動，將隨時在【謎人俱樂部】活動官網上公佈。

國家圖書館出版品預行編目資料

解憂雜貨店 / 東野圭吾著；王蘊潔譯. -- 初版. --
臺北市：皇冠, 2013.08 面；公分. --
(皇冠叢書；第 4333 種)(東野圭吾作品集 ;17)

譯自：ナミヤ雜貨店の奇蹟
ISBN 978-957-33-3012-7 (平裝)

861.57 102012726

皇冠叢書第 4333 種
**東野圭吾作品集 17**
# 解憂雜貨店
**ナミヤ雜貨店の奇蹟**



作　　者—東野圭吾
譯　　者—王蘊潔
發 行 人—平　雲
出版發行—皇冠文化出版有限公司
台北市敦化北路 120 巷 50 號
電話◎ 02-27168888
郵撥帳號◎ 15261516 號
皇冠出版社(香港)有限公司
香港銅鑼灣道 180 號百樂商業中心
19 字樓 1903 室
電話◎ 2529-1778 傳真◎ 2527-0904
總 編 輯—許婷婷
美術設計—王瓊瑤
著作完成日期— 2012 年
初版一刷日期— 2013 年 8 月
初版六十五刷日期— 2024 年 9 月
法律顧問—王惠光律師

讀者服務傳真專線◎ 02-27150507
電腦編號◎ 527014
ISBN ◎ 978-957-33-3012-7
Printed in Taiwan
本書定價◎新台幣 350 元 / 港幣 117 元

# 謎人俱樂部贈品兌換卡

**我要選擇以下贈品**（須符合印花數量）：□A □B □C □D □E □F

| | | | |
|---|---|---|---|
| 1 | 2 | 3 | 4 |
| 5 | 6 | 7 | 8 |
| 9 | 10 | 11 | 12 |

◎請沿虛線剪開、對摺、裝訂後寄出。

**【個人資料蒐集、利用及處理同意條款】**

您所填寫的個人資料，依個人資料保護法之規定，皇冠文化集團將對您的個人資料予以保密，並採取必要之安全措施以免資料外洩。您對於您的個人資料可隨時查詢、補充、更正，並得要求將您的個人資料刪除或停止使用。

本人同意皇冠文化集團得使用以下本人之個人資料建立該集團旗下各事業單位之讀者資料庫，做為寄送出版或活動相關資訊、相關廣告，以及與本人連繫之用。本人並同意皇冠文化集團可依據本人之個人資料做成讀者統計資料，在不涉及揭露本人之個人資料下，皇冠文化集團可就該統計資料進行合法地使用以及公布。

□同意　　□不同意

## 我的基本資料

姓名：______________________

出生：________年________月________日　　性別：□男 □女

職業：□學生 □軍公教 □工 □商 □服務業

□家管 □自由業 □其他 ______________________

地址：□□□□□ ______________________

電話：（家）______________（公司）______________

手機：______________________

e-mail：______________________

◎請沿虛線剪開、對摺、裝訂後寄出。

我對【東野圭吾作品集】系列的建議：

寄件人：

地址：□□□□□

| |
|---|
| 北區郵政管理局登 |
| 記證北台字1648號 |
| 免 貼 郵 票 |

〔限國內讀者使用〕

105020

台北市敦化北路120巷50號

**皇冠文化出版有限公司　收**